U0135346

文垂千古 心为兆民

聊斋文化专题

故事卷

蒲松龄纪念馆　编

齐鲁书社

·济南·

图书在版编目（CIP）数据

文垂千古 心为兆民：聊斋文化专题.故事卷/蒲
松龄纪念馆编. -- 济南：齐鲁书社, 2023.12
ISBN 978-7-5333-4805-2

Ⅰ.①文… Ⅱ.①蒲… Ⅲ.①《聊斋志异》 Ⅳ.
①I242.1

中国国家版本馆CIP数据核字(2023)第225156号

责任编辑：张　超
装帧设计：刘羽珂

文垂千古 心为兆民 —— 聊斋文化专题（故事卷）
WEN CHUI QIANGU XIN WEI ZHAOMIN　　LIAOZHAI WENHUA ZHUANTI GUSHIJUAN

蒲松龄纪念馆　编

主管单位	山东出版传媒股份有限公司
出版发行	齐鲁书社
社　　址	济南市市中区舜耕路517号
邮　　编	250003
网　　址	www.qlss.com.cn
电子邮箱	qilupress@126.com
营销中心	（0531）82098521　82098519　82098517
印　　刷	山东华立印务有限公司
开　　本	720mm×1020mm　1/16
印　　张	17.5
插　　页	2
字　　数	227千
版　　次	2023年12月第1版
印　　次	2023年12月第1次印刷
标准书号	ISBN 978-7-5333-4805-2
定　　价	68.00元

前　言

2018 年 3 月 10 日，习近平总书记在参加十三届全国人大一次会议重庆代表团审议时指出，领导干部要讲政德。要加强政德修养、打牢从政之基。党的十八大以来，习近平总书记高度重视中华优秀传统文化的传承与弘扬，要求各级党员干部注重学习历史，要善于从中华优秀传统文化中汲取治国理政的理念和思维，不断提升人文素养和精神境界。

清代文学家蒲松龄作为中华优秀传统文化的代表人物之一，其代表作《聊斋志异》不仅是中国古典文学名著，更是一部承载着中华文化的精髓和道德规范的"百科全书"。蒲松龄（1640—1715），字留仙，号柳泉居士，以秀才终老，但始终胸怀儒家"修齐治平"的信念，秉持"施于有政，是亦为政"的思想，以毕生才学为民书写。《聊斋志异》搜神志怪，却贴近社会现实，关注民生世情，蕴含着许多优秀的政德思想。本书的编撰坚持以习近平总书记新时代中国特色社会主义思想为指导，认真贯彻落实习近平总书记关于传承和弘扬中华优秀传统文化的重要指示精神，坚持创造性转化、创新性发展的"两创"方针，深入挖掘《聊斋志异》中的政德思想和家国情怀。选取《席方平》《续黄粱》《梦狼》《促织》等 38 则典型故事，分为明大德、守公德、严私德三个单元，以原文、译文为主体，辅以单元语、编者按、延伸阅读等，多角度、深层次地阐释聊斋故事中崇清廉、劝勤政、讲仁爱、重民本、戒贪欲等思想的新时代内涵。

本书作为蒲松龄纪念馆"聊斋文化干部教育基地"的配套项目，充分结合聊斋文化专题展，配合教学实际，古为今用，推陈出新，有针对性、可读性、教育性，力求使读者从中华优秀传统文化所凝结的哲学思想、人文精神、道德规范中汲取精神滋养，培育做人之本、为政之德。

"在新的起点上继续推动文化繁荣、建设文化强国、建设中华民族现代文明，是我们在新时代新的文化使命。"希望本书能够以文化人，帮助广大读者以学增智、以学养德、以学立身；促进党员干部修身齐家、涵养政德，坚定文化自信和理想信念，为建设新时代中国特色社会主义贡献力量。

蒲松龄纪念馆

2023 年 7 月

目　录

卷 首 语

政德是整个社会道德建设的风向标。立政德，就要明大德、守公德、严私德。

一个人只有明大德、守公德、严私德，其才方能用得其所。修德，既要立意高远，又要立足平实。……踏踏实实修好公德、私德，学会劳动、学会勤俭，学会感恩、学会助人，学会谦让、学会宽容，学会自省、学会自律。

我们要通过文艺作品传递真善美，传递向上向善的价值观，引导人们增强道德判断力和道德荣誉感，向往和追求讲道德、尊道德、守道德的生活。只要中华民族一代接着一代追求真善美的道德境界，我们的民族就永远健康向上、永远充满希望。

——习近平

第一单元·明大德

单 元 语

明大德，就是要铸牢理想信念、锤炼坚强党性，在大是大非面前旗帜鲜明，在风浪考验面前无所畏惧，在各种诱惑面前立场坚定，这是领导干部首先要修好的"大德"。

——习近平

领导干部是党的事业的组织者、推动者和实践者，是执政兴国的中坚力量、治国理政的"关键少数"。在新时代政德建设中，领导干部同样是主体力量，在各种价值观的较量中居于主导地位、起到风向标作用。各级领导干部必须带头将新时代政德建设内化于心、外化于行，自觉做到明大德，形成"头雁效应"。

我们的党具有远大理想，具有社会主义和共产主义坚定信念，能够经受住任何考验。2013 年 1 月 5 日，习近平总书记在新进中央委员会委员、候补委员学习贯彻党的十八大精神研讨班上发表重要讲话，在《关于坚持和发展中国特色社会主义的几个问题》中讲道："有了坚定的理想信念，站位就高了，眼界就宽了，心胸就开阔了，就能坚持正确政治方向，在胜利和顺境时不骄傲不急躁，在困难和逆境时不消沉不动摇，经受住各种风险和困难考验，自觉抵御各种腐朽思想的侵蚀，永葆共产党人政治本色。"

蒲松龄深受儒家传统教育影响，虽未入仕为官，但始终心系百姓，有兼济天下的远大理想。在《聊斋志异》中，蒲松龄通过《考城隍》《席方平》《续黄粱》《梦狼》等故事对封建官吏骄奢淫逸、鱼肉百姓的行为进行批判，也以此表达为官者必为民的主张。

考城隍

编者按：《考城隍》置于《聊斋志异》全书卷首，蒲松龄是有其特定用意的，认为强调"仁孝"是研究者的共识，在宗旨上首领全书。国之本在家，家之本在身，身之本在孝。孝为从政之本，小孝孝于家，大孝忠于国。爱国效国、精忠报国就是心系国家、心系人民，是大孝、大爱、大德。习近平总书记指出："做官先做人，做人先立德；德乃官之本，为官先修德。"德既是立身之本、为官之魂、为政之要，也是立国之基。进入新时代，迈上新征程，党员干部要正己为先、推己及人、道德垂范、为政以德，始终心怀"国之大者"，坚持全心全意为人民服务的根本宗旨。

【原文】

予姊丈之祖，宋公讳焘，邑廪生。一日，病卧，见吏人持牒，牵白颠马来，云："请赴试。"公言："文宗未临，何遽得考？"吏不言，但敦促之。公力疾乘马从去，路甚生疏。至一城郭，如王者都。移时入府廨，宫室壮丽。上坐十余官，都不知何人，惟关壮缪可识。檐下设几、墩各二，先有一秀才坐其末，公便与连肩。几上各有笔札。俄题纸飞下。视之，八字云："一人二人，有心无心。"二公文成，呈殿上。公文中有云："有心为善，虽善不赏；无心为恶，虽恶不罚。"诸神传赞不已。召公上，谕曰："河南缺一城隍，君称其职。"公方悟，顿首泣曰："辱膺宠命，何敢多辞。但老母七旬，奉养无人，请得终其天年，惟听录用。"上一帝王像者，即命稽母寿籍。有长须吏，捧册翻阅一过，曰："有阳算九年。"共踌躇间，关帝曰："不妨令张生摄篆九年，瓜代可也。"乃谓公："应即赴任，今推仁孝之心，给假九年。及期，当复相召。"又勉励秀才数语。二公稽首并下。秀才握手，送诸郊野。自言长山张某。以诗赠别，都忘其词，中有"有花有酒春常在，无烛无灯夜自明"之句。

公既骑，乃别而去。及抵里，豁若梦寤。时卒已三日。母闻棺中呻吟，扶出，半日始能语。问之长山，果有张生，于是日死矣。后九年，母果卒。营葬既毕，浣濯入室而没。其岳家居城中西门内，忽见公镂膺朱帻，舆马甚众，登其堂，一拜而行。相共惊疑，不知其为神。奔讯乡中，则已殁矣。公有自记小传，惜乱后无存，此其略耳。

【翻译】

我姐夫的祖父宋公，名焘，是县里的秀才。一天，他生病在床，见一名公差拿着公文，牵着一匹白额头的马过来，对他说："请你去参加考试。"宋公问："主考大人没有来，怎么马上举行考试呢？"公差并不回答，只催他动身。宋公强支病体，骑马跟公差前去，走过的路都很陌生。他们来到一座城池，像是帝王的都城。一会儿，他们进入官府，见宫殿壮丽无比。殿上坐着十余位官员，都不知何人，只知其中一位是关帝。檐下设有两张桌子和两个坐墩，先前已经有一个秀才坐在下首，宋公便与他并排而坐。桌上都摆放着纸和笔。不一会儿，试卷传下来。宋公一看，上有八个字："一人二人，有心无心。"两人做完文章，呈到殿上。宋公的文章中有这样几句话："故意做好事，即使是好事也不奖赏；无意中做了坏事，即使是坏事也不惩罚。"众神人相互传看，赞不绝口。神人召宋公上殿，对他说："河南缺一个城隍，你正称职。"宋公这才醒悟，磕头哭道："荣受重任，怎么敢推辞？但是老母年已七十，无人赡养，恳请让我侍奉老母安享天年，再来听候录用。"殿上一位帝王模样的神人，马上命人查看宋母的寿数。有个长胡须的公差捧着册子翻阅一遍，说："还有九年的阳寿。"众神人正犹豫不决的时候，关帝说："不妨让张秀才先去代理九年，到时他再去接任。"于是那个帝王模样的神人对宋公说："你本应立即赴任，现在本着仁孝之心，给你九年假期，到时再召你赴任。"然后又对张秀才说了几句勉励的话。宋公和张秀才磕头退下。张秀才握着宋公手，把他送到城外，说自己是长山县张某，还吟诗赠别。张秀才的诗，宋公大都忘了，只记得其中有这样两句："有花有酒春常在，无烛无灯夜自明。"

宋公上马，便告别而去。他回到家中，就像是从梦中突然醒来一样。当时他已经死去三天了。宋母听见棺材中有呻吟声，把他扶出来，过了半天时间，宋公才能说出话来。他打听了长山的事，果然有个张秀才，在那天死了。九年后，宋母果真去世了。宋公将母亲安葬完毕，洗浴后进屋就死了。宋公的岳父家住在城中的西门内，这天忽然看见宋公骑着装饰华美的骏马，众多车马仆役跟随，进入家中堂上，向他拜别而去。一家人都很惊疑，不知宋公已经成神。宋公的岳父到他家乡去一问，才知宋公已经死了。宋公有自写的小传，可惜战乱中没有保存下来，这里记述的只是大略罢了。

【延伸阅读】

《考城隍》，寓言也。自公卿以至牧令，皆当考之。考之何？以仁孝之德，赏罚之公而已矣。

一部大文章，以此开宗明义，见宇宙间惟"仁孝"两字生死难渝；正性命，质鬼神，端在乎此，舍是则无以为人矣。"有心为善"四句，自揭立言之本旨，即以明造物赏罚之大公。至"有花有酒"二语，亦自写其胸襟尔。

——清·但明伦

一部书如许，托始于《考城隍》，赏善罚淫之旨见矣。篇内推本"仁孝"，尤为善之首务。

——清·何守奇

（李汉举）

席方平

编者按： 为官有德，利国利民，也利自身；为官无德，祸国殃民，亦害自身。只有坚持人民利益高于一切的政德，才能真正干出有利于党和人民事业的政绩。与此同时，"人能尽孝，忠岂远而"，这说明"尽孝"与"尽忠"，相辅相成，可以两全其美。在《席方平》中，作者通过讲述席方平作为一名平民，坚决与贪官酷吏斗争到底、为父申冤的故事，展现了劳动人民在封建社会里惨遭压迫、有冤无处申的悲惨处境，赞扬了席方平这位敢于斗争、百折不挠的平民英雄，充分表达了劳动人民不堪忍受封建压迫、要求惩治贪官污吏的愿望和坚决斗争到底的顽强精神。

【原文】

席方平，东安人。其父名廉，性戆拙，因与里中富室羊姓有郤，羊先死。数年，廉病垂危，谓人曰："羊某今贿嘱冥使搒我矣。"俄而身赤肿，号呼遂死，席惨怛不食，曰："我父朴讷，今见凌于强鬼；我将赴地下，代伸冤气耳。"自此不复言，时坐时立，状类痴，盖魂已离舍矣。

席觉初出门，莫知所往，但见路有行人，便问城邑。少选，入城。其父已收狱中，至狱门，遥见父卧檐下，似甚狼狈。举目见子，潸然涕流，便谓："狱吏悉受赇嘱，日夜搒掠，胫股摧残甚矣！"席怒，大骂狱吏："父如有罪，自有王章，岂汝等死魅所能操耶！"遂出，抽笔为词。值城隍早衙，喊冤以投。羊惧，内外贿通，始出质理。城隍以所告无据，颇不直席。席忿气无所复伸，冥行百余里，至郡，以官役私状告之郡司。迟之半月，始得质理。郡司扑席，仍批城隍覆案。席至邑，备受械梏，惨冤不能自舒。城隍恐其再讼，遣役押送归家，役至门辞去。

席不肯入，遁赴冥府，诉郡邑之酷贪。冥王立拘质对。二官密遣腹心与席关说，许以千金。席不听。过数日，逆旅主人告曰："君负气已甚，官府求和而执不从，今闻于王前各有函进，恐事殆矣。"席以道路之口，犹未深信，俄有皂衣人唤入。升堂，见冥王有怒色，不容置词，命笞二十。席厉声问："小人何罪？"冥王漠若不闻。席受笞，喊曰："受笞允当，谁教我无钱耶！"冥王益怒，命置火床。两鬼捽席下，见东墀有铁床，炽火其下，床面通赤。鬼脱席衣，掬置其上，反复揉捺之。痛极，骨肉焦黑，苦不得死。约一时许，鬼曰："可矣。"遂扶起，促使下床着衣，犹幸跛而能行。复至堂上，冥王问："敢再讼乎？"席曰："大冤未伸，寸心不死，若言不讼，是欺王也。必讼！"又问："讼何词？"席曰："身所受者，皆言之耳。"冥王又怒，命以锯解其体。二鬼拉去，见立木，高八九尺许，有木板二，仰置其下，上下凝血模糊。方将就缚，忽堂上大呼"席某"，二鬼即复押回。冥王又问："尚敢讼否？"答云："必讼！"冥王命捉去速解。既下，鬼乃以二板夹席，缚木上。锯方下，觉顶脑渐辟，痛不可禁，顾亦忍而不号。闻鬼曰："壮哉此汉！"锯隆隆然寻至胸下。又闻一鬼云："此人大孝无辜，锯令稍偏，勿损其心。"遂觉锯锋曲折而下，其痛倍苦。俄顷，半身辟矣。板解，两身俱仆。鬼上堂大声以报，堂上传呼，令合身来见。二鬼即推令复合，曳使行。席觉锯缝一道，痛欲复裂，半步而踬。一鬼于腰间出丝带一条授之，曰："赠此以报汝孝。"受而束之，一身顿健，殊无少苦。遂升堂而伏。冥王复问如前；席恐再罹酷毒，便答："不讼矣。"冥王立命送还阳界。隶率出北门，指示归途，反身遂去。

席念阴曹之昧暗尤甚于阳间，奈无路可达帝听。世传灌口二郎为帝勋戚，其神聪明正直，诉之当有灵异。窃喜二隶已去，遂转身南向。奔驰间，有二人追至，曰："王疑汝不归，今果然矣。"捽回复见冥王。窃疑冥王益怒，祸必更惨；而王殊无厉容，谓席曰："汝志诚孝。但汝父冤，我已为若雪之矣。今已往生富贵家，何用汝鸣呼为？今送汝归，予以千金之产、期颐之寿，于愿足乎？"乃注籍中，锓以巨印，使亲视之。席谢而下。鬼与俱出，至途，驱而骂曰："奸猾贼！频频翻覆，使人奔波欲死！再犯，当捉入大磨中，细细研之！"席张目叱曰："鬼子胡为者！我性耐刀锯，不耐挞楚。请反见王，王如令我自归，亦复何劳相送。"乃返奔。二鬼惧，温语劝回。席故蹇缓，行数步，辄憩路侧。鬼含怒不敢复言。约半日，至一村，一门半辟，鬼引与共坐，席便据门阈。二鬼乘其不备，推入门中。

惊定自视，身已生为婴儿。愤啼不乳，三日遂殇。魂摇摇不忘灌口，约奔数十里，忽见羽葆来，幡戟横路。越道避之，因犯卤簿，为前马所执，絷送车前。仰见车中一少年，丰仪瑰玮。问席："何人？"席冤愤正无所出，且意是必巨官，或当能作威福，因缅诉毒痛。车中人命释其缚，使随车行。俄至一处，官府十余员，迎谒道左，车中人各有问讯。已而指席谓一官曰："此下方人，正欲往诉，宜即为之剖决。"席询之从者，始知车中即上帝殿下九王，所嘱即二郎也。席视二郎，修躯多髯，不类世间所传。九工既去，席从二郎至一官廨，则其父与羊姓并衙隶俱在。少顷，槛车中有囚人出，则冥王及郡司、城隍也。当堂对勘，席所言皆不妄。三官战慄，状若伏鼠。二郎援笔立判，顷之，传下判语，令案中人共视之。判云："勘得冥王者：职膺王爵，身受帝恩。自应贞洁以率臣僚，不当贪墨以速官谤。而乃繁缨棨戟，徒夸品秩之尊；羊很狼贪，竟玷人臣之节。斧敲斦，斦入木，妇子之皮骨皆空；鲸吞鱼，鱼食虾，蝼蚁之微生可悯。当掬西江之水，为尔涤肠；即烧东壁之床，请君入瓮。城隍、郡司：为小民父母之官，司上帝牛羊之牧。虽则职居下列，而尽瘁者不辞折腰；即或势逼大僚，而有志者亦应强项。乃上下其鹰鸷之手，既罔念夫民贫；且飞扬其狙狯之奸，更不嫌乎鬼瘦。惟受赃而枉法，真人面而兽心！是宜剔髓伐毛，暂罚冥死；所当脱皮换革，仍令胎生。隶役者：既在鬼曹，便非人类。只宜公门修行，庶还落薅之身；何得苦海生波，益造弥天之孽？飞扬跋扈，狗脸生六月之霜；謕突叫号，虎威断九衢之路。肆淫威于冥界，咸知狱吏为尊；助酷虐于昏官，共以屠伯是惧。当于法场之内，剁其四肢；更向汤镬之中，捞其筋骨。羊某：富而不仁，狡而多诈。金光盖地，因使阎摩殿上尽是阴霾；铜臭熏天，遂教枉死城中全无日月。余腥犹能役鬼，大力直可通神。宜籍羊氏之家，以偿席生之孝。即押赴东岳施行。"又谓席廉："念汝子孝义，汝性良懦，可再赐阳寿三纪。"因使两人送之归里。

席乃抄其判词，途中父子共读之。既至家，席先苏，令家人启棺，视父，僵尸犹冰，俟之终日，渐温而活。及索抄词，则已无矣。自此，家日益丰，三年间，良沃遍野；而羊氏子孙微矣，楼阁田产，尽为席有。里人或有买其田者，夜梦神人叱之曰："此席家物，汝乌得有之！"初未深信；既而种作，则终年升斗无所获，于是复鬻归席。席父九十余岁而卒。

异史氏曰："人人言净土，而不知生死隔世，意念都迷，且不知其所以来，又乌知其所以去；而况死而又死，生而复生者乎？忠孝志定，万劫不移，异哉席生，何其伟也！"

【译文】

席方平，是东安县人。他父亲名叫席廉，生性憨厚老实，与同乡姓羊的财主结了怨。姓羊的先死了，几年后，席廉得了重病，快要死时，告诉家人说："现在姓羊的买通了阴间鬼吏，要拷打我。"顷刻全身红肿，惨叫几声便断了气。席方平悲痛得连饭也吃不下，说："我父亲老实忠厚，钝嘴钝舌的，如今竟遭到恶鬼欺凌；我要到阴间替父亲申冤去。"从此，席方平不再讲话，时而呆呆地坐着，时而傻傻地站住，像是得了痴癫病。原来，他的灵魂已经离身了。

席方平觉得刚走出家门，茫茫然不知该往哪儿走，只要见到过路人，便上前询问去城里的路。一会儿，进了城。他的父亲已经被关进监狱，席方平赶到监狱门口探望，远远看见父亲已经躺在屋檐底下，看上去已被折磨得不成样子。席廉抬头看见儿子，眼泪禁不住扑簌簌地往下掉，便对席方平说："狱吏们全都受了羊某的贿赂，没日没夜地打我，我这两条腿都给打坏了。"席方平一听气愤极了，大骂狱吏说："我父亲要是有罪，自有王法，怎么能由你们这伙死鬼随意摧残呢！"说完走出监狱，挥笔写好了一纸状子。趁着城隍坐早堂，席方平闯进衙门，大声喊冤，送上状子。姓羊的害怕，里里外外用钱打通关节，才出庭对质。城隍说席方平没有证据，断他无理。席方平一肚子冤气没处申诉只好又在阴间走了一百多里路，到了郡衙，把城隍差役们受私枉法的事向郡司申诉。郡司拖延了半个月，才开庭审理，却把席方平一顿毒打，仍然把状子批给城隍复审。席方平到县里，受尽种种酷刑，满肚子冤气，郁结得解不开。城隍怕他再次上告，派差役押送他回家。差役把他送到家门口就走了。

　　席方平不肯走进家门，又偷偷跑到阎王府，控告郡司、城隍的残酷暴虐和贪赃枉法。阎王立即下令，把郡司、城隍传来对质。郡司与城隍害怕，秘密派心腹找席方平讲情求和，答应给他一千两银子。席方平不理睬。又过几天，客店主人对席方平说："先生你太执拗了，当官的向你求和，你硬是不肯，如今听说他们都给阎王送了信去，恐怕事情不妙了。"席方平认为这是道听途说，还不是很在意。一会儿，一个穿黑衣的差役来传他去过堂。升堂后，只见阎王怒容满面，不容申诉，劈面就喝令打他二十大板。席方平厉声责问："我到底犯了什么罪？"那阎王像没听见似地理也不理。席方平被打，大喊："挨打活该，谁叫我没有钱啊！"阎王更加恼怒，喝领带下去受火床的刑罚，就有两个鬼役把他揪下公堂。只见东台阶上有架铁床，下面烧着熊熊烈火，铁床烤得火红火红的。鬼役剥光席方平的衣服，将他提起来掼到火床上，又翻来覆去地揉他捺他。席方平痛极了，筋肉都给烧焦了，巴不得早一点死去。这样折磨了一个时辰左右，只听鬼役说："行了。"就把他扶起来，催他下床穿上衣裳，幸亏一跛一拐地还勉强走得动。又回到公堂。阎王问："还敢再告吗？"席方平凛然地说："大冤还没昭雪，我这颗心是不会死的，如果说不再上告，那是欺骗你。一定要告！"阎王又问："你告什么呢？"席方平说："亲身遭受的痛苦，通通都要说出来。"阎王更加恼火，下令用大锯锯开他的身子。席方平被两个鬼卒拉去，见那里竖立着一根木头柱子，高八九尺，还有两块木板平放在它的下面，木板上下血迹模糊。鬼卒刚要把席方平绑起来，忽然听得堂上大声呼叫："席方平！"两个鬼卒立即把他押回堂上。阎王问："还敢再告吗？"席方平回答："一定要告！"阎王喝令快捉去锯。席方平被拉下公堂后，鬼卒用那两块木板把他夹住，然后绑在木头柱子上。刚下锯时，他只觉得脑壳渐渐裂开，痛得忍受不了，但他还是咬紧牙关，不哼一声。只听见鬼卒称赞说："这个人真是条硬汉子！"大锯隆隆地锯到胸口，又听到一个鬼卒说："这是个大孝子，没犯什么罪，我们将锯子拉偏一点，别损坏他的心脏。"席方平就觉得锯锋曲曲折折地往下锯，倍加痛苦。顷刻间，一身已裂成两半。鬼卒刚解开木板，两半身子都扑倒在地上。鬼卒上堂大声禀报，堂上传下话来，让合成一身再去受审。两个鬼卒将两半身子推合起来，拉着就走。席方平觉得身上那条裂缝，痛得好像又要裂开，刚挪动半步就跌倒了。一个鬼卒从腰里拿出一条丝带给他，说："这条带子送给你，以报偿你的孝行。"席方平接过来扎到身上，马上觉得浑身矫健，一点也不疼了。于是走上公堂伏在地下，阎王问的又是方才那句话。席方平恐怕再遭毒刑，便说："不告了。"阎王立即下令把他送回人间。差役带他走出北门，指给他回家的路，就转身走了。

　　席方平心想，这阴间衙门的黑暗比阳间更严重，可惜没有门路让玉皇大帝知道，传说灌口二郎神是玉皇大帝的亲戚，这位神灵聪明正直，如果告到他那里一定有效，暗喜两个差役已经回去，就调转身子朝南跑去。正在急急忙忙地往前奔跑，那两个差役又追了过来，说："阎王疑心你不回去，现在果然如此。"说着就揪他往回走，又押到阎王面前。席方平心想这下阎王要更火了，自己肯定要受一场更残酷的刑罚；不料那阎王脸上一点怒意也没有。对席方平说："你真是个大孝子！不过你父亲的冤屈，我已经替你申雪了。他现在已经投生在富贵人家，用不着你到处喊冤叫屈了。现在送你回家，赏给你千金家产，百岁寿命，总该满足了吧？"说着就把这些记在生死簿上，盖上大印，还让席方平亲自过目。席方平道过谢就退出公堂。差役和他一道出来，到了路上，差役一边赶他快走，一边嘴里骂道："你这刁滑家伙，一次又一次地翻来覆去，害得老子来回奔波，跑得累死了。再敢这样，就把你放到大磨盘里，细细地碾成粉末。"席子方平瞪起两眼怒斥道："鬼东西你们想干什么？我生性经得住刀砍锯锯，就受不了鞭打。请返回去问过阎王，要是他让我自个回家，哪里还劳驾你们来送。"说着就往回走。两个差役害怕了，低声下气央求他转回来。席方平故意一拐一拐慢吞吞地走，没走几步，就停在路边歇一下。那差役虽没好气，却不敢再发牢骚。约莫走了半天，来到一个村庄，有户人家大门半开着，差役招呼席方平一起坐下歇歇。席方平便在门槛上坐下来。两个差役趁他不提防，把他推入门里。

　　席方平惊魂稍定，看了看自己，已转生为婴儿了。气得大哭，一滴奶也不吃，三天后就死了。魂魄飘飘荡荡，总忘不了要到灌口去。大约跑了几十里路，忽然看见一辆用鸟羽装饰的车驰来，旌旗如云，剑戟林立，大路都给遮断了。席方平赶忙穿过大路回避，却不小心冲犯了仪仗队，被开路的马队捉住，绑着送到车前。他抬头一看，见车里坐着一位青年，仪表魁伟、神采焕发。他问席方平："你是什么人？"席方平满腔冤愤正无处发泄，又猜想这青年一定是大官，或许他的权力能决定人的祸福，可以替自己申冤雪恨。因此，就把亲身遭受的苦楚，从头细细说给他听。车上那青年听后就叫人给席方平解开绳子，让他跟着车队走。一会儿到了一个地方，有十多名官员，在路旁迎接拜见。车上那青年一个个和他们打过招呼，然后指着席方平对一位官员说："这是下界的人，正想上你那儿告状，应该及时替他解决。"席方平私下向随从人员打听，才知道车子上坐的是玉皇大帝的殿下九王，他所交代的官员就是二郎神。席方平不禁打量一下二郎神，只见他高高的身材，满脸胡须，不像世间传说的那副模样。九王走后，席方平跟着二郎神来到一所官署。原来他父亲和姓羊的，以及差役们全都在这里了。片刻工夫，来了一辆囚车，从里面走出几个犯人，原来是阎王、郡司和城隍。当场对质，席方平的控告句句属实。三个人吓得索索发抖，那丑态就像蜷伏着的老鼠。二郎神提起笔来立即判决，一会儿，发下判决书，传令让和这个案子有关的人都看清楚。判决词写道："据查阎王这人，荣任王侯爵位，身受玉皇鸿恩。本应廉洁奉公以做下属表率，不应贪赃枉法败坏官府名声。而却耀武扬威，只会夸耀爵位的尊贵；又贪又狠，竟然玷污人臣气节。敲诈勒索，小民的骨髓全被榨干；以强吞弱，微弱的生命实在可怜。应当提取西江之水，为你洗涤肮脏的肚肠；立即烧起东壁的铁床，让你尝尝火烤的滋味。城隍、郡司：身为地方官吏，奉上帝命令来管理人民。虽说职位低下，能够鞠躬尽瘁的人就不辞劳苦；即使被上司的权势所逼，有骨气的人也决不屈服。而你们却像鹰鸷那样凶残，上下勾结，全然不念生民贫困；又像狙狯那样狡猾，耍尽奸计，甚至不嫌穷鬼瘦弱。只是一味贪赃枉法，真是一群披着人皮的禽兽！对这些禽兽，就要剔掉骨髓，刮去毛发，先判他们阴间的死刑；还应剥去人皮、换上兽革，让他们投胎做牲畜。阴差鬼役：既然沦入鬼籍，便不是人类。本应在衙门里洁心行善，也许会转世为人；怎能在苦海中推波助澜，又犯下弥天罪孽？横行霸道，狗脸生霜，酿成不白之冤；狂呼乱叫，狐假虎威，阻断申冤大道。施展淫威于阴间，人人都领教狱吏的厉害；助长昏官的残暴，大家说起刽子手就不寒而栗。应当在法场上，剁碎他们的四肢；再在汤锅中，捞取他们的筋骨。姓羊的：为富不仁，狡猾奸诈。黄金的光芒笼罩地府，使得阎罗殿上阴森森墨雾弥漫；铜钱的臭气熏染天空，搞得屈死鬼城昏错沉沉昼夜难分。臭钱几个还能驱使鬼役，神通广大竟然左右神明。必须没收姓羊的家产，用来嘉奖席方平的孝道。立即将人犯押往泰山东岳大帝那里依法执行。"二郎神又对席廉说："念在你的儿子有孝心，有义气，你自己也秉性善良忠厚，所以再赐给你三十六年的阳寿。"就叫两个差役送他们父子回家。

席方平这才抄下那份判决词，在路上父子两人一同阅读。到了家，席方平先醒过来；叫家里人撬开他父亲的棺盖，看到尸体依旧僵直冰凉，等了一天，才渐渐回温苏醒过来。待要寻找抄录的判决词，却已经没有了。从此，家道一天天富裕起来。三年间，良田遍野。而姓羊的子孙却衰落下去，楼阁田产，都落到席方平家了。同村有人买了羊家的田地，夜里梦见神灵呵斥说："这是席家的产业，你怎敢占有它？"起初还不大相信；待播种后，整年收不到一升半斗，于是只好转卖给席家。席方平的父亲一直活到九十多岁才去世。

异史氏说："人人都谈论极乐世界，而不知道生与死是两个世界，意念全都迷惑，况且一个人不知道他是怎么来到这个世上的，又怎么知道他是怎么离开这个世界的呢；何况死了再死，活了再活呢？忠孝意志坚定，纵遭万般劫难也不变，真奇异啊席方平，他是多么伟大呀！"

【延伸阅读】

《席方平》这篇作品的内容是借描写阴间的黑暗，来揭露清朝的人世间的黑暗。它描写阴间的狱吏、城隍、郡司，以至冥王都是贪污受贿，不问是非曲直。阴间的最高统治者冥王，对受地主老财的迫害因而冤枉死的人来告状，不但不受理，而且用酷刑迫害。

——毛泽东

人言冥府无私者妄也。冥府无私，宁尚有埋忧地下者哉！千金期颐，皆可以为贿祝之具，以是知阳世颠倒，皆冥府之愦愦有以致之也。

——清·何守奇

赴地下而诉，至冥王力已竭矣，冤可伸矣；乃关说不通，而私函密进，钱神当道，木偶登堂，甚且卧以焦肉之床，辟以解身之锯。壮哉此汉！毒矣斯刑！幸而锯未损心，丝能续命；大冤未雪，万死难辞。注富贵期颐之籍，乌足以移其心？诉聪明正直之神，乃可以断斯狱。独怪俨然王简者，为彼私函，枉兹律法。移恶人之鬼，加孝子之身。送之归而料其不归，速之讼而禁其勿讼。饵之以足愿之事，赚之以不备之生。酷而又贪，奸而且诈，较之城隍、郡司，罪又甚焉！卒之槛车囚至，伏鼠现形，地下之鬼何辜，而乃王及此辈哉！

——清·但明伦

（景晓璇）

续黄粱

编者按：《续黄粱》主要讲述了曾孝廉在梦中成为宰相，享尽荣华，却恶行不断，终食因果报应的故事。作者通过"黄粱一梦"揭露了封建社会官吏骄奢淫逸、鱼肉百姓的现象，也批判了封建官场中无节制的贪婪丑态。习近平总书记在二〇二三年新年贺词中说道："只要有愚公移山的志气、滴水穿石的毅力，脚踏实地，埋头苦干，积跬步以至千里，就一定能够把宏伟目标变为美好现实。"为政者应明确全心全意为人民服务的宗旨，牢记初心使命，谨记权力由人民赋予，必当用之于民。我们的社会进步与发展，是通过稳扎稳打、脚踏实地奋斗出来的，只求高位、不干实事终将只是"黄粱一梦"。

【原文】

福建曾孝廉，高捷南宫时，与二三新贵遨游郊郭。偶闻毗卢禅院寓一星者，因并骑往诣问卜。入，揖而坐。星者见其意气，稍佞谀之。曾摇箑微笑，便问："有蟒玉分否？"星者正容，许二十年太平宰相。曾大悦，气益高。值小雨，乃与游侣避雨僧舍。舍中一老僧，深目高鼻，坐蒲团上，偃蹇不为礼。众一举手，登榻自话，群以宰相相贺。曾心气殊高，指同游曰："某为宰相时，推张年丈作南抚，家中表为参、游，我家老苍头亦得小千把，于愿足矣。"一坐大笑。俄闻门外雨益倾注，曾倦伏榻间。

忽见有二中使，赍天子手诏，召曾太师决国计。曾得意，疾趋入朝。天子前席，温语良久。命三品以下，听其黜陟；即赐蟒玉、名马。曾被服稽拜以出。入家，则非旧所居第，绘栋雕榱，穷极壮丽。自亦不解何以遽至于此。然捻髯微呼，则应诺雷动。俄而公卿赠海物，伛偻足恭者，叠出其门。六卿来，倒屣而迎；侍郎辈，揖与语；下此者，颔之而已。晋抚馈女乐十人，皆是好女子，其尤者为袅袅，为仙仙，二人尤蒙宠顾。科头休沐，日事声歌。一日，念微时尝得邑绅王子良周济，我今置身青云，渠尚蹉跎仕路，何不一引手？早旦一疏，荐为谏议，即奉俞旨，立行擢用。又念郭太仆曾睚眦我，即传吕给谏及侍御陈昌等，授以意旨。越日，弹章交至，奉旨削职以去。恩怨了了，颇快心意。偶出郊衢，醉人适触卤簿，即遣人缚付京尹，立毙杖下。接第连阡者，皆畏势献沃产，自此富可埒国。无何，而袅袅、仙仙以次殂谢，朝夕遐想。忽忆曩年见东家女绝美，每思购充媵御，辄以绵薄违宿愿，今日幸可适志。乃使干仆数辈，强纳赀于其家。俄顷，藤舆昇至，则较昔之望见时尤艳绝也。自顾生平，于愿斯足。

又逾年，朝士窃窃，似有腹非之者；然各为立仗马，曾亦高情盛气，不以置怀。有龙图学士包上疏，其略曰："窃以曾某，原一饮赌无赖，市井小人。一言之合，荣膺圣眷；父紫儿朱，恩宠为极。不思捐躯摩顶以报万一，反恣胸臆，擅作威福。可死之罪，擢发难数！朝廷名器，居为奇货，量缺肥瘠，为价重轻。因而公卿将士，尽奔走于门下，估计赇缘，俨如负贩，仰息望尘，不可算数。或有杰士贤臣，不肯阿附，轻则置之闲散，重则褫以编氓。甚且一臂不袒，辄连鹿马之奸；片语方干，远窜豺狼之地。朝士为之寒心，朝廷因而孤立。又且平民膏腴，任肆蚕食；良家女子，强委禽妆。沴气冤氛，暗无天日！奴仆一到，则守、令承颜；书函一投，则司、院枉法。或有厮养之儿，瓜葛之亲，出则乘传，风行雷动。地方之供给稍迟，马上之鞭挞立至。荼毒人民，奴隶官府。扈从所临，野无青草。而某方炎炎赫赫，怙宠无悔。召对方承于阙下，姜菲辄进于君前；委蛇才退于自公，声歌已起于后苑。声色狗马，昼夜荒淫；国计民生，罔存念虑。世上宁有此宰相乎！内外骇讹，人情汹汹。若不急加斧锧之诛，势必酿成操、莽之祸。臣夙夜祗惧，不敢宁处，冒死列款，仰达宸听。伏祈断奸佞之头，籍贪冒之产，上回天怒，下快舆情。如果臣言虚谬，刀锯鼎镬，即加臣身。"云云。疏上，曾闻之，气魄悚骇，如饮冰水。幸而皇上优容，留中不发。又继而科、道、九卿，交章劾奏；即昔之拜门墙、称假父者，亦反颜相向。奉旨籍家，充云南军。子任平阳太守，已差员前往提问。

曾方闻旨惊怛，旋有武士数十人，带剑操戈，直抵内寝，褫其衣冠，与妻并系。俄见数夫运货于庭，金银钱钞以数百万，珠翠瑙玉数百斛，幄幕帘榻之属，又数千事，以至儿褓女舄，遗坠庭阶。曾一一视之。酸心刺目。又俄而一人掠美妾出，披发娇啼，玉容无主。悲火烧心，含愤不敢言。俄楼阁仓库，并已封志，立叱曾出。监者牵罗曳而出，夫妻吞声就道，求一下驽劣车，少作代步，亦不得。十里外，妻足弱，欲倾跌，曾时以一手相攀引。又十余里，已亦困懒。歘见高山，直插云汉，自忧不能登越，时挽妻相对泣。而监者狞目来窥，不容稍停驻。又顾斜日已坠，无可投止，不得已，参差蹩躠而行。比至山腰，妻力已尽，泣坐路隅。曾亦憩止，任监者叱骂。忽闻百声齐噪，有群盗各操利刃，跳梁而前。监者大骇，逸去。曾长跪，言："孤身远谪，囊中无长物。"哀求宥免。群盗裂眦宣言："我辈皆被害冤民，只乞得佞贼头，他无索取。"曾怒叱曰："我虽待罪，乃朝廷命官，贼子何敢尔！"贼亦怒，以巨斧挥曾项，觉头堕地作声。魂方骇疑，即有二鬼来，反接其手，驱之行。行逾数刻，入一都会。顷之，睹宫殿。殿上一丑形王者，凭几决罪福。曾前，匍伏请命。王者阅卷，才数行，即震怒曰："此欺君误国之罪，宜置油鼎！"万鬼群和，声如雷霆。即有巨鬼捽至墀下，见鼎高七尺已来，四围炽炭，鼎足尽赤。曾觳觫哀啼，审迹无路。鬼以左手抓发，右手握踝，抛置鼎中。觉块然一身，随油波而上下。

皮肉焦灼，痛彻于心；沸油入口，煎烹肺腑。念欲速死，而万计不能得死。约食时，鬼方以巨叉取曾出，复伏堂下。王又检册籍，怒曰："倚势凌人，合受刀山狱！"鬼复捽去。见一山，不甚广阔，而峻削壁立，利刃纵横，乱如密笋。先有数人冒肠刺腹于其上，呼号之声，惨绝心目。鬼促曾上，曾大哭退缩。鬼以毒锥刺脑，曾负痛乞怜。鬼怒，捉曾起，望空力掷。觉身在云霄之上，晕然一落，刀交于胸，痛苦不可言状。又移时，身躯重赘，刀孔渐阔，忽焉脱落，四支蠖屈。鬼又逐以见王。王命会计生平卖爵鬻名，枉法霸产，所得金钱几何。即有髯须人持筹握算，曰："三百二十一万。"王曰："彼既积来，还令饮去！"少间，取金钱堆阶上，如丘陵，渐入铁釜，熔以烈火。鬼使数辈，更以杓灌其口，流颐则皮肤臭裂，入喉则脏腑腾沸。生时患此物之少，是时患此物之多也。半日方尽。

王者令押去甘州为女。行数步，见架上铁梁，围可数尺，绾一火轮，其大不知几百由旬，焰生五采，光耿云霄。鬼挞使登轮。方合眼跃登，则轮随足转，似觉倾坠，遍体生凉。开眸自顾，身已婴儿，而又女也。视其父母，则悬鹑败焉。土室之中，瓢杖犹存。心知为乞人子，日随乞儿托钵，腹辘辘然，常不得一饱。着败衣，风常刺骨。十四岁，鬻与顾秀才备媵妾，衣食粗足自给。而冢室悍甚，日以鞭棰从事，辄以赤铁烙胸乳。幸而良人颇怜爱，稍自宽慰。东邻恶少年，忽窬垣来逼与私，乃自念前身恶孽，已被鬼责，今那得复尔。于是大声疾呼，良人与嫡妇尽起，恶少年始窜去。居无何，秀才宿诸其室，枕上喋喋，方自诉冤苦；忽震厉一声，室门大辟，有两贼持刀入，竟决秀才首，囊括衣物。团伏被底，不敢复作声。既而贼去，乃喊奔嫡室。嫡大惊，相与泣验。遂疑妾以奸夫杀良人，因以状白刺史。刺史严鞫，竟以酷刑定罪案，依律凌迟处死，絷赴刑所，胸中冤气扼塞，距踊声屈，觉九幽十八狱，无此黑黯也。正悲号间，闻游者呼曰："兄梦魇耶？"豁然而寤，见老僧犹跏趺座上。同侣竞相谓曰："日暮腹枵，何久酣睡？"曾乃惨淡而起。僧微笑曰："宰相之占验否？"曾益惊异，拜而请教。僧曰："修德行仁，火坑中有青莲也。山僧何知焉。"曾胜气而来，不觉丧气而返。台阁之想，由此淡焉。入山不知所终。

异史氏曰："福善祸淫，天之常道。闻作宰相而忻然于中者，必非喜其鞠躬尽瘁可知矣。是时，方寸中宫室妻妾，无所不有。然而梦固为妄，想亦非真。彼以虚作，神以幻报。黄粱将熟，此梦在所必有，当以附之'邯郸'之后。"

【译文】

福建有一位姓曾的举人，考中进士时，与两三位同科考取的进士到京城郊区游逛。偶然听别人说，在佛寺里住着一位算命先生，便一块骑马去请算命先生给算一卦。进了屋子，行礼坐下。算命先生见他那副得意的样子，就顺便奉承了他几句。曾某摇着扇子微笑，问算命先生："我有没有身穿蟒袍、腰系玉带的福分啊？"算命先生一本正经地说："你可做二十年太平宰相。"曾某听了，很高兴，神气更足。这时，外边下起小雨，于是就和同游的人在和尚的住房里避雨。屋里有一位年老的和尚，眼睛深深地凹下去，高高的鼻梁，端端正正地坐在蒲团上，神情淡淡地不主动见礼，几个人略一打招呼，便一起坐在床榻上，说起话来。都以宰相称呼曾某，向他表示祝贺。这时，曾某心高气盛，指着一位同游者说："曾某当了宰相时，推荐张年丈做南京的巡抚；家中的中表亲戚，可以做参将、游击；我家中的老仆人，也要做个小千总或者小把总，我的心愿也就满足了。"在座的人都大笑起来。一会儿，门外的雨下得更大。曾某感到很疲倦，就在床上躺下。

忽然间，见到两位皇宫的使者送来皇帝的亲笔诏书，召曾太师入宫商讨国事。曾某很得意，很快地跟随来使朝见皇帝。皇帝把座位向前挪了挪，用温和的话语与他谈了很久；并说三品以下的官员都要听从他的任免、提升，不必向皇上奏准；赐给他蟒袍、玉带和名贵的马匹。曾某披戴整齐，跪下向皇帝叩头谢恩而去。回到家里，发现不是以前那些旧房舍，而是雕梁画栋，极为壮丽，自己也说不清楚为什么一下子变成这样。但是，捻着胡须一呼唤，家中的仆人，就前呼后应的，如同雷鸣。过了一会，就有公卿大臣给他献上山珍海味，弓着身子毕恭毕敬的人，接二连三地出入他的门。六部尚书来了，他鞋子还没穿好，就迎上去；侍郎们来了，他便只作个揖，陪着说几句话；比这更低一级的官员来，只是点一点头罢了。山西巡抚赠给他乐女十人，都是秀美的女子。其中特别俊美的袅袅和仙仙，尤其得到他的宠爱。每当他在家休息的时候，就整天沉溺于歌舞声色中。有一天，他忽然想起在未发迹时，曾经受到本县士绅王子良的周济，今天自己置身于青云之上，那王子良在仕途上还很不得志，为什么不拉他一把呢？第二天早起，就给皇帝写了一道奏疏，荐举王作谏议大夫。得到皇帝的许可，就立刻把王子良提升到朝中。又想到，郭太仆曾经对自己有小怨隙，马上把吕给谏和侍御陈昌等叫来，把自己的意图告诉他们。过了一天，弹劾郭太仆的奏章，纷纷投到皇帝面前，得到皇帝的圣旨，把郭撤职赶出朝中。曾某报恩报怨，办得分明，颇快心意。有一次，他偶尔来到京郊的大道上，一个喝醉酒的人冲撞了他的仪仗队，就命下人把他捆起来，交给京官，醉汉立刻被打死在木棍之下。那些与他宅院相接和田地相连的富人家，也都畏惧他的权势，把自己的好房子与肥沃的土地献给他。自这以后，他家的财富可与国家相比。不久，袅袅和仙仙先后死去了，他日夜思念她们。忽然想起，往年见他的东邻有一个少女特别美丽，每每想把她买来做妾，只因当时家势财力单薄，未能如愿，今天可以满足自己的意愿了。于是派去几个干练的奴仆，硬把钱财送到她的家中。一会儿，用藤轿把她抬来一看，女子出落得比以前看见时更加美丽。自己回忆平生，各种意愿都实现了。

又过了一年，曾某常听到朝中有人在背后窃窃议论他，但他认为这只不过像朝廷门口那些摆样子的仪仗马而已。他仍然盛气凌人不可一世，不把别人的议论放在心上。谁知竟有一位龙图阁大学士包公，大胆上疏，弹劾曾某。奏疏中说："臣认为曾某，原是一个饮酒赌博的无赖，市井里的小人。只不过偶然一句话的投合，而得到圣上的眷顾。父亲穿上了紫色朝服，儿子也穿上了红色的朝服。皇上的恩宠，已经达到极点。曾某不思献出自己的躯体，不思肝胆涂地以报皇上之万一；反而在朝中任意而为，擅自作威作福。可以处死他的罪，像头发那样难以数清；朝廷中的重要官职，被曾某据为奇货，衡量官位的轻重，定出收价的高低。因而朝中的公卿将士，都奔走在他的门下，估计官职买卖的价钱，寻找机会偷空钻营，简直如同商贩。仰仗他的鼻息，望尘而拜的人物，无法计算。即使有杰出之士与贤能的良臣，不肯依附他，对他阿谀奉承，轻的就被他放置在清闲无实权的位置，重的就被他削职为民。更有甚者，只要不偏袒他的，动辄就触犯了他这指鹿为马的权奸；只要片言触犯了他，便被流放到豺狼出没的荒远之地。朝中有志之士为之心寒，朝廷因而孤立。又有那平民百姓的膏血，被他们任意蚕食；良家的女子，被依势强娶。凶恶的气焰、受害百姓的冤愤弥漫，暗无天日。只要他家的奴仆一到，太守、县令都要看眼色行事；他的书信一到，连按察司、都察院也要为之徇情枉法。

甚至连他那些奴才的儿子，或者稍有瓜葛的亲戚，出门则乘坐驿站的公车，车快如风，蹄响似雷。地方上所供给的东西稍为迟缓，在马上的人立刻就会举起鞭子抽打你。残害人民，奴役地方官府，他的随从所到之处，田野中的青草都为之一光。而曾某现在却正是声势煊赫，炙手可热，依仗朝廷对他的宠信，毫无悔改。每当皇帝召见他到宫阙之中，他就乘机进言诬陷别人；曾某刚从官府退回，他家后花园中已响起歌声。好声色，玩狗马，白天黑夜荒淫无度；国计民生，他从来不去考虑。世界上难道有这样的宰相吗？内外惊恐，人情汹动，若不马上把他诛除，势必要酿成曹操与王莽那样的夺权之祸。臣日夜忧虑，不敢安居，我冒杀头之罪，列举曾某的罪状，上报圣上得知。俯伏请求割断奸佞之头，没收他贪污的财产。上可以挽回上天的震怒，下可以大快人心，顺通民情。如果臣言是虚假捏造，请以刀、锯、鼎、镬处置臣子。"曾某听到消息后，吓得胆战魂飞，如同饮下一杯凉冰的水，浑身上下凉透了。幸而圣上优待宽容，扣下此疏不做处理。但是，继之各科各道、三司六部的公卿大臣，不断上奏章弹劾；就连往日那些拜倒在他门下的，称他为干爹的，也翻了脸向他攻击。圣上下令抄没他家中的财产，充军到云南。他的儿子在山西平阳任太守，也已经派遣公差去把他提到京师审问。

曾某刚刚听到圣旨，惊恐万分，接着就有几十名武士，带着剑拿着枪，径直走到曾某的内房，扒掉他的官服，摘下他的帽子，把他同他妻子一块捆绑起来。一会儿，看到许多差役从他家中向外搬运财物，金银钱钞有数百万，珍珠翡翠、玛瑙宝玉有数百斛。幄幕、帐帘、床榻之属，有数千件；至于小儿的褓褓，女人的鞋子，掉得满台阶都是。曾某一一看得很清楚，感到心酸伤目。不一会，一个人拖着曾的美妾出来，她披头散发娇声啼喊，美丽的面容六神无主。曾某在一边，悲伤的心如同火烧，含着愤怒而不敢说。不一会，楼阁仓库，全被查封。差役立即呵斥曾某出去，监管他的人就用绳子套着他的脖颈，把他拉出去。曾某同他妻子忍声含泪地上路。乞求一匹老马拉的破车代步，差役也不答应。走了十里，曾某妻子脚小无力，快要跌倒，曾某用手搀扶着她走。又走了十里，自己也疲惫不堪。突然见前边有一座高山，直插云霄，自己发愁无法攀登过去，时时搀扶着妻子相对哭泣。而监管的人面目狰狞地过来催促，不容许他们稍微停歇。又看到太阳西斜，晚间无处可以投宿，不得已，就弯着腰，深一步浅一步地走着。快到半山腰时，妻子实在无力了，坐在路旁哭泣。曾某也坐下来稍微休息，任凭监送的差役叱骂。忽然间听到多人一齐叫喊，有一群强盗各自拿着锋利的刀枪，跳着跑着追过来。监送的差役大惊而逃。曾某直挺挺地跪在地上说："我孤身被贬谪边疆，行李中也无值钱的东西。"哀求他们宽恕。这些强盗个个瞪大了眼睛，愤怒地说："我们这群人是被害的冤枉百姓，只要你这贼的头，别的什么也不要！"曾某愤怒叱责道："我虽然有罪，可我仍然是朝廷命官，你们这群乱贼，怎敢胡为！"群贼也怒极，挥动巨大的斧头，就朝曾某的脖颈砍去，只听得自己的头落地有声。惊魂未定，立刻见到两个小鬼，把他的双手捆起来，赶着他走。大约走了几个时辰，到了一个大的都市。不多时，看到一座宫殿，大殿之上坐着一位相貌很丑陋的阎王，靠在一个长长的几案上，在决断鬼魂的祸福。曾某急忙上前，匍匐跪在地上，请求阎王饶恕。阎王翻看着卷宗，才看了几行，就勃然大怒说："这是犯了欺君误国的罪，应当放到油锅里炸！"殿下无数的鬼在应和着，声如雷霆。马上有一个巨鬼，把曾某抓起，摔到台阶之下。见有一只大油锅，有七尺多高，四周烧着火炭，油锅的腿都烧红了。曾某浑身发抖，哀哀啼哭，逃窜又无去路。巨鬼用左手抓住他的头发，右手握着他的脚脖，把他扔到油锅中。觉得孤零零的身子随油花上下翻滚，皮与肉都焦糊，疼痛彻心钻骨；沸着的油灌到口里，把他的肺腑都烹熟了。心想快死算了，而想遍了法子也不能马上死去。约一顿饭的时间，巨鬼才用大铁叉把曾某从油锅里取出来，又让他跪到大堂下。阎王又查检了簿籍，生气地说："生时依仗权势，欺凌别人，应当上刀山之狱。"鬼又把他揪去，见到一座山，不很大，而峻峰峭拔，锋利的刀刃纵横交错，像密密的竹笋。已经有几个人的肚肠挂在上边，呼喊号叫的声音凄惨难听。巨鬼督促曾某上去，曾大哭着向后退缩。臣鬼用毒锥刺他的头，曾某忍痛乞求可怜。臣鬼大怒，抓起曾某，向空中掷去。曾某觉得自己身在云霄间，昏昏然地向下掉，锋利的刀交刺在他的胸膛上，痛苦之情难以言状。过了一会，他的身体由于太重，向下压去，被刺入的刀口渐渐大了，忽然他从刀上脱落，四肢蜷曲着。巨鬼又撵着他去见阎王。阎王让计算一下他生平卖官鬻爵、贪赃枉法所霸占的田产，所得的金银财宝有多少。立刻有一个胡须卷曲的人数着筹码，屈着指头算计说："三百二十一万。"阎王说："他既然能搜括来，就让他都喝下去。"不多会，把金钱取来堆集到台阶上，像小山丘。慢慢地放到铁锅里，用烈火熔化。巨鬼让几个小鬼，更替着用勺子灌到他的口中，流到面颊上皮肤都臭裂；灌到喉咙，五脏六腑像开锅一样。曾某活着时，恨自己搜括得太少，眼下又以此物太多为患。半天才灌尽。

阎王下令，把曾某押解到甘肃甘州托生个女的。走了几步，见到架子上有一铁梁，粗有好几尺，上边穿着一个火轮，大也不知有几百里，发出五彩般的火焰，光亮照耀到云霄间。巨鬼鞭挞着曾某上去蹬火轮子。他刚一闭眼，就跃登上去，火轮随着他的脚转动，似觉身子向下倾坠，遍身冰凉。他睁开眼一看，自身已变成婴儿，还是个女的。看看生他的父母，都穿着破烂的棉衣。土房中，放着破瓢和讨饭的棍子。知道自己已变成了讨饭人的女儿。从此，每天跟随讨饭人沿街乞讨，肚子里常常饿得直叫，不得一饱。穿着破烂的衣服，被风吹得刺骨疼。十四岁那年，被卖给一个姓顾的秀才当小妾，衣食才算自给。而家中的大老婆很凶狠，每天不是用鞭子抽就是用板子打，还用烧红的烙铁烙乳房。幸好丈夫还可怜她，稍稍得到一些安慰。墙东邻有个很不正经的恶少年，忽然越过墙来，逼着与她私通。心想自己前世所行的罪孽，已受到鬼的惩罚，哪里能再犯呢！于是大声呼救。丈夫与大老婆都起来，恶少年才逃去。过了不久，秀才到她的房中睡觉，她才有机会在枕上喋喋地诉说自己的冤苦。忽然一声巨响，房门大开，有两个贼持刀闯进来，竟然砍掉秀才的头，抢光衣物就走了。她缩成一团藏在被子底下，大气不敢出。等到贼去了，才哭喊着跑到大老婆的房中。大老婆大惊，哭着与她一块去验看秀才的尸体。怀疑是她招引奸夫杀死自己的丈夫。因而写状告到州官刺史。刺史严加拷问，以酷刑毒打，使她招认定案，依照法律，判凌迟处死，把她绑着到行刑的地方。她胸中冤枉之气堵塞，大跳着喊冤屈，觉得比十八层地狱还黑暗。正在悲痛呼号的时候，听得同游的朋友说："老兄你做噩梦了吗？"曾某忽然醒悟过来。见到老和尚还盘着腿坐在那里。同游的人都问他："天晚了，肚子都饿了，为什么睡了这么久？"曾某这才面色惨淡地坐起来。老和尚微笑着说："占卦说你做宰相，是否灵验？"曾某越发惊异，行礼向老和尚请教。老和尚说："要修自己的德行，要行仁道，就是在火坑中，也能生长出青莲花来。我这个山野中的和尚，哪里能参透其中的玄妙！"曾某满腹胜气地来，垂头丧气地回去，追求升官享受荣华富贵的想法，由此慢慢地淡薄了。后来，他隐遁到深山之中，下落不明。

异史氏说："降福给行善的人，降祸给淫恶的人，这是上天不变的道理。听闻做了宰相而高兴万分的，一定不是因为知道这个职位须得鞠躬尽瘁的缘故。在梦中，宫室妻妾无所不有。然而梦固然是虚妄的，妄想自然也不是真的。他（曾某）幻梦中的恶行，在幻梦中鬼神给了曾恶报。人们还没有理解人生短暂的时候，像这样飞黄腾达的梦想是在所不免的，因此应把这则故事当作《邯郸记》的续编。"

【延伸阅读】

梦幻之中，何所不有？倏忽已历再生，即不必现诸果报，已令人废然返矣。

——清·何守奇

观此篇，世之自命不凡者，倘能穷则独善，达则兼善，方且功名垂之竹帛，何有此景况哉！曾之不能如此，其使之梦者，正所以使之悟也。

——清·王芑孙

贪官生前贪污了200万两银子，死后下地狱要化成银水让他一勺一勺喝下去。大贪官就说，如果有来生，他再也不敢伸手了。

——马瑞芳

（景晓璇）

梦　狼

编者按：《梦狼》是《聊斋志异》中讽刺封建社会官场黑暗最具代表性的一篇故事，体现了蒲松龄"刺贪刺虐入骨三分"的讽刺力度，也深刻揭露了封建社会贪官污吏的凶残面目。贪官酷吏对百姓的迫害远甚于虎狼，为官从政者须恪守清廉，筑牢为民之基。党的十八大以来，习近平总书记高度重视干部队伍建设，要求坚持党管干部原则，树立正确用人导向，坚持德才兼备、以德为先，坚持五湖四海、任人唯贤。各级领导干部必须要保持自身廉洁，真正做到取之于民、用之于民。

【原文】

白翁，直隶人。长子甲，筮仕南服二年，道远，苦无耗。适有瓜葛丁姓造谒，翁以其久不至，款之。丁素走无常。谈次，翁辄问以冥事。丁对语涉幻，翁不深信，但微哂之。

既别后数日，翁方卧，见丁复来，邀与同游。从之去，入一城阙，移时，丁指一门曰："此间君家甥也。"时翁有姊子为晋令，讶曰："乌在此？"丁曰："倘不为信，入便知之。"翁入，果见甥，蝉冠豸绣坐堂上，戟幢行列，无人可通。丁曳之出，曰："公子衙署，去此不远，得无亦愿见之否？"翁诺。少间，至一第，丁曰："入之。"窥其门，见一巨狼当道，大惧，不敢进。丁又曰："入之。"又入一门，见堂上、堂下，坐者、卧者，皆狼也。又视墀中，白骨如山，益惧。丁乃以身翼翁而进。公子甲方自内出，见父及丁，良喜。少坐，唤侍者治肴蔌。忽一巨狼，衔死人入。翁战惕而起，曰："此胡为者？"甲曰："聊充庖厨。"翁急止之。心怔忡不宁，辞欲出，而群狼阻道。进退方无所主，忽见诸狼纷然嗥避，或窜床下，或伏几底。错愕不解其故，俄有两金甲猛士努目入，出黑索索甲。甲扑地化为虎，牙齿巉巉。一人出利剑，欲枭其首；一人曰："且勿，且勿，此明年四月间事，不如姑敲齿去。"乃出巨锤锤齿，齿零落堕地。虎大吼，声震山岳。翁大惧，忽醒，乃知其梦。心异之，遣人招丁，丁辞不至。

翁乃志其梦，使次子诣甲，函戒哀切。既至，见兄门齿尽豁；骇而问之，则醉中堕马所折。考其时，则父梦之日也，益骇。出父书，甲读之变色，为间曰："此幻梦之适符耳，何足怪！"时方赂当路者，得首荐，故不以妖梦为意。弟居数日，见其蠹役满堂，纳贿关说者，中夜不绝，流涕谏止之。甲曰："弟日居衡茅，故不知仕途之关窍耳。黜陟之权，在上台不在百姓。上台喜，便是好官；爱百姓，何术复令上台喜也？"弟知不可劝止，遂归。悉以告翁。翁闻之大哭。无可如何，惟捐家济贫，日祷于神，但求逆子之报，不累妻孥。

次年，报甲以荐举作吏部，贺者盈门；翁惟欷歔，伏枕托疾，不出见一客。未几，闻子归途遇寇，主仆殒命。翁乃起，谓人曰："鬼神之怒，止及其身，祐我家者不可谓不厚也。"因焚香而报谢之。慰藉翁者，咸以为道路之讹，而翁殊深信不疑，刻日为之营兆。而甲固未死。先是，四月间，甲解任，甫离境即遭寇，甲倾装以献之。诸寇曰："我等之来，为一邑之民泄冤愤耳，宁专为此哉！"遂决其首。又问家人："有司大成者，谁是？"司故甲之腹心，助纣为虐者也。家人共指之，贼亦决之。更有蠹役四人，甲聚敛臣也，将携入都。并搜决讫，始分赀入囊，驽驰而去。

甲魂伏道旁，见一宰官过，问："杀者何人？"前驱者报曰："某县白知县也。"宰官曰："此白某之子，不宜使老后见此凶惨，宜续其头。"即有一人掇头置腔上，曰："邪人不宜使正，以肩承颔可也。"遂去。移时复苏。妻子往收其尸，见有余息，载之以行；从容灌之，亦受饮。但寄旅邸，贫不能归。半年许，翁始得确耗，遣次子致之而归。甲虽复生，而目能自顾其背，不复齿人数矣。翁姊子有政声，是年行取为御史，悉符所梦。

异史氏曰："窃叹天下之官虎而吏狼者，比比也。即官不为虎，而吏且将为狼，况有猛于虎者耶！夫人患不能自顾其后耳；

苏而使之自顾，鬼神之教微矣哉！"

邹平李进士匡九，居官颇以廉明自许。尝有富民为人罗织，门役吓之曰："官索汝二百金，宜速办；不然，败矣！"富民惧，诺备半数。役摇手不可，富民苦哀之，役曰："我无不极力，但恐不允耳。待听鞫时，汝目睹我为若白之，其允与否，亦可明我意之无他也。"少间，公按是事。役知李戒烟，近问："饮烟否？"李摇其首。役即趋下曰："适言其数，官摇首不许，汝见之耶？"富民信之，益惧，诺如前数。役知李嗜茶，近问："饮茶否？"李颔之。役托烹茶，趋下曰："谐矣！适首肯，汝见之耶？"既而审结，富民果获免，役即收其苞苴，且索谢金。呜呼！官自以为廉，而骂其贪者载道焉。此又纵狼而不自知者矣。世之如此类者更多，可为居官者备一鉴也。

又，邑宰杨公，性刚鲠，撄其怒者必死；尤恶隶皂，小过不宥。每凛坐堂上，吏胥之属无敢咳者。此属间有所白，必反而用之。适有邑人犯重罪，惧死。一吏索重赂，为之缓颊。邑人不信，且曰："果能之，我何靳报焉！"乃与要盟。少顷，公鞫是事。邑人不肯服。吏在侧呵语曰："不速实供，大人械梏死矣！"公怒，曰："何知我必械梏之耶？想其赂未到耳。"遂责吏释邑人。邑人乃以百金报吏。要知狼诈多端，少失觉察即为所用，正不止肆其爪牙，以食人于乡而已也。此辈败我名，败我阴骘，甚至丧我身家。不知居官者作何心腑，偏要以赤子饲麻胡也！

【译文】

白翁是河北人。大儿子白甲，在江南做官，一去两年没有消息。正巧有位姓丁的远亲，来他家拜访，白翁设宴招待他。这位姓丁的平日常到阴间地府中当差。谈话间，白翁问他阴间事，丁对答了些虚幻不着边际的话；白翁听了，也不以为真，只是微微一笑罢了。

　　别后几天，白翁刚躺下，见丁姓亲戚又来了，他邀请白翁一块去游历。白翁跟他去了，进了一座城门。又走了一会，丁指着一个大门说："这里是您外甥的官署。"当时，白翁姐姐的儿子，是山西的县令。白翁惊讶地说："怎么在这里？"丁说："如果你不信，就进去看个明白。"白翁进了大门，果然见外甥坐在大堂上，头戴饰有蝉纹的帽子，身穿绣有獬豸图案的官服，门戟与旌旗列于两旁，但没有人给他通报。丁拉他出来，说："你家公子的衙署，离这里不远，也愿去看看吗？"白翁答应了。走了不多一会儿，来到一座官府门首，丁说："进去吧。"白翁探头向里一看，有一巨狼挡在路上，他很畏惧，不敢进去。丁说："进去。"白翁又进了一道门，见大堂之上、大堂之下，坐着的、躺着的，都是狼。再看堂屋前的高台上，白骨堆积如山，更加畏惧。丁以自己的身体掩护着白翁走进去。这时，白翁的公子白甲正好从里面出来，见父亲与丁某到来很高兴。把他们请到屋里坐了一会儿，便让侍从准备饭菜。忽然，一只狼叼着一个死人跑进来，白翁吓得浑身哆嗦，站起来说："这是干什么？"儿子白甲说："暂且充当庖厨做几个菜。"白翁急忙制止他。白翁心里惶恐不安，想告辞回去，一群狼挡住去路。正在进退两难的时候，忽然见群狼乱纷纷地嗥叫着四散逃避，有的窜到床底，有的趴伏在桌下，白翁很惊异，不明白这是什么缘故。一会儿，有两个身着黄金铠甲的猛士瞪着大眼闯进来，拿出黑色的绳索把白甲捆起来。白甲扑倒在地上，变成一只牙齿锋利的老虎。一个猛士拔出利剑，想砍下老虎的脑袋；另一个猛士说："别砍，别砍，这是明年四月间的事，不如暂且敲掉它的牙齿。"于是，就拿出大铁锤敲打老虎的牙齿，虎牙就零零碎碎地掉在地上。老虎痛得吼叫，声音震动了山岳。白翁大为恐惧，忽然被吓醒，才知道这是一个梦。白翁心里总觉得这个梦很奇异，马上派人去把丁某请来，丁推辞不来。

白翁把自己的梦境记下来，让次子去拜访白甲，信中劝诫白甲的言语很沉痛悲切。次子到白甲处，见白甲的门牙都掉了；惊骇地问他，说是因为喝醉酒，从马上掉下来磕掉了。细细考察一下时间，正是白翁做梦的日子，更加惊骇。他把父亲的信拿出来，白甲读完信，脸色变得苍白。略沉思了一会说："这是虚幻的梦，是偶然的巧合，有什么值得大惊小怪的。"那时，白甲正在贿赂当权的长官，得到优先推荐的机会，所以并不以这个稀奇的梦为意。弟弟在白甲的官府中住了几天，见满堂都是恶吏，行贿通关节走后门的人，到深夜还是不断。弟弟流着泪劝谏白甲不要再这样干了。白甲说："弟弟你自小居住在乡间土墙茅屋中，所以不了解官场的诀窍啊。官吏的提升与降职的大权，是在上司手里，而不是在老百姓手里。上司喜欢你，你就是好官；你爱护百姓，有什么法子能使上司喜欢呢?"弟弟知道白甲是无法可劝了，就回到家里，把白甲的行为告诉了父亲。白翁听到后，悲痛大哭。没有别的法子可行，只有将其家中的财产捐出来周济贫苦的人，天天向神灵祈祷，求老天对逆子的报应，不要牵累到其他家属。

第二年，有人传说白甲以首荐，被推举到吏部做官，前来祝贺的人挤满了门庭；白翁只有长吁短叹，躺在床上推说有病，不愿接见客人。不久，又传闻白甲在回家的路上遇到了强盗，与仆从都已丧生。白翁就起来，对人说："鬼神的暴怒，只殃及他自己，保佑我全家的恩德不能说不厚。"就烧香感谢神灵。来安慰白翁的人，都说这是道听途说的消息，但白翁却据信不疑，限定日期为白甲营造坟墓。可是白甲并没有死。原来四月间，白甲离任调往京都，才离开县境，就遇到强盗。白甲把携带的行装全部献出来，众强盗说："我们到这里来，是为全县百姓申冤泄愤的，哪里是专为这些东西而来的！"接着就砍下了白甲的头；又问白甲的家人："有个叫司大成的是哪一个？"司大成是白甲的心腹，专帮他干坏事。家人都指着那个叫司大成的人，强盗们也把他处死。还有四个贪婪的衙役，是为白甲搜刮百姓钱财的爪牙，白甲准备带他们到京城。强盗们也把他们从仆从中找出来杀了，才把白甲的不义之财分了带到身上，骑马急驰而去。

　　白甲的魂魄伏在道旁，见一位官员从这里经过，问道："被杀的这个人是谁？"走在前边开路的人说："是某县的白知县。"官员说："这是白翁的儿子，不应该叫他这么大年纪见到这样凶惨的景象，应当把死者的头再接上。"立即有一个随从把白甲的头安上，并且说："这种邪恶之人，头不应使它正当，让他用肩托着下巴就行了。"安上头就都走了。过了一些时候，白甲苏醒过来。妻子去收拾他的尸体，见他还有一点气息，就把他用车子载走，慢慢地给他灌点汤水，他也能咽下去。可是住在旅店中，穷得连路费都没有。半年多，白翁才得知儿子的确实消息，就派二儿子去把他接回来。白甲虽说是活了，但两只眼睛只能顾看自己的脊背，人们都不拿他当人看待。白翁姐姐的孩子从政声望很好，这一年被考核进京做御史。这些都和他梦中所见完全相符。

　　异史氏说："我私下哀叹，天下当官的凶如老虎，为吏的恶似狼，这种情况到处都是，即使当官的不是虎，为吏的也常常是狼，何况还有比老虎更凶猛的官呢！人们苦于不能看到自己的后背；而苏醒以后却让他能看到，鬼神的劝诫是多么的精深奥妙啊！"

　　山东邹平有一个进士叫李匡九，做官颇廉洁贤明。曾经有一个富人，被人罗织一些罪名而送官究治，开堂之前，门役吓唬他说："当官的向你索取两百两银子，你要赶快回去措办。不然的话，官司就要打输了！"富人害怕了，答应给一半。门役摇摇手，表示不行。富人苦苦地哀求他，门役说："我没有不尽力帮忙，只怕当官的不允许罢了。等到听审时，你可以亲眼看到我为你说情，看看当官是不是允许，也可以让你明白我没有别的意思。"过了一会，李匡九开始审理案件。差役心知李匡九最近戒烟，故意走到近前，低声地问他要不要吸烟。李匡九摇摇头表示不吸。差役便走到富人跟前说："我才禀报说你出白银一百两，他摇头不答应，这是你亲眼见到的！"富人相信了他的鬼话，答应给二百两银子。差役知道李匡九爱喝茶，就靠近问道："冲点茶吧？"李匡九点点头。差役又到富人跟前说："成了。老爷点头同意了，你亲眼看见了吧！"后来案子结了，富人果然无罪释放。这位差役不但收到二百两银子，还得到额外的谢金。唉，做官者自以为为政清廉，而骂他们贪官的大有人在。这就是自己放纵差役去作恶，如同豺狼，而自己还稀里糊涂不自觉啊。世上这种糊涂官很多，这件事可为一心为政廉洁的当官者当一面镜子啊。

又有一个姓杨的县令，性情刚烈耿直，要在他生气的时候触犯了他，一定会死的。他尤其厌恶那些小的衙役，一点小的过失也不原谅。往往他凛然坐在堂上，那些小衙役们没有一个敢咳嗽一声。这些下属间或要为别人在他面前说人情的话，他一定将惩办犯人的刑罚用到下属身上。正好有一个当地人犯了大罪，很怕被处死。一个小吏向他索要重额的贿赂，而为他从中说情。这个当地人信不过他，而且说道："如果能够办到的话，我怎么会吝惜去报答你呢。"就与他订下盟约。过了一会儿，杨公审问这件事。当地人不肯服罪。那个小吏站在旁边呵斥他道："不快快从实招供，待大人用刑时整死你！"杨公愤怒地说："你怎么知道我一定要用刑呢？想来是他的贿赂还没有到你的手里吧！"于是责备了小吏，而释放了那个当地人。当地人就拿出百金来报答小吏。要知道狼是诡计多端的，你稍稍地放松那么一点觉察之心，就会被它利用，不只是张牙舞爪，在乡间吃人。这帮人败坏我们阴世的功德，甚至使我们丧失身家性命。不知那些做官的是什么样的心肠，偏偏要拿婴儿去喂养残暴的食人恶魔。

【延伸阅读】

《梦狼》一则，写官虎吏狼，固足以警觉贪墨，此二附录，居官者尤不可不知也。字字金丹，能勿宝诸！且绘吏役狡诈之情，笔笔飞舞变幻，删之者抑何心哉！

——清·胡泉

通牧令之署者何人哉？蠹役耳，蠹书耳，纳贿关说之徒耳。獬豸在堂，豺狼避道，自无人可通矣，行取内台复何愧！

——清·但明伦

（景晓璇）

考弊司

编者按："官德隆，国必昌；官德毁，国必亡。"为政者必须要强化宗旨意识，全心全意为人民服务，恪守立党为公、执政为民理念。做到严格约束自己的操守和行为，戒贪止欲、克己奉公，切实把人民赋予的权力用来造福人民。在《考弊司》中，考弊司本是考察弊端的场所，却成了"两面人"藏污纳垢的地方：考弊司司主虚肚鬼王实际正以割髀肉勒索贿赂，堂下却立着"礼义廉耻"的碑碣；某贵官以五千缗卖出一个官缺，却勉励买者做官要"清廉谨慎"。蒲松龄借此故事揭露贪官污吏残害百姓的暴行，以及封建科举制度的弊端和危害。

【原文】

闻人生，河南人。抱病经日，见一秀才入，伏谒床下，谦抑尽礼。已而请生少步，把臂长语，刺刺且行，数里外犹不言别。生仡足，拱手致辞。秀才云："更烦移趾，仆有一事相求。"生问之。答云："吾辈悉属考弊司辖。司主名虚肚鬼王。初见之，例应割髀肉，浼君一缓颊耳。"生惊问："何罪而至于此？"曰："不必有罪，此是旧例。若丰于贿者，可赎也。然而我贫。"生曰："我素不稔鬼王，何能效力？"曰："君前世是伊大父行，宜可听从。"

言次，已入城郭。至一府署，廨宇不甚弘敞，惟一堂高广，堂下两碣东西立，绿书大于栲栳，一云"孝弟忠信"，一云"礼义廉耻"。蹑阶而进，见堂上一匾，大书"考弊司"。楹间，板雕翠字一联云："曰校曰序曰庠，两字德行阴教化；上士中士下士，一堂礼乐鬼门生。"游览未已，官已出，鬈发鲐背，若数百年人。而鼻孔撩天，唇外倾，不承其齿。从一主簿吏，虎首人身。又十余人列侍，半狞恶若山精。秀才曰："此鬼王也。"生骇极，欲却退。鬼王已睹，降阶揖生上，便问兴居，生但诺诺。又问："何事见临？"生以秀才意具白之。鬼王色变曰："此有成例，即父命所不敢承！"气象森凛，似不可入一词。生不敢言，骤起告别。鬼王侧行送之，至门外始返。生不归，潜入以观其变。至堂下，则秀才已与同辈数人，交臂历指，俨然在徽缠中。一狞人持刀来，裸其股，割片肉，可骈三指许。秀才大嗥欲嗄。生少年负义，愤不自持，大呼曰："惨惨如此，成何世界？"鬼王惊起，暂命止割，桥履逆生。生岔然已出，遍告市人，将控上帝。或笑曰："迂哉！蓝蔚苍苍，何处觅上帝而诉之冤也？此辈惟与阎罗近，呼之或可应耳。"乃示之途。趋而往，果见殿陛威赫，阎罗方坐，伏阶号屈。王召讯已，立命诸鬼缩缒提锤而去。少顷，鬼王及秀才并至，审其情确，大怒曰："怜尔夙世攻苦，暂委此任，候生贵家，今乃敢尔！其去若善筋，增若恶骨，罚令生生世世不得发迹也！"鬼乃棰之，仆地，颠落一齿。以刀割指端，抽筋出，亮白如丝，鬼王呼痛，声类斩豕。手足并抽讫，有二鬼押去。

生稽首而出。秀才从其后，感荷殷殷。挽送过市，见一户，垂朱帘，帘内一女子，露半面，容妆绝美。生问："谁家？"秀才曰："此曲巷也。"既过，生低徊不能舍，遂坚止秀才。秀才曰："君为仆来，而今踽踽以去，心何忍。"生固辞，乃去。生望秀才去远，急趋入帘内。女接见，喜形于色。入室促坐，相道姓名。女自言："柳氏，小字秋华。"一妪出，为具肴酒。酒阑，入帏，欢爱殊浓，切切订婚嫁。既曙，妪入曰："薪水告竭，要耗郎君金赀，奈何！"生顿念腰囊空虚，惶愧无声。久之，曰："我实不曾携得一文，宜署券保，归即奉酬。"妪变色曰："曾闻夜度娘索逋欠耶？"秋华蹙蹙，不作一语。生暂解衣为质，妪持笑曰："此尚不能偿酒直耳。"唧唧不满志，与女俱入。生惭，移时，犹冀女出展别，再订前约。久久无音，潜入窥之，见妪与秋华自肩以上化为牛鬼，目睒睒相对立。大惧，趋出；欲归，则百道歧出，莫知所从。问之市人，并无知其村名者。徘徊廛肆之间，历两昏晓，凄意含酸，响肠鸣饿，进退无以自决。忽秀才过，望见之，惊曰："何尚未归，而简亵若此？"生觍颜莫对。秀才曰："有之矣！得勿为花夜叉所迷耶？"遂盛气而往，曰：

"秋华母子，何遽不少施面目耶！"去少时，即以衣来付生曰："淫婢无礼，已叱骂之矣。"送生至家，乃别而去。生暴绝，三日而苏，言之历历。

【译文】

闻人生，是河南人。有一次，他生病卧床，躺了一整天，见一个秀才走进来，跪在床下拜见，非常谦恭有礼。既而秀才又请他出去走走，一路上秀才拉着他的胳膊，边走边絮絮叨叨地说个不停。一直走了几里路，还不告别。闻人生站住脚，拱拱手要告辞。秀才说："请您再走几步，我有一件事求您！"闻人生问他什么事，秀才说："我们这些人都归'考弊司'管辖。'考弊司'的司主名叫'虚肚鬼王'，凡初次拜见他的人，按照旧例，都要从大腿上割下一块肉献给他。我想求您去给讲讲情，饶了我们！"闻人生惊讶地问："犯了什么罪至于受这种刑罚？"秀才回答说："不必犯罪，这是'考弊司'的老规矩。如果给鬼王送重礼，才能免了；但我们都太穷了，送不起礼！"闻人生说："我和那鬼王素不相识，怎能为你效力呢？"秀才说："您的前世是鬼王的爷爷辈，他应该听您的话。"

二人正说着，已走进一座城市，来到一个衙门前。见官衙的房屋建筑不很宽敞，只有一间厅堂又高又大。堂下东西两边立着两块石碑，上面刻着斗大的字，涂着绿色。一块刻的是"孝悌忠信"，另一块刻的是"礼义廉耻"。二人大步登上台阶，进入堂内，又见大堂上方悬挂着一块匾，上书大字"考弊司"。大堂柱子上，挂着一副板雕绿字的对联，上联是"曰校曰序曰庠，两字德行阴教化"，下联是"上士中士下士，一堂礼乐鬼门生"。两人还没看完，一个官员从里边走了出来。见那官头发卷曲，腰背弓着，像有几百岁的样子，一对鼻孔朝天，短短的嘴唇翻着，露出一嘴獠牙利齿。随从的一个师爷，人身上却长着颗虎脑袋。又有十几个人在两边排列伺候，大半都狰狞凶恶，像是山精山怪。秀才对闻人生说："那就是鬼王。"闻人生早吓得魂飞魄散，返身想走。鬼王却已看见他，忙从台阶上走下来，恭敬地行礼，将闻人生请进了大堂，又问候他的日常起居，闻人生只吓得连连说"是"。鬼王问他："来这里有什么事？"闻人生便把秀才求自己的事说了。鬼王一听勃然变色，说："这是有旧例的，就是我亲爹来讲情，我也不敢听从！"说完，面如冰霜，像是一句人情话也听不进去。闻人生不敢再说别的，急忙站起身告辞。鬼王又侧着身子，恭恭敬敬地把他送到大门外才回去。闻人生出门后不往回走，又返身偷偷走进来，想看看那鬼王到底要干什么。来到大堂下，只见那秀才和另外几个人都已被绳索反绑起来，一个面目凶恶的人拿着一把刀子走过来，先脱下秀才的裤子，然后从大腿上一刀割下一片三指宽的肉来。秀才疼得大声号叫，把嗓子都喊破了。闻人生年轻气盛，见此情景，怒不可遏，大喊道："如此惨毒，什么世道？"鬼王吃了一惊。从座上站起来，命令暂停割肉，健步迎接闻人生。闻人生已气忿忿地走了出去，遍告路人，要去上帝那里控告。有人讥笑他说："真愚蠢啊！蓝天茫茫，到哪里去找上帝申诉冤屈？这些鬼跟阎王倒挺近，到阎王那里上告，或许还管点用！"便给他指路。闻人生沿路赶去，一会儿来到阎王殿，见气象十分威严，阎王正在大殿上坐着。闻人生跪在台阶下，大声喊冤。阎王叫上他来询问清楚，立即命鬼卒拿着绳索提着锤子去捉鬼王来。过了不久，鬼王和秀才一起被拿来，阎王审知闻人生说的都是实情，大怒，斥骂鬼王说："我可怜你生前一生苦读，所以暂时委给你这个重任，等候让你投生到富贵大家去。你现在却敢如此无法无天！我要剔去你身上的'善筋'，再给你添上'恶骨'，罚你生生世世永远不得做官！"一个鬼卒便上前，将鬼王一锤子打翻在地，连门牙也磕掉了一颗。鬼卒又用刀割破鬼王的指尖，抽出一条又白又亮、像丝线一样的筋来，鬼王痛得杀猪般大声嗥叫。直到把他手上、脚上的筋都抽完，才有两个鬼卒押着他走了。

闻人生给阎王磕了头，便退出了阎王殿。秀才在后面跟着，对闻人生很是感激，挽着他的胳膊，送他走过街市。闻人生看见有个人家，门口挂着红门帘，帘后有个女子，露出了半张脸，模样非常艳丽。闻人生问："这是谁家？"秀才回答说："这是妓院。"已经走过去后，闻人生对那女子留恋不舍，于是坚决不让秀才再送。秀才说："您是为我的事来的，却让您一人孤孤单单地回去，我怎么忍心呢？"闻人生坚决告辞，秀才只好离去。闻人生见秀才走远，急忙回身走进那家妓院。那女子立即出来迎接他，面现喜色。进入室内，女子让闻人生坐下，互相说了姓名。女子自称姓柳，小名叫秋华。这时一个老婆子出来，为他们准备下酒菜。喝完酒，二人上床，极尽欢爱，山盟海誓地订下了婚约。天亮后，老婆子进来说："没钱买柴买米了，无奈只得破费郎君几个钱了！"闻人生顿时想起腰包里空空的，没带钱，惶恐惭愧地一语不发。过了很久，才说："我实在没带一文钱，我给你们立下字据，回去后立即偿还。"老婆子一下子变了脸，说："你听说过有妓女外出讨债的吗？"柳秋华也皱着眉头，一句话不说。闻人生只好脱下外衣，当作抵押。老婆子接过衣服，讥笑说："这件东西还不够偿还酒钱的！"嘴里絮絮叨叨的，一副很不满意的样子，跟那女子进了内室。闻人生非常羞惭。又过了会儿，闻人生还在盼望着女子出来和他道别，再重申订下的婚约，等了很久，寂无声息，闻人生便暗暗进去察看，见老婆子和柳秋华自肩部以上都变成了牛头鬼，目光闪闪地相对而立。闻人生大惊，急忙返身逃了出来。他想回家，可是岔路极多，不知走哪条路好。询问街市上的人，并没有知道他的村名的。闻人生在街上徘徊了两天两夜，辛酸悲伤，加上饥肠辘辘，真是进退两难。忽然那个秀才从这里经过，看见闻人生，惊讶地说：

"你怎么还没回去，却这样狼狈？"闻人生红着脸不好意思回答。秀才说："我知道了，你莫不是被花夜叉迷住了吧？"说完，秀才便气呼呼地往那家妓院走去，说："秋华母女怎么这样不给人留面子？"过了一会儿，秀才就把衣服抱来交给闻人生说："那淫婢太无礼，我已经叱骂过她了！"秀才把闻人生一直送到家后，才告辞走了。这时，闻人生突然死去已经三天了，此刻才苏醒过来，说起阴间的经历，还记得清清楚楚。

【延伸阅读】

嘲笑如前，曲巷以后，比例见意耳。

——清·何守奇

学官是饿鬼转世，当然不是生活中的真实，却把生活本质揭示得更加触目惊心。

——马瑞芳

（景晓璇）

劳山道士

编者按： 子曰："士志于道。"孟子曰："天将降大任于是人也，必先苦其心志。"一个人追求理想当不畏艰辛。习近平总书记指出："坚定信念，就是坚持不忘初心、不移其志。"不忘初心正是我们党的优秀品质之一，在坚持不懈的努力下，才成就了今天这番国泰民安、欣欣向荣的盛世景象。《劳山道士》一篇，蒲松龄通过描写一个求道不坚、欺世盗名，却又贪图虚名、喜欢卖弄的书生形象，以此警醒世人：在追求理想信念的过程中，遇到困难在所难免，但要做到面对困境矢志不渝，求真务实，方能有所成就。

【原文】

邑有王生，行七，故家子。少慕道，闻劳山多仙人，负笈往游。登一顶，有观宇，甚幽。一道士坐蒲团上，素发垂领，而神观爽迈。叩而与语，理甚玄妙。请师之，道士曰："恐娇惰不能作苦。"答言："能之。"其门人甚众，薄暮毕集，王俱与稽首，遂留观中。凌晨，道士呼王去，授一斧，使随众采樵。王谨受教。过月余，手足重茧，不堪其苦，阴有归志。

一夕归，见二人与师共酌，日已暮，尚无灯烛。师乃剪纸如镜，粘壁间，俄顷，月明辉室，光鉴毫芒。诸门人环听奔走。一客曰："良宵胜乐，不可不同。"乃于案上取壶酒，分赉诸徒，且嘱尽醉。王自思：七八人，壶酒何能遍给？遂各觅盎盂，竞饮先釂，惟恐樽尽。而往复挹注，竟不少减。心奇之。俄一客曰："蒙赐月明之照，乃尔寂饮。何不呼嫦娥来？"乃以箸掷月中。见一美人，自光中出，初不盈尺，至地遂与人等。纤腰秀项，翩翩作《霓裳舞》。已而歌曰："仙仙乎，而还乎，而幽我于广寒乎！"其声清越，烈如箫管。歌毕，盘旋而起，跃登几上，惊顾之间，已复为箸。三人大笑。又一客曰："今宵最乐，然不胜酒力矣，其饯我于月宫可乎？"三人移席，渐入月中。众视三人，坐月中饮，须眉毕见，如影之在镜中。移时，月渐暗，门人然烛来，则道士独坐而客杳矣。几上，肴核尚故；壁上月，纸圆如镜而已。道士问众："饮足乎？"曰："足矣。""足，宜早寝，勿误樵苏。"众诺而退。王窃忻慕，归念遂息。

又一月，苦不可忍，而道士并不传教一术。心不能待，辞曰："弟子数百里受业仙师，纵不能得长生术，或小有传习，亦可慰求教之心。今阅两三月，不过早樵而暮归。弟子在家，未谙此苦。"道士笑曰："我固谓不能作苦，今果然。明早当遣汝行。"王曰："弟子操作多日，师略授小技，此来为不负也。"道士问："何术之求？"王曰："每见师行处，墙壁所不能隔，但得此法足矣。"道士笑而允之。乃传以诀，令自咒毕，呼曰："入之！"王面墙不敢入。又曰："试入之。"王果从容入，及墙而阻。道士曰："俯首骤入，勿逡巡！"王果去墙数步，奔而入，及墙，虚若无物，回视，果在墙外矣。大喜，入谢。道士曰："归宜洁持，否则不验。"遂助资斧，遣之归。抵家，自诩遇仙，坚壁所不能阻，妻不信。王效其作为，去墙数尺，奔而入；头触硬壁，蓦然而踣。妻扶视之，额上坟起如巨卵焉。妻揶揄之。王惭忿，骂老道士之无良而已。

异史氏曰："闻此事未有不大笑者，而不知世之为王生者，正复不少。今有伧父，喜疢毒而畏药石，遂有吮痈舐痔者，进宣威逞暴之术，以迎其旨，诒之曰：'执此术也以往，可以横行而无碍。'初试未尝不小效，遂为天下之大，举可以如是行矣，势不至触硬壁而颠蹶不止也。"

【译文】

县里有个姓王的书生，排行第七，是世代仕宦之家的后代，从小就向往道家的修炼之术。他听说崂山上仙人很多，就背上书箱前往游学。他登上一座山顶，看见一所环境清幽的道观，一个道士坐在蒲团上，虽然白发垂肩，但神态爽朗。王生上前叩头并与之交谈，道士所讲的道学精深玄妙，王生便请求拜为师父。道士说："只怕你娇气懒散，吃不得苦。"王生回答："我能。"道士的徒弟很多，傍晚时都聚集在一起，王生一一向他们行礼，便留在了道观中。第二天清晨，道士把王生叫去，交给他一把斧头，让他跟着众道徒一起去砍柴，王生恭敬地听从指教。就这样持续了一个多月，王生的手上、脚上都磨出了厚厚的老茧，他忍受不了这样的苦累，暗暗产生了回家的念头。

一天傍晚归来，王生看见有两位客人与师父共坐饮酒。天已经黑了，却并未点亮蜡烛。师父将一张纸剪成镜子的形状，粘在墙上。不一会儿，那纸便如明月般照亮室内，满室生辉，丝毫毕现。众弟子围绕伺候，往来不停。其中一位客人说道："良宵美景，其乐无穷，大家不可不共同享乐。"于是便从桌上拿起酒壶，分赏给众弟子，并嘱咐大家尽情地畅饮。王生心想，只有这一小壶酒，七八个人怎么够喝呢？众弟子各自寻杯觅碗，争着先喝，唯恐壶里的酒没有了。然而众人往来不断地斟酒，壶里的酒竟一点儿也不见减少，王生暗自惊奇。又过了一会儿，另一位客人说道："承蒙主人赏赐明月清辉，然而这样无趣地饮酒终究寂寞，何不请嫦娥来一聚？"说完就将筷子向月中抛去。见一美女从月光中飘然而出，起初还不满一尺，等落到地上，便和常人一般高了。美人腰肢纤细、玉颈秀美，翩翩跳起了《霓裳羽衣舞》。舞完还唱道："神仙啊，你回到人间，却独独将我幽禁在广寒宫！"歌声清脆悠扬，如同吹奏箫管般美妙悠扬。歌唱完毕，美人旋转着飘然而起，跳到了桌子上，正在大家惊奇地观望时，美人已复原为筷子了。师父与两位客人乘兴大笑。此时又听客人说道："今晚高兴极了，然而我不胜酒力，两位可到月宫中为我饯行吗？"于是三人移席，渐渐进入月宫中。众弟子看到三人坐在月中饮酒，胡须眉毛全看得清清楚楚，如同镜中的人影一样。又过了一会儿，月光渐渐暗淡下来，弟子点燃蜡烛，却发现只有道士独自坐在那里，客人已没了踪影，桌子上只余残羹剩饭尚在，而墙上的月亮，只不过是像镜子一样圆的一张纸而已。道士问众弟子：“美酒尽兴了吗?”众人回道：“尽兴了。”道士说：“喝好了就早点睡觉，不要耽误了明天砍柴割草。”众弟子答应着退了出去。王生暗自倾慕师父的道术，便打消了回家的念头。

又过了一个月，王生实在忍受不了这种苦楚，而道士还是不传授他法术。他再也待不下去了，于是就向道士辞行：“弟子不远数百里来拜仙师学习，即便不能学到长生不老术，若能学习点小小的法术，也可以安慰我的求学苦心。两三个月都过去了，您只是让我从早到晚地砍柴。我在家中，从未吃过这种苦。”道士笑道：“我本来就说你不能吃苦，现在看来果然如此。明天早晨就打发你动身回家吧。”王生说：“弟子在这里劳作了多日，请师父稍微教我一点儿小法术，也不枉我来此一趟。”道士问：“你想学什么法术?”王生说：“每每见到师父行走时，墙壁也不能阻挡，只要能学到这个法术，我就知足了。”道士笑着答应了。于是传授王生穿墙的口诀，并让他自己念诵，待其念完，大声说道：“入墙!”而王生面对着墙壁却不敢穿入。道士又说：“你试着往里入。”王生便从容地穿墙，却被墙壁阻挡。道士又说：“你低头快入，不要犹豫!”王生于是离墙数步，奔跑着冲向墙壁，过墙时，像什么东西都没有，待回头一看，身体果然已在墙外了。王生大喜，进去拜谢了师父。道士说：“回家后要洁持自爱，否则法术就不灵验了。”并给他备好路费，让他回家了。王生回到家里，炫耀自己遇到了神仙，再坚固的墙壁也能穿越，他的妻子并不相信。王生便按照在崂山时师父的教法，距离墙壁数尺，快速奔跑穿墙；却头碰硬壁，猛然跌倒在地。妻子扶起他来看时，只见额头上鼓起一个像鸡蛋一样的大包。妻子讥笑他。王生又愧又恨，咒骂老道士是无良之人。

异史氏说：“听说这件事以后，没有不哈哈大笑的，而不知道像王生这样的人，世上正有不少哩！现在有些粗俗的蠢货，喜欢毒品，讨厌良药。于是吸疮舔痔的人，就献上显威力逞强暴的计策，用来迎合他的心意，骗他说：'按照这个办法走，可以横行无阻。'初试这办法，也有些效用，便以为普天下都可照此办理，不到头碰硬墙栽倒，他是不会罢休的。"

【延伸阅读】

文评自明。亦以见学问之途，非浮慕者所得与。虽有名师，亦且俟其精进有得，而后举其道以传之；苟或作或辍，遂欲剽窃一二以盗名欺世，其不触处自踬者几希。

——清·但明伦

人之患，在不能吃苦。怕吃苦，脚根便站不稳，将随在皆硬壁，其何以行之哉？

——清·方舒岩

（谭　莹）

珊　瑚

编者按：《珊瑚》事关家庭伦理，描写了沈氏和安大成对珊瑚的肆意欺凌，塑造了珊瑚这个所谓的"贤媳"形象，有不少封建糟粕，却又是极为普遍和严重的社会现象。这实质上是父权的滥用，自然就会造成伦理失衡和社会失序。放诸国家层面，铸牢公权之德，扎紧篱笆，防止权力滥用，也是党员干部应当具备的政治品德。习近平总书记要求"把权力关进制度的笼子里"，指出：

"如果法治的堤坝被冲破了，权力的滥用就会像洪水一样成灾。"并强调："要守住权力关，始终保持对权力的敬畏感，坚持公正用权、依法用权、为民用权、廉洁用权。"党员干部要像焦裕禄、孔繁森、谷文昌、杨善洲、王瑛等党的好干部一样，不忘初心、牢记使命，增强对马克思主义、共产主义的信仰，争做社会主义核心价值观的坚定信仰者、践行者。

【原文】

安生大成，重庆人。父孝廉，早卒。弟二成，幼。生娶陈氏，小字珊瑚，性娴淑。而生母沈，悍谬不仁，遇之虐，珊瑚无怨色，每早旦靓妆往朝。值生疾，母谓其诲淫，诟责之。珊瑚退，毁妆以进。母益怒，投颡自挝。生素孝，鞭妇，母始少解。自此益憎妇。妇虽奉事惟谨，终不与交一语。生知母怒，亦寄宿他所，示与妇绝。久之，母终不快，触物类而骂之，意皆在珊瑚。生曰："娶妻以奉姑嫜，今若此，何以妻为！"遂出珊瑚，使老妪送诸其家。方出里门，珊瑚泣曰："为女子不能作妇，归何以见双亲？不如死！"袖中出剪刀刺喉。急救之，血溢沾衿，扶归生族婶家。婶王，寡居无耦，遂止焉。妪归，生嘱隐其情，而心窃恐母知。过数日，探知珊瑚创渐平，登王氏门，使勿留珊瑚。王召之入，不入，但盛气逐珊瑚。无何，王率珊瑚出，见生，便问："珊瑚何罪？"生责其不能事母。珊瑚脉脉不作一言，惟俯首呜泣，泪皆赤，素衫尽染。生惨恻，不能尽词而退。又数日，母已闻之，怒诣王，恶言诮让。王傲不相下，反数其恶，且言："妇已出，尚属安家何人？我自留陈氏女，非留安氏妇也，何烦强与他家事！"母怒甚而穷于词，又见其意气匈匈，惭沮大哭而返。

珊瑚意不自安，思他适。先是，生有母姨于媪，即沈姊也。年六十余，子死，止一幼孙及寡媳，又尝善视珊瑚。遂辞王，往投媪。媪诘得故，极道妹子昏暴，即欲送之还。珊瑚力言其不可，兼嘱勿言，于是与于媪居，类姑妇焉。珊瑚有两兄，闻而怜之，欲移之归而嫁之。珊瑚执不肯，惟从于媪纺绩以自度。生自出妇，母多方为子谋婚，而悍声流播，远近无与为耦。积三四年，二成渐长，遂先为毕姻。二成妻臧姑，骄悍戾沓，尤倍于母。母或怒以色，则臧姑怒以声。二成又懦，不敢为左右祖。于是母威顿减，莫敢撄，反望色笑而承迎之，犹不能得臧姑欢。臧姑役母若婢，生不敢言，惟身代母操作，涤器、氾扫之事皆与焉。母子恒于无人处，相对饮泣。无何，母以郁积病，委顿在床，便溺转侧皆须生，生昼夜不得寐，两目尽赤。呼弟代役，甫入门，臧姑辄唤去之。

生于是奔告于媪，冀媪临存。入门，泣且诉。诉未毕，珊瑚自帏中出。生大惭，禁声欲出，珊瑚以两手叉扉。生窘急，自肘下冲出而归，亦不敢以告母。无何，于媪至，母喜止之。由此媪家无日不以人来，来辄以甘旨饷媪。媪寄语寡媳："此处不饿，后勿复尔。"而家中馈遗，卒无少间。媪不肯少尝食，缄留以进病者，母病亦渐瘳。媪幼孙又以母命将佳饵来问疾。沈叹曰："贤哉妇乎！姊何修者！"媪曰："妹以去妇何如人？"曰："嘻！诚不至夫己氏之甚也！然乌如甥妇贤！"媪曰："妇在，汝不知劳；汝怒，妇不知怨。恶乎弗如？"沈乃泣下，且告之悔，曰："珊瑚嫁也未者？"答云："不知，请访之。"又数日，病良已，媪欲别。沈泣曰："恐姊去，我仍死耳！"媪乃与生谋，析二成居。二成告臧姑，臧姑不乐，语侵兄，兼及媪。生愿以良田悉归二成，臧姑乃喜。立析产书已，媪始去。

明日，以车来迎沈。沈至其家，先求见甥妇，亟道甥妇德。媪曰："小女子百善，何遂无一疵？余固能容之。子即有妇如吾妇，恐亦不能享也。"沈曰："呜乎冤哉！谓我木石鹿豕耶！具有口鼻，岂有触香臭而不知者？"媪曰："被出如珊瑚，不知念子作何语？"曰："骂之耳。"媪曰："诚反躬无可骂，亦恶乎而骂之？"曰："瑕疵人所时有，惟其不能贤，是以知其骂也。"媪曰："当怨者不怨，则德焉者可知；当去者不去，则抚焉者可知。向之所馈遗而奉事者，固非予妇也，而妇也。"沈惊曰："如何？"曰："珊瑚寄此久矣。向之所供，皆渠夜绩之所赉也。"沈闻之，泣数行下，曰："我何以见吾妇矣！"媪乃呼珊瑚。珊瑚含涕而出，伏地下。母惭痛自挞，媪力劝始止，遂为姑媳如初。

十余日偕归，家中薄田数亩，不足自给，惟恃生以笔耕，妇以针黹。二成称饶足，然兄不之求，弟亦不之顾也。臧姑以嫂之出也鄙之，嫂亦恶其悍，置不齿。兄弟隔院居，臧姑时有凌虐，一家尽掩其耳。臧姑无所用虐，虐夫及婢。婢一日自经死。婢父讼臧姑，二成代妇质理，大受扑责，仍坐拘臧姑。生上下为之营脱，卒不免。臧姑械十指，肉尽脱。官贪暴，索望良奢。二成质田贷赀，如数纳入，始释归。而债家责负日亟，不得已，悉以良田鬻于村中任翁。翁以田半属大成所让，要生署券。生往，翁忽自言："我安孝廉也。任某何人，敢市吾业！"又顾生曰："冥间感汝夫妻孝，故使我暂归一面。"生出涕曰："父有灵，急救吾弟！"曰："逆子悍妇，不足惜也！归家速办金，赎吾血产。"生曰："母子仅自存活，安得多金？"曰："紫薇树下有藏金，可以取用。"欲再问之，翁已不语，少时而醒，茫不自知。生归告母，亦未深信。臧姑已率数人往发窖，坎地四五尺，止见砖石，并无所谓金者，失意而去。生闻其掘藏，戒母及妻勿往视。后知其无所获，母窃往窥之，见砖石杂土中，遂返。珊瑚继至，则见土内悉白镪，呼生往验之，果然。生以先人所遗，不忍私，召二成均分之。数适得揭取之二，各囊之而归。二成与臧姑共验之，启囊则瓦砾满中，大骇。疑二成为兄所愚，使二成往窥兄。兄方陈金几上，与母相庆。因实告兄，生亦骇，而心甚怜之，举金而并赐之。二成乃喜，往酬债讫，甚德兄。臧姑曰："即此益知兄诈。若非自愧于心，谁肯以瓜分者复让人乎？"二成疑信半之。次日，债主遣仆来，言所偿皆伪金，将执以首官。夫妻皆失色。臧姑曰："如何哉！我固谓兄贤不至于此，是将以杀汝也！"二成惧，往哀债主，主怒不释。二成乃券田于主，听其自售，始得原金而归。细视之，见断金二铤，仅裹真金一韭叶许，中尽铜耳。臧姑因与二成谋，留其断者，余仍返诸兄以觇之。且教之言曰："屡承让德，实所不忍。薄留二铤，以见推施之义。所存物产，尚与兄等。余无庸多田也，业已弃之，赎否在兄。"生不知其意，固让之，二成辞甚决，生乃受。秤之，少五两余。命珊瑚质奁妆以满其数，携付债主。主疑似旧金，以剪刀断验之，纹色俱足，无少差谬，遂收金，与生易券。

二成还金后，意其必有参差，既闻旧业已赎，大奇之。臧姑疑发掘时，兄先隐其真金，忿诣兄所，责数诟厉。生乃悟返金之故。珊瑚逆而笑曰："产固在耳，何怒为！"使生出券付之。二成一夜梦父责之曰："汝不孝不弟，冥限已迫，寸土皆非己有，占赖将以奚为！"醒告臧姑，欲以田归兄，臧姑嗤其愚。是时二成有两男，长七岁，次三岁。无何，长男病痘死。臧姑始惧，使二成退券于兄，言之再三，生不受。未几，次男又死。臧姑益惧，自以券置嫂所。春将尽，田芜秽不耕，生不得已，种治之。

臧姑自此改行，定省如孝子，敬嫂亦至。未半年而母病卒。臧姑哭之恸，至勺饮不入口。向人曰："姑早死，使我不得事，是天不许我自赎也！"产十胎皆不育，遂以兄子为子。夫妻皆寿终。

生三子，举两进士。人以为孝友之报云。

异史氏曰："不遭跋扈之恶，不知靖献之忠，家与国有同情哉。逆妇化而母死，盖一堂孝顺，无德以戡之也。臧姑自克，谓天不许其自赎，非悟道者何能为此言乎？然应迫死，而以寿终，天固已恕之矣。生于忧患，有以矣夫！"

【译文】

安大成是重庆府人，父亲是举人，早已过世。弟弟名叫二成，年纪还小。安大成娶妻陈氏，小名叫珊瑚，她善良孝顺又容貌端庄。但是安大成的母亲沈氏，蛮横无理，不讲仁爱，处处虐待珊瑚，珊瑚却毫无怨色。每天早晨，珊瑚都梳洗得干干净净去伺候婆婆。一次，正好遇上安大成有病，婆婆就说是珊瑚打扮得漂亮引诱的，为此叱骂责备她。珊瑚回到自己房里，卸下华饰再去见婆婆；婆婆反而更加愤怒，自己碰头打脸地哭闹起来。安大成向来很孝顺，就用鞭子打了媳妇，母亲的气才略微消了点。从此沈氏更加厌恶儿媳妇。珊瑚虽然侍奉得更加周到谨慎，沈氏却始终不和她说一句话。安大成知道母亲生妻子的气，就躲到别处去睡，表示和妻子断绝关系。过了段时间，沈氏到底也不痛快，每天指桑骂槐，意思都是在骂珊瑚。安大成说：

"娶媳妇是为了伺候公婆，像现在这样子，还要媳妇做什么！"于是写了休书，叫了个老妇人把珊瑚送回娘家。刚刚出了村子不远，珊瑚哭着说："当个女人做不好媳妇，被休回家，有何脸去见爹娘？还不如死了算了！"说着从袖子里抽出剪刀刺向自己的咽喉。送她的老妇人急忙救她，鲜血从伤口冒出来，染红了衣襟。老妇人把珊瑚扶到安大成的一个同族婶子家。安大成的这个婶子王氏，守寡独居，就把珊瑚收留了。老妇人回到家，安大成叮嘱她要瞒着这事，心里总是怕被母亲知道。过了几天，安大成探听到珊瑚的伤渐渐好了，就来到王氏门上，让她不要收留珊瑚。王氏叫他进屋，安大成不肯进去，只是气盛地要赶珊瑚走。不一会儿，王氏领着珊瑚出来，见了安大成，就问他说："珊瑚有什么过错？"安大成责备她不能伺候婆婆。珊瑚默默不作一言，只是低头呜呜哭泣，泪水都成了红色，白衣衫也染红了。安大成见状心酸，话没说完就扭头走了。又过了几天，安大成的母亲已经听说这件事，气冲冲地跑到王氏门上，说了很多难听的话谴责她。王氏傲然相对，反过来数落她的恶行，并且说："媳妇已经被你休出家门，还是你安家什么人？我自愿收留陈家的女儿，不是留你安家的媳妇，何用你来逞强干涉别人家的事！"沈氏气极了，却又理屈词穷，见王氏气势汹汹，只得羞惭沮丧地大哭着回了家。

珊瑚觉得在这里给王氏找麻烦，心里很不安，就想再到别处去。原先安大成有个姨母于老妇人，就是沈氏的姐姐，年纪六十多岁，儿子已经死了，家里只有一个孙子和守寡的儿媳，她曾善待过珊瑚。于是，珊瑚辞别王氏，投奔了于老妇人。于老妇人问了原因，直说自己的妹妹无理暴虐，当即要送珊瑚回去。珊瑚再三说不可这样做，又叮嘱她不要对人说。从此珊瑚就和于老妇人住在一起，跟婆媳一样。珊瑚有两个哥哥，听到妹妹的遭遇，很同情她，想接她回家再另嫁。珊瑚执意不肯，就跟着于老妇人纺纱织布来养活自己。安大成自从休了珊瑚以后，他母亲多方设法为儿子谋划婚事。但是她的凶名到处传遍了，无论远近都没有愿意把女儿嫁到他家的。过了三四年，安大成的弟弟二成渐渐长大，于是先为二成完婚。二成的媳妇叫臧姑，性情骄横，言语尖刻，比沈氏还厉害。沈氏有时怒气刚表现在脸上，臧姑马上就怒骂相还。二成又生性懦弱，两方都不敢袒护。于是沈氏的威风顿减，不敢冒犯臧姑，反而笑脸相迎，但是也得不到臧姑的欢心。臧姑使唤婆婆像奴婢一样；安大成不敢出声，只好替母亲干活，洗碗扫地之类的活都干。母子二人常在无人处，偷偷掉泪。过了不久，沈氏积郁成疾，身体虚弱得下不了床，便溺、翻身都要安大成伺候；安大成昼夜不能睡，眼都熬红了。他叫二成来替他，可二成刚进门，臧姑就把他叫回去。

安大成于是跑去找于老妇人，希望她能去看望陪伴母亲。一进门，安大成边哭边说。他还未说完，珊瑚从房中出来了。安大成羞愧极了，就住声想走。珊瑚两手叉住门口。安大成窘急了，从珊瑚肘下冲出回了家，也没敢告诉母亲。不久，于老妇人来到安大成家，沈氏高兴地留住她。由此，于老妇人家没有一天不派人来，来就给她带着好吃的食物。于老妇人让来人捎话给儿媳说："这里饿不着，以后不要再送东西了。"但是她家里仍然按时送来，从没间断过。于老妇人不肯自己吃，全留给了沈氏。沈氏的身体渐渐好起来。于老妇人的小孙子又按母亲的吩咐送来好吃的食物慰问生病的沈氏。沈氏叹息说："真是贤孝的媳妇啊！姐姐是怎么修来的呀！"于老妇人说："妹妹觉得你休了的媳妇是个什么样的人呢？"沈氏说："唉！她的确不像二儿媳那么坏！却不如外甥媳妇这样贤孝！"于老妇人说："珊瑚在的时候，你不知道什么是劳累；你发怒的时候，珊瑚也没有怨言，怎么还说不如我儿媳呢？"沈氏于是掉下泪来，并说已经后悔了，问道："不知珊瑚改嫁了没有？"于老妇人回答说："不知道，等我打听一下。"

又过了几天，沈氏的病好了。于老妇人要回去。沈氏哭着说："只怕姐姐回去了，我仍旧是死！"于老妇人于是和安大成商议，与二成分家。二成告诉了臧姑。臧姑听了不高兴，说了安大成许多难听的话，连于老妇人也牵扯进去。安大成愿意把好地全给二成，臧姑才转怒为喜。立好分家文书后，于老妇人才回了家。

第二天，于老妇人用马车来接沈氏。沈氏到了姐姐家，先求见外甥媳妇，极力称道她贤孝。于老妇人说："我儿媳有百般好，难道就没一点缺点？我不过一向能容忍她。即使你儿媳如我儿媳一样，恐怕你也不能享受。"沈氏说："哎呀冤枉啊！你认为我是无知觉的木石和不辨是非的禽兽吗！都有口鼻，难道不知香臭？"于老妇人说道："那被你休掉的珊瑚，不知道她提到你说什么。"沈氏说："无非骂我罢了。"于老妇人说："你若认为自己一无可骂之处，别人又怎么能骂你呢？"沈氏说："过失是人所常有的，正因为她不贤惠，因此知道她会骂我。"于老妇人说："不以怨报怨，可见其品德之好；受虐待而不改嫁，可见其爱你之深。以前送东西孝敬你的，本不是我的儿媳，而是你的儿媳。"沈氏惊讶地问道："怎么回事？"于老妇人说："珊瑚住在这里很久了。以前所送的东西，都是她夜里纺织赚钱买的。"沈氏听了，流泪说："我怎么有脸见我的儿媳啊！"于老妇人这才去唤珊瑚。珊瑚含泪出来，跪在地上。沈氏惭愧悲痛地自己打自己，于老妇人极力劝说她才住手，于是婆媳二人和好如初。

十几天以后，珊瑚和婆婆一起回家。家里仅有几亩薄田，已经不够生活开销，只有依赖安大成代人抄写和珊瑚做针线活维持生计。二成家颇为富足，但是哥哥不来求借，弟弟也不去照顾。臧姑因为嫂子曾被休而看不起她；珊瑚也厌恶臧姑的凶悍，鄙薄她的为人。兄弟两家隔墙而居。臧姑时常发威辱骂，安大成一家全当听不见。臧姑没处发泄暴戾，就虐待丈夫和丫鬟。丫鬟有一天受不了虐待，上吊死了。

她父亲到衙门告了臧姑，二成代替媳妇去对质说理，挨了一顿责打，最后臧姑仍被传拘了去。安大成上上下下为她疏通关节，终究未能免罪。臧姑受了夹指的酷刑，指头上的肉都脱落了。县官贪婪残暴，勒索得很多。二成抵押良田借了钱，如数缴上，臧姑才被释放。但是债主逼索债款，一天紧似一天。没有办法，二成只好把良田卖给了本村的任翁。任翁因为这些良田半数是安大成让给二成的，就叫安大成在契约上签名。安大成到了任家，任翁忽然自言自语道："我是安举人。任某是什么人，敢买我的家产！"又看着安大成说："冥府感念你们夫妻孝顺，因此叫我暂且回来见你一面。"安大成流泪说："父亲有灵，请赶紧救我弟弟！"只听父亲的声音说："这逆子悍妇两口子，不值得怜惜！你快回家治办银子，赎回我的血汗家产。"安大成说："我们母子仅能糊口活命，哪来那么多银子？"安父说："咱家的紫薇树下藏有银子，可以取出来用。"安大成想再问他，任翁已不说话了；不一会儿他醒过来，茫然不知自己刚才说了什么。安大成回家对母亲说了，母亲也不怎么相信。臧姑一听说这事，先已领人去挖了。掘地四五尺，只见砖石，并无所谓的藏银，便失望地回去了。安大成听说臧姑已去挖藏银，就告诉母亲和妻子不要去看。后来知道她没挖到，沈氏偷偷去看，只见砖石掺杂在土中，也就回来了。珊瑚接着也去了那里，却见土里全是银子；她喊安大成去验证，果然是银子。安大成认为这是父亲遗留的财富，不忍心私吞，就招二成来平分。银子数量恰好是二成借款的两倍，兄弟俩各装袋带回。二成和臧姑一起查验银子，打开袋子一看，竟然装满了瓦砾，两人大惊。臧姑怀疑二成被大成愚弄了，让二成去看大成的。大成刚把银子堆放在桌子上，和母亲在庆贺，二成便把实情告诉了哥哥。大成也很惊讶，心里同情弟弟，就把自己的银子都给了他。二成于是高兴起来，拿着银子去还了债，很感激哥哥的仁义。臧姑却说："从这事越发知道安大成的奸诈。若不是他自己心里有愧，谁肯把分到手的银子再让给别人？"二成对臧姑说的话半信半疑。第二天，债主派仆人到二成家，说他偿还的全是假银子，要捉他去见官。二成夫妻大惊失色，臧姑说："怎么样！我本来就说你哥哥不会好到这样，他这是来害你呀！"二成害怕，就去哀求债主，但债主很愤怒，不肯原谅。二成只得把地契给了债主，任凭他售卖，这才把原来的银子拿回来。仔细一看，见有两锭银子断开，表面仅裹着一层韭菜叶厚的银皮，里面尽是铜。臧姑于是为二成谋划：留下被剪断了的银子，其余的送还给安大成，看他怎么办。并教二成这么说："屡次受您谦让的恩德，实在不忍心，我只留下两锭，以见哥哥推恩施惠的情谊。我所有的物产，尚与哥哥的相等，也不需要更多的田地，既然已经放弃了，赎不赎就在哥哥了。"安大成不知他的真意，一再推让。二成坚决推辞，安大成这才收下。安大成把银子称了称，比原来少了五两多，就叫珊瑚典当了首饰凑足了原数，带去交付了债主。债主怀疑还是先前的那些假银子，用剪刀把银子剪断验证，全是足色的纹银，没有一点差错，就收下银子，把地契还给了安大成。

　　二成还银后，想大成去一定会发生争执。可听说地契已经赎回来了，大为惊奇。臧姑怀疑当初挖掘时，安大成先藏起了真银子，就气急败坏地到哥哥家里，声色俱厉地诟骂。安大成这才明白了二成送还银子的缘故。珊瑚迎上前去笑着说："地契还在这里，何必生气！"让安大成拿出地契给了臧姑。二成有天夜里梦见父亲谴责他说："你不孝顺母亲不尊敬兄长，死期已近在眼前，寸土都不是自己的，你还赖占着有什么用？"他醒来把梦告诉了臧姑，想把地还给哥哥。臧姑反而讥笑他愚蠢。这时二成已有了两个男孩，长子七岁，次子三岁。不久，长子生天花死了。臧姑这才害怕了，让二成把地契退给哥哥。二成再三分说，安大成就是不收。没过几天，次子又死了。臧姑愈加害怕，便自己把地契放到了嫂子屋里。春季将要过去了，田地还荒着没耕，安大成不得已，只好去耕种。

臧姑从此改变了以前的恶行，早晚都去给婆婆请安，犹如孝子，对嫂子也极尊敬。不到半年，婆婆因病去世了。臧姑哭得很悲伤，以至于滴水不饮。她对人说："婆婆早死，让我不能尽孝心，是老天不许我为自己赎罪啊！"后来臧姑生了十胎，但一个孩子也没活，于是过继了哥哥的儿子为子。夫妻二人都寿终而亡。

安大成和珊瑚生了三个儿子，有两个考中进士。人们都说这是他们夫妻孝敬父母、友爱兄弟的好报。

异史氏说："不遭受恶报，就不知道尽忠，一个家庭跟一个国家是同样的道理。悖逆的媳妇被感化而婆婆却早死，这说明全家的孝顺，她是无德来承受的。臧姑自我反省说：上天不许她赎罪。如果不是悟道，怎么能说出这样真诚的肺腑之言呢？虽然她应该早死，然而却能寿终，这说明上天已经饶恕了她的罪过。所以说孟子的'生于忧患而死于安乐'的话，是很有道理的。"

【延伸阅读】

从古未有孝亲而不友弟者，臧姑戾沓，瞀乱黑白，颠倒是非，真金伪金，天亦如其瞀乱颠倒，殆亦巧矣。诟厉频加，兄固能忍；而珊瑚之笑迎付券，何其善调停骨肉间也？悍妇痛自改者，虽由两男之死；而两男之死，自知不孝所致，则其感化于珊瑚者可知。姑死而谓天不许其自赎，愿天下之为子妇者早鉴斯言。

——清·但明伦

前序沈之悍，大成之孝，珊瑚之贤。王诘沈，于责沈，色色精工。后序二成之懦，臧姑之虐，并皆佳妙。

——清·何守奇

珊瑚性贞而量大，唯性贞，故被出也能择地以自全；惟量大，故复入也能让产而不较。人只知天爱珊瑚，特生王之以庇之，生于媪以始终曲全之；不知无悍姑，则珊瑚虽贤不彰。无臧姑且依于媪以终，安能复归而食孝友之报哉？故曰玉汝于成。

——清·方舒岩

观此篇，善恶之报固不爽也，人之孝友岂可不自尽哉！

——清·王芑孙

（李汉举）

二　商

编者按：《二商》篇借两个同胞兄弟之间关系的变化和家庭的盛衰，生动诠释了"兄弟同心，其利断金"的朴素道理。"兄弟同心，其利断金"是中国人常说的一句话，习近平总书记在多个场合引用过这句古语。从"兄弟同心，其利断金"的朴素道理到"'五方之民'共天下"，伟大团结精神始终是中华民族同心同德、同心同向的强大精神力量，坚持人民至上就要珍视人民的伟大团结精神，最大限度集中全党全社会智慧，形成推进强国建设、民族复兴的强大合力。习近平总书记指出："团结就是力量，团结才能胜利。全面建设社会主义现代化国家，必须充分发挥亿万人民的创造伟力。"在新的赶考之路上，我们要更加紧密地团结在以习近平同志为核心的党中央周围，全党全国各族人民在党的旗帜下团结成"一块坚硬的钢铁"，心往一处想、劲往一处使，就能汇聚起无坚不摧的磅礴力量，推动中华民族伟大复兴号巨轮乘风破浪、扬帆远航。

【原文】

　　莒人商姓者，兄富而弟贫，邻垣而居。康熙间，岁大凶，弟朝夕不自给。一日，日向午，尚未举火，枵腹蹀躞，无以为计。妻令往告兄，商曰："无益。脱兄怜我贫也，当早有以处此矣。"妻固强之，商使其子往。少顷，空手而返。商曰："何如哉！"妻详问阿伯云何，子曰："伯踌蹰，目视伯母，伯母告我曰：'兄弟析居，有饭各食，谁复能相顾也。'"夫妻无言，暂以残盎败榻，少易糠秕而生。

　　里中三四恶少，窥大商饶足，夜逾垣入。夫妻惊寤，鸣盎器而号。邻人共嫉之，无援者。不得已，疾呼二商。商闻嫂鸣，欲趋救，妻止之，大声对嫂曰："兄弟析居，有祸各受，谁复能相顾也！"俄，盗破扉，执大商及妇，炮烙之，呼声綦惨。二商曰："彼固无情，焉有坐视兄死而不救者！"率子越墙，大声疾呼。二商父子故武勇，人所畏惧，又恐惊致他援，盗乃去。视兄嫂，两股焦灼，扶榻上，招集婢仆，乃归。大商虽被创，而金帛无所亡失，谓妻曰："今所遗留，悉出弟赐，宜分给之。"妻曰："汝有好兄弟，不受此苦矣！"商乃不言。二商家绝食，谓兄必有以报，久之，寂不闻。妇不能待，使子捉囊往从贷，得斗粟而返。妇怒其少，欲反之，二商止之。逾两月，贫馁愈不可支。二商曰："今无术可以谋生，不如鬻宅于兄。兄恐我他去，或不受券而恤焉，未可知；纵或不然，得十余金，亦可存活。"妻以为然，遣子操券诣大商。大商告之妇，且曰："弟即不仁，我手足也。彼去，则我孤立，不如反其券而周之。"妻曰："不然。彼言去，挟我也；果尔，则适堕其谋。世间无兄弟者，便都死却耶？我高葺墙垣，亦足自固。不如受其券，从所适，亦可以广吾宅。"计定，令二商押署券尾，付直而去。二商于是徙居邻村。

乡中不逞之徒，闻二商去，又攻之。复执大商，搒楚并兼，酷毒参至，所有金赀，悉以赎命。盗临去，开廪呼村中贫者，恣所取，顷刻都尽。次日，二商始闻，及奔视，则兄已昏愦不能语，开目见弟，但以手抓床席而已。少顷遂死。二商忿诉邑宰。盗首逃窜，莫可缉获。盗粟者百余人，皆里中贫民，州守亦莫如何。大商遗幼子，才五岁，家既贫，往往自投叔所，数日不归；送之归，则涕不止。二商妇颇不加青眼。二商曰："渠父不义，其子何罪？"因市蒸饼数枚，自送之。过数日，又避妻子，阴负斗粟于嫂，使养儿。如此以为常。又数年，大商卖其旧宅，母得直，足自给，二商乃不复至。

后岁大饥，道殣相望，二商食指益烦，不能他顾。侄年十五，荏弱不能操业，使携篮从兄货胡饼。一夜，梦兄至，颜色惨戚曰："余惑于妇言，遂失手足之义。弟不念前嫌，增我汗羞。所卖故宅，今尚空闲，宜僦居之。屋后蓬颗下，藏有窖金，发之，可以小阜。使丑儿相从。长舌妇余甚恨之，勿顾也。"既醒，异之。以重直啖第主，始得就，果发得五百金。从此弃贱业，使兄弟设肆廛间。侄颇慧，记算无讹，又诚悫，凡出入，一锱铢必告。二商益爱之。一日，泣为母请粟。商妻欲勿与，二商念其孝，按月廪给之。数年家益富。大商妇病死，二商亦老，乃析侄，家赀割半与之。

异史氏曰："闻大商一介不轻取予，小犭羊洁自好者也。然妇言是听，愦愦不置一词，恝情骨肉，卒以吝死。呜呼！亦何怪哉！二商以贫始，以素封终。为人何所长？但不甚遵阃教耳。呜呼！一行不同，而人品遂异。"

【译文】

莒县有户姓商的人家，哥哥富裕，弟弟贫穷，相邻而居。康熙年间，发生了大灾荒，弟弟穷得吃不上饭。一天，已接近晌午，弟弟家还没生火做饭，饿得晃来晃去，没有一点办法。妻子叫他去求哥哥，二商说："没用的，要是哥哥可怜我们穷的话，早就来帮了。"妻子执意要他去，二商就让儿子去了。一会儿，儿子空手回来了。二商说："怎么样？我说得没错吧！"妻子细问儿子大伯说了些什么，儿子说："大伯犹豫地看看伯母，伯母对我说，'兄弟已经分家，各家吃各家的饭，谁也不能顾谁了。'"夫妻二人无话可说，只好把仅有的破旧家什卖掉，换点秕糠为生。

村里有三四个无赖，看到大商家富裕，夜里翻墙闯进去。大商夫妻从睡梦中惊醒，敲着盆子大声叫喊。邻居们都嫉妒他家富，谁也不去救援。大商家没有办法，只得大声呼喊二商。二商听到嫂子呼救，想去救助，妻子拉住他，大声对嫂子说："兄弟已经分家，谁有祸谁受，谁也顾不了谁呀！"不一会儿，强盗砸开屋门，抓住大商夫妻，用烧红的烙铁烙他们，呼号声非常凄惨。二商说："他们虽然无情，可哪有看到哥哥被害死而不去救的！"说着，带领儿子翻过墙，大声疾呼。二商父子本来就勇武过人，人们都很畏惧，强盗又怕招来他人救援，就逃走了。二商看到兄嫂的两腿都被烙焦了，把他们扶到床上，又召集仆人照顾，才回家去。大商夫妻虽然受了酷刑，但钱财并没有丢失。大商对妻子说："如今咱能保全财产，全靠弟弟解救，应该分给他。"妻子说："你要是有个好兄弟，也不至于受这个苦了！"大商就不说了。二商家粮食断绝，以为哥哥必定会有所报答，可是过了许久，也没有动静。二商的妻子等不得，叫儿子拿着口袋去借，但只带回一斗小米。二商妻子嫌少，气得要送回去，二商劝住了。又过了两个月，二商家越发饿得撑不下去了。二商说："现在没有办法可以谋生，不如把房子卖给哥哥。哥哥如果怕我们离开，或许不要房契而给点救助呢；即使不是这样，我们得了十几两银子，也可活下去。"妻子认为有道理，就让儿子拿着房契去找大商。大商把这事告诉妻子，并且说："弟弟即使不仁义，也是手足兄弟。他走我就孤立了，不如归还田契，周济他们一下。"妻子说："不是这样。他说走是要挟我们，果真如此，就中了他的算计。世上没有兄弟的人，难道都死了吗？我们把院墙修高，足可确保安全。不如收下他的房契，任凭他去哪里，也可以扩大我们的宅院。"商量既定，让二商在房契的末端签字画押，付给房钱，就让他们走了。二商于是搬到了邻村。

乡中的那些不法之徒，听说二商搬走了，又攻进大商家。他们再次把大商抓起来，鞭抽棍打，毒刑折磨，所有的钱财都用来赎命了。强盗临走时，打开大商家的粮仓，招呼村里的穷人随便拿取，顷刻之间就一抢而空。第二天，二商才听说此事，等赶去一看，大商已经神志不清、不能说话了。他睁眼看见弟弟，只能用手抓着床席罢了，不一会儿就死了。二商愤怒地告到县衙，强盗头目已经逃走，无法捉拿归案。那些抢粮食的有百余人，都是村里的贫民，官府也无可奈何。大商留下一个小儿子，才五岁，家贫以后，他常自己到叔叔家，好几天不回去；送他走，就哭泣不止，二商的妻子很不喜欢他。二商说："他的父亲不义，孩子有什么罪过？"于是二商就给买了几个蒸饼，亲自送他回去。过了几天，二商又避开妻子，偷拿了一斗米给嫂子送去，让她抚养儿子。就这样习以为常了。又过了数年，大商妻子卖掉了田宅，得了钱，足以养活自己，二商才不再接济她们。

后来有一年闹起了饥荒，路上饿死的人到处可见。二商家中人口多了，不能再接济大商家。侄子这年十五岁，体弱不能劳作，二商就让他挎个篮子跟哥哥卖芝麻烧饼。一天夜里，二商梦见哥哥来了，神情凄惨地说："我被你嫂子的话所惑乱，以致失了手足情义。弟弟你不计前嫌，更使我羞愧。你卖给我的故宅，如今还空着，你可以租赁住下。屋后长满蓬草的土块下，藏有银子，把它挖出来，可以稍稍富裕。让我儿子跟着你吧，那个长舌妇，我很恨她，就不用管她了。"二商醒来后，感到很惊异，出了高价向房主租房，才得以住进去，果然在屋后挖出了五百两银子。从此，不再卖烧饼，让儿子和侄子在街市上开了一家店铺。侄儿很聪慧，账目从来没错过，又忠厚诚实，凡是银钱出入，一分一文也要禀告，二商更加喜爱他。一天，他哭着为母亲要点儿米。二商的妻子不想给；二商感念他的孝心，就按月给一些粮食。过了数年，二商家更加富裕。大商妻子病死了，二商也老了，于是和侄儿分了家，把一半家产给了侄子。

　　异史氏说："听说大商不轻易收或送别人东西，也是一位洁身自好的人。然而凡事都听从妻子的话，昏聩糊涂，一句话也不说，对骨肉兄弟冷漠无情，最终因吝啬而死。唉！又有什么奇怪呢！二商开始贫穷，最后富裕，他为人有什么长处吗？只不过不一味听从妻子的话罢了。唉！行为不同，人品就不一样了。"

【延伸阅读】

　　《诗》有之曰："兄弟阋于墙，外御其侮。"《易·家人》之初九爻曰："闲有家，悔亡。"二商有焉。

——清·但明伦

　　"兄弟谗阋，侮人千里"，亦于此见。

——清·方舒岩

　　读赞，知阃教之不可遵也如是。

——清·何守奇

（李汉举）

黄　英

编者按：故事中的花仙黄英姐弟，通过自己的辛勤劳作，使马生过上了衣食无忧的生活。历代文学作品中，士子皆以物质上的清贫、精神上的富有反复歌咏，以此显示其品行的高洁，马生亦然。与其不同的是黄英姐弟所表现出的人生观："清者自清，浊者自浊""自食其力不为贪，贩花为业不为俗。人固不可苟求富，然亦不必务求贫也"。作品突破了传统的封建思想、价值观念、文化理念，向旧观念提出了挑战，体现了作者对传统观念的反叛精神。作品中"清者自清"是一句充满智慧和实践价值的人生格言。作为一个有良知、有责任感的人，只有时刻保持自我监督的动能，自觉遵守行为规范，坚守道德底线，才能推动形成良好社会风气；作为一名党员要始终保持思想的纯正、品行的端正，树立清正廉洁的良好形象；不忘初心使命，恪守为民之责，始终保持共产党人的高尚情操和优秀品格；坚定理想信念，永葆共产党人的本色，做一名无愧于心、无愧于民的好党员。

【原文】

马子才，顺天人。世好菊，至才尤甚。闻有佳种必购之，千里不惮。一日，有金陵客寓其家，自言其中表亲有一二种，为北方所无。马欣动，即刻治装，从客至金陵。客多方为之营求，得两芽，裹藏如宝。

归至中途，遇一少年，跨蹇从油碧车，丰姿洒落。渐近与语。少年自言："陶姓。"谈言骚雅。因问马所自来，实告之。少年曰："种无不佳，培溉在人。"因与论艺菊之法。马大悦，问："将何往?"答云："姊厌金陵，欲卜居于河朔耳。"马欣然曰："仆虽固贫，茅庐可以寄榻。不嫌荒陋，无烦他适。"陶趋车前，向姊咨禀。车中人推帘语，乃二十许绝世美人也。顾弟言："屋不厌卑，而院宜得广。"马代诺之，遂与俱归。第南有荒圃，仅小室三四椽，陶喜，居之。日过北院，为马治菊。菊已枯，拔根再植之，无不活。然家清贫，陶日与马共食饮，而察其家似不举火。马妻吕，亦爱陶姊，不时以升斗馈恤之。陶姊小字黄英，雅善谈，辄过吕所，与共纫绩。陶一日谓马曰："君家固不丰，仆日以口腹累知交，胡可为常。为今计，卖菊亦足谋生。"马素介，闻陶言，甚鄙之，曰："仆以君风流高士，当能安贫，今作是论，则以东篱为市井，有辱黄花矣。"陶笑曰："自食其力不为贪，贩花为业不为俗。人固不可苟求富，然亦不必务求贫也。"马不语，陶起而出。自是，马所弃残枝劣种，陶悉掇拾而去。由此不复就马寝食，招之始一至。未几，菊将开，闻其门嚣喧如市。怪之，过而窥焉，见市人买花者，车载肩负，道相属也。其花皆异种，目所未睹。心厌其贪，欲与绝；而又恨其私秘佳本，遂款其扉，将就诮让。陶出，握手曳入。见荒庭半亩皆菊畦，数椽之外无旷土。剧去者，则折别枝插补之；其蓓蕾在畦者，罔不佳妙，而细认之，皆向所拔弃也。陶入屋，出酒馔，设席畦侧，曰："仆贫不能守清戒，连朝幸得微赀，颇足供醉。"少间，房中呼"三郎"，陶诺而去。俄献佳肴，烹饪良精。因问："贵姊胡以不字?"答云："时未至。"问："何时?"曰："四十三月。"又诘："何说?"但笑不言。尽欢始散。过宿，又诣之，新插者已盈尺矣。大奇之，苦求其术。陶曰："此固非可言传，且君不以谋生，焉用此?"又数日，门庭略寂，陶乃以蒲席包菊，捆载数车而去。逾岁，春将半，始载南中异卉而归，于都中设花肆，十日尽售，复归艺菊。问之去年买花者。留其根，次年尽变而劣，乃复购于陶。

陶由此日富，一年增舍，二年起夏屋。兴作从心，更不谋诸主人。渐而旧日花畦，尽为廊舍。更于墙外买田一区，筑墉四周，悉种菊。至秋，载花去，春尽不归。而马妻病卒。意属黄英，微使人风示之。黄英微笑。意似允许，惟专候陶归而已。年余，陶竟不至。黄英课仆种菊，一如陶。得金益合商贾，村外治膏田二十顷，甲第益壮。忽有客自东粤来，寄陶生函信，发之，则嘱姊归马。考其寄书之日，即马妻死之日；回忆园中之饮，适四十三月也。大奇之。以书示英，请问"致聘何所"。英辞不受采。又以故居陋，欲使就南第居，若赘焉。马不可，择日行亲迎礼。

黄英既适马，于间壁开扉通南第，日过课其仆。马耻以妻富，恒嘱黄英作南北籍，以防淆乱。而家所须，黄英辄取诸南第。不半岁，家中触类皆陶家物。马立遣人一一赍还之，戒勿复取。未浃旬，又杂之。凡数更，马不胜烦。黄英笑曰："陈仲子毋乃劳乎？"马惭，不复稽，一切听诸黄英。鸠工庀料，土木大作，马不能禁。经数月，楼舍连亘，两第竟合为一，不分疆界矣。然遵马教，闭门不复业菊，而享用过于世家。马不自安，曰："仆三十年清德，为卿所累。今视息人间，徒依裙带而食，真无一毫丈夫气矣。人皆祝富，我但祝穷耳！"黄英曰："妾非贪鄙，但不少致丰盈，遂令千载下人，谓渊明贫贱骨，百世不能发迹，故聊为我家彭泽解嘲耳。然贫者愿富，为难；富者求贫，固亦甚易。床头金任君挥去之，妾不靳也。"马曰："捐他人之金，抑亦良丑。"英曰："君不愿富，妾亦不能贫也。无已，析君居：清者自清，浊者自浊，何害？"乃于园中筑茅茨，择美婢往侍马。马安之。然过数日，苦念黄英。招之，不肯至，不得已，反就之。隔宿辄至，以为常。黄英笑曰："东食西宿，廉者当不如是。"马亦自笑，无以对，遂复合居如初。

会马以事客金陵，适逢菊秋。早过花肆，见肆中盆列甚烦，款朵佳胜，心动，疑类陶制。少间，主人出，果陶也。喜极，具道契阔，遂止宿焉，要之归。陶曰："金陵，吾故土，将婚于是。积有薄赀，烦寄吾姊。我岁杪当暂去。"马不听，请之益苦。且曰："家幸充盈，但可坐享，无须复贾。"坐肆中，使仆代论价，廉其直，数日尽售。逼促囊装，赁舟遂北。入门，则姊已除舍，床榻裀褥皆设，若预知弟也归者。陶自归，解装课役，大修亭园，惟日与马共棋酒，更不复结一客。为之择婚，辞不愿。姊遣两婢侍其寝处，居三四年，生一女。陶饮素豪，从不见其沉醉。有友人曾生，量亦无对。适过马，马使与陶相较饮。二人纵饮甚欢，相得恨晚。自辰以讫四漏，计各尽百壶。曾烂醉如泥，沉睡座间；陶起归寝，出门践菊畦，玉山倾倒，委衣于侧，即地化为菊：高如人，花十余朵，皆大于拳。马骇绝，告黄英。英急往，拔置地上，曰："胡醉至此！"覆以衣，要马俱去，戒勿视。既明而往，则陶卧畦边。马乃悟姊弟菊精也，益爱敬之。而陶自露迹，饮益放，恒自折柬招曾。因与莫逆。值花朝，曾来造访，以两仆舁药浸白酒一坛，约与共尽。坛将竭，二人犹未甚醉，马潜以一瓻续入之，二人又尽之。曾醉已惫，诸仆负之以去。陶卧地，又化为菊。马见惯不惊，如法拔之，守其旁以观其变。久之，叶益憔悴。大惧，始告黄英。英闻骇曰："杀吾弟矣！"奔视之，根株已枯。痛绝，掐其梗，埋盆中，携入闺中，日灌溉之。马悔恨欲绝，甚怨曾。越数日，闻曾已醉死矣。盆中花渐萌，九月既开，短干粉朵，嗅之有酒香，名之"醉陶"，浇以酒则茂。后女长成，嫁于世家。黄英终老，亦无他异。

异史氏曰："青山白云人，遂以醉死，世尽惜之，而未必不自以为快也。植此种于庭中，如见良友，如对丽人，不可不物色之也。"

【译文】

顺天人马子才，家里世世代代喜好菊花，到了马子才这辈爱得更甚了；只要听说有好品种就一定设法买到它，不怕路远。一天，有位金陵客人住在他家，说自己的一位表亲有一两种菊花，是北方没有的品种。马子才高兴地动了心，立刻准备行装跟客人到了金陵。客人千方百计为他谋求，才得到两棵幼苗。马子才像得了珍宝似的裹藏起来。

回家路上，马子才遇见一个年轻人，骑着小毛驴，跟随在一辆华丽的车子后面，生得英俊潇洒，落落大方。马子才慢慢来到少年跟前攀谈起来，少年自己说："姓陶。"言谈文雅。又问起马子才从什么地方来，马子才如实告诉了他。少年说："菊花品种没有不好的，全在人栽培灌溉。"就同他谈论起种植菊花的技艺来，马子才十分高兴，问："你要到什么地方去？"少年回答说："姐姐在金陵住烦了，想到黄河以北找个地方住。"马子才高兴地说："我家虽不富裕，但有几间茅屋可以住。如果不嫌荒僻简陋，就不必再找别的地方了。"陶生快步走到车前同姐姐商量，车里的人掀开帘子说话，原来是个二十来岁的绝世美人，她看着弟弟说："房屋好坏不在乎，但院子一定要宽敞。"马子才忙替陶生答应了，于是三人一块儿回家。马家宅子南边有一个荒芜的园子，只有三四间小房，陶生看中了，就在那里住下来。每天到北院，为马子才管理菊花。那些已经枯了的菊花一经他拔出来再种上，没有不活的。陶生家里贫穷，每天和马子才一块吃饭饮酒，而他家似乎从来不烧火做饭。马子才的妻子吕氏，也很喜爱陶生的姐姐，时常拿出一升半升的粮食接济他们。陶生的姐姐小名叫黄英，很会说话，也常到吕氏的房里同她一块做针线活。一天，陶生对马子才说："你家生活本来就不富裕，又添我们两张嘴拖累你们，哪里是长久之计呢？为今之计，卖菊花也足以谋生。"马子才一向耿直，听了陶生的话，很鄙视地说："我以为你是一个风流高士，能够安于贫困，今天竟说出这样的话，把种菊花的地方作为市场，那是对菊花的侮辱。"陶生笑着说："自食其力不是贪心，卖花为业不是庸俗。一个人固然不能用不正当的手段来谋利，但也不必去追求贫穷啊！"马子才不说话，陶生站起身出去了。从这天起，马子才扔掉的残枝劣种，陶生都拾掇回去，也不再到马家睡觉吃饭。马子才叫他，他才去一次。不久，菊花将要开放了，马子才听到陶生门前吵吵嚷嚷像市场一样，感到很奇怪，便偷偷地过去瞧，见来陶家买花的人，用车载的、用肩挑的，络绎不绝。所买的花全是奇异的品种，是自己从来没有见过的。马子才心里讨厌陶生贪财的行为，想与他绝交，又恨他私藏良种不让自己知道，就走到他门前叫门，想责备他一顿。陶生出来，拉着他的手进了门，马子才见原来的半亩荒地全种上了菊花，除了那几间房子，没有一块空地。挖去菊花的地方，又折下别的枝条插补上了，畦里那些含苞待放的菊花没有一棵不是奇特的品种，马子才仔细辨认一下，竟是自己以前拔出来扔掉的。陶生进屋，端出酒菜摆在菊畦旁边，说："我因贫穷，不能守清规，连续几天幸而得到一点钱，足够我们醉一通的。"不大一会儿，听房中连连喊叫"三郎"，陶生答应着去了；很快又端来一些好菜，烹饪手艺很高。马子才问：

"你姐姐为什么还不嫁人?"陶生回答说:"没到时候。"马子才问:"要到什么时候?"陶生说:"四十三个月。"马子才又追问:"这是什么意思?"陶生光笑,没有说话,直到酒足饭饱,两人才高兴地散了。过了一宿,马子才又去陶家,看到新插的菊花已经长到一尺多高,非常惊奇,苦苦请求陶生传授种植的技艺。陶生说:"这本来就不是能言传的,况且你也不用它谋生,何必学它?"又过了几天,门庭稍微清静些了,陶生就用蒲席把菊花包起来捆好,装载了好几车拉走了。过了年,春天过去一半了,陶生才用车子拉着一些南方的珍奇花卉回来,在城里开了间花店,十天就卖光了,仍旧回来培植菊花。去年从陶生家买菊花保留了花根的,第二年都变成了劣种,就又来找陶生购买。

陶生从此一天天富裕起来。头一年增盖了房舍,第二年又建起了高房大屋。他盖房随心所欲,也不和主人商量。慢慢地旧日的花畦,全都盖起了房舍。陶生便在墙外买了一块地,在四周垒起土墙,全部种上菊花。到了秋天,陶生用车拉着花走了,第二年春天过去了也没回来。这时,马子才的妻子生病死了。马子才看中了黄英,就托人向黄英露了点口风,黄英微笑着,看意思好像应允了,只是专等陶生回来罢了。过了一年多,陶生仍然没有回来,黄英指导仆人栽种菊花,同陶生在家时一样。卖花得的钱就和商人合股做买卖,还在村外买了二十顷良田,宅院修造得更加壮观。一天,忽然从广东来了一位客人,捎来陶生的一封书信。马子才打开一看,是陶生嘱咐姐姐嫁给马子才。看了看信的日期,正是他妻子死的那天。又回忆起那次在园中饮酒,到现在正好四十三个月,马子才非常惊奇。便把信给黄英看,询问她聘礼送到什么地方。黄英推辞不收彩礼,又因为马子才的老房太简陋,想让他住进自己的宅子,像招赘女婿一样。马子才不同意,选了个吉庆日子把黄英娶到家里。

黄英嫁给马子才以后,在墙壁上开了个便门通南宅,每天过去督促仆人做活。马子才觉得依靠妻子的财富生活不光彩，常嘱咐黄英南北宅子各立账目，以防混淆。然而家中所需要的东西，黄英总是从南宅拿来使用。不过半年，家中所有的便全都是陶家的物品了。马子才立刻派人一件一件送回去，并且告诫黄英，不要再拿南宅的东西过来。可不到十天，又混杂了。这样拿来送去好几次，马子才烦恼得很。黄英笑着说："你如此追求廉洁，不觉得累吗?"马子才感到惭愧，便不再过问，一切听黄英的。黄英于是召集工匠，置备建筑材料，大兴土木。马子才制止不住，只几个月，楼舍连成一片，两座宅子合成一体，再也分不出界线了。但黄英也听从了马子才的意见，关起门不再培育、出卖菊花，生活享用却超过了富贵大家。马子才心里不安，说："我清廉自守三十年，被你牵累了。如今生活在世上，靠老婆吃饭真是没有一点男子汉大丈夫的气概，别人都祈祷富有，我却祈求咱们快穷了吧!"黄英说："我不是贪婪卑鄙的人，只是没有点财富，会让后代人说爱菊花的陶渊明是穷骨头，一百年也不能发迹，所以才给我们的陶公争这口气。但由穷变富很难，由富变穷却容易得很。床头的金钱任凭你挥霍，我决不吝惜。"马子才说："花费别人的钱财也是很丢人的。"黄英说："你不愿意富，我又不能穷，没有别的办法，只好同你分开住。这样清高的自己清高，浑浊的自己浑浊，对谁也没有妨害。"就在园子里盖了间茅草屋让马子才住，选了个漂亮的奴婢去侍候他，马子才住得很安心。可是过了几天，就苦苦想念黄英，让人去叫她，她不肯来，没有办法只好回去找她。隔一宿去一趟，习以为常了。黄英笑着说："你东边吃饭西边睡觉，清廉的人不应当是这样的。"马子才自己也笑了，没有话回答，只得又搬回来，同当初一样住到一起了。

一次，马子才因为有事到了金陵，正是菊花盛开的秋天。一天早晨他路过花市，见花市中摆着很多盆菊花，品种奇异美丽。马子才心中一动，怀疑是陶生培育的。不大会儿，花的主人出来，马子才一看果然是陶生。马子才高兴极了，述说起久别后的思念心情，晚上就住在陶生的花铺里。他要陶生一起回家，陶生说："金陵是我的故土，我要在这里结婚生子。我积攒了一点钱，麻烦你捎给我姐姐，我到年底会去你家住几天的。"马子才不听，苦苦地请求他回去，并且说："家中有幸富裕了，只管在家中坐享清福，不需要再做买卖了。"马子才便坐在花铺里，叫仆人替陶生论花价贱卖，几天就全卖完了，立刻逼着陶生准备行装，租了一条船一起北上了。一进门，见黄英已打扫了一间房子，床榻被褥都准备好了，好像预先知道弟弟回来似的。陶生回来以后，放下行李就指挥仆人大修亭园。只每天同马子才一块下棋饮酒，再不结交一个朋友。马子才要为他择偶娶妻，陶生推辞不愿意。黄英就派了两个婢女服侍他起居，过了三四年生了一个女儿。陶生一向很能饮酒，从来没见他喝醉过。马子才有个朋友曾生，酒量也大得没有对手。有一天曾生来到马家，马子才就让他和陶生比赛酒量，两个人放量痛饮，喝得非常痛快，只恨认识太晚。从清晨一直喝到夜里四更天，每人各喝了一百壶，曾生喝得烂醉如泥，在座位上沉睡；陶生起身回房去睡，刚出门踩到菊畦上，一个跟头摔倒，衣服散落一旁，身子立即变成了一株菊花，有一人那么高，开着十几朵花，朵朵都比拳头大。马子才吓坏了，忙去告诉黄英。黄英急忙赶到菊畦拔出那株菊花放在地上说："怎么醉成这样了！"她把衣服盖在那株菊花上，让马子才和她一起回去，告诉他不要再来看。天亮以后，马子才和黄英一道来到菊畦，见陶生睡在一旁，马子才这才知道陶家姐弟都是菊精，于是更加敬爱他们。陶生自从暴露真相以后，饮酒更加豪放，常常亲自写请柬叫曾生来，两人结为莫逆之交。二月十五花节，曾生带着两个仆人，抬着一坛用药浸过的白酒来拜访陶生，约定两人一块把它喝完。一坛酒快喝完了，两人还没多少醉意，马子才又偷偷地拿了一瓶酒倒入坛中。两人喝光后，曾生醉得不省人事，两个仆人把他背回去了。陶生躺在地上，又变成了菊花。马子才见得多了也不惊慌，就用黄英的办法把他拔出来，守在旁边观察他的变化。待了很长时间，见花叶越来越枯萎，马子才害怕起来，这才去告诉黄英。黄英听了十分吃惊，说："你杀了我弟弟了！"急忙跑去看那菊花，根株已经干枯了。黄英悲痛欲绝，掐了它的梗，埋在盆中，带回自己房里，每天浇灌它。马子才悔恨欲绝，怨恨曾生。过了几天，听说曾生已经醉死了。盆中的花梗渐渐萌发，九月就开了花，枝干很短，花是粉色的。嗅它有酒香，起名叫"醉陶"。用酒浇它，就长得更茂盛。后来陶生的女儿长大成人，嫁给了官宦世家。黄英一直到老，也没有发生什么异常的事情。

异史氏说："唐代的傅奕醉死，自称青山白云人。后世人惋惜他，可他自己未必不把喝酒当成大乐事。把这种佳种'醉陶'种在院子里，就如同终日跟好朋友见面，又像面对美貌娇女，不能不费心寻求一番啊！"

【延伸阅读】

河朔佳种，来自金陵；而花实过之，地气宜也。至枯根复活，蓓蕾俱佳，此岂可以言传哉！自食其力，是自餐其英；采之东篱，只供骚人清赏，即取其直，亦当与"白衣送酒"同观。鄙之、辱之，至等诸"五斗折腰"，亦已甚矣。易此荒畦，俱成夏屋，聊为彭泽解嘲，使知隐逸者非贫贱骨耳。陈仲子顾以为不义而弗食、弗居乎？玉山倾颓，以醉而死，实以醉而生。嗅之而有酒香，此为黄花真品。倘非种秋仙人，不可以村醪妄浇之也。

——清·但明伦

菊堪偕隐，计亦诚良。但必以列花成肆，甲第连云者为俗，则几于固矣。陶弟托命寒香，寄情曲蘗，彭泽二致，兼而有之。乃至顺化委形，犹存酒气，是菊是人，几不可辨，名曰"醉陶"，风斯远矣。

——清·何守奇

英为彭泽解嘲，实为马生增色。不然，耿介如马，纵苦节可甘，亦安能拥佳丽、享厚富哉！及读杨万里《野菊》云："花应冷笑东篱族，犹向陶翁觅宠光。"又爽然若失矣。余有句"窗寒未许因人热，面白有时仗酒红"。上句似马，而未尝务求贫；下句似陶，而未尝敢忘身；但室无黄英，吾愧马，吾恨不遇陶耳。

——清·方舒岩

（陈丽华）

水莽草

编者按："己所不欲，勿施于人"，这个道理大家都懂，真正能做到的又有几人？小说中的主人公祝生因自己的亲身经历，知道被水莽鬼毒害去世后，家人失去亲人的痛苦，以己度人，不但能够在重新投胎转世的巨大诱惑面前，有不再害人、不寻觅所谓"替代者"的善良愿望，并因此推及所有水莽鬼的受害者，见义勇为，进而成为所有受害者的守护神。故事中的祝生有可贵的自我牺牲精神，为理想信念而奋斗，甚至不惜牺牲自己的生命，这正是共产党人的崇高境界。"为有牺牲多壮志，敢教日月换新天"，中国共产党人正是这样一群不怕牺牲、英勇斗争的"特殊"群体，他们用自己的牺牲奉献换取整个民族的发展进步。如今，和平年代同样需要敢于牺牲奉献的精神和境界。当代党员干部要在涵养道德品质方面传承好党的斗争精神与斗争意志，做敢于斗争、善于斗争的战士。

【原文】

水莽，毒草也。蔓生似葛，花紫，类扁豆，误食之立死，即为水莽鬼。俗传此鬼不得轮回，必再有毒死者始代之。以故楚中桃花江一带，此鬼犹多云。

楚人以同岁生者为同年，投刺相谒，呼庚兄、庚弟，子侄呼庚伯，习俗然也。有祝生造其同年某，中途燥渴思饮。俄见道旁一媪，张棚施饮，趋之。媪承迎入棚，给奉甚殷。嗅之，有异味，不类茶茗，置不饮，起而出。媪急止客，便唤："三娘，可将好茶一杯来。"俄有少女，捧茶自棚后出，年约十四五，姿容艳绝，指环臂钏，晶莹鉴影。生受盏神驰，嗅其茶，芳烈无伦。吸尽再索。觑媪出，戏捉纤腕，脱指环一枚。女赪颊微笑，生益惑。略诘门户，女曰："郎暮来，妾犹在此也。"生求茶叶一撮，并藏指环而去。至同年家，觉心头作恶，疑茶为患，以情告某。某骇曰："殆矣！此水莽鬼也！先君死于是。是不可救，且为奈何？"生大惧，出茶叶验之，真水莽草也。又出指环，兼述女子情状。某悬想曰："此必寇三娘也！"生以其名确符，问何故知。曰："南村富室寇氏女，夙有艳名。数年前，误食水莽而死，必此为魅。"或言受魅者，若知鬼姓氏，求其故裆煮服可痊。某急诣寇所，实告以情，长跪哀恳。寇以其将代女死，故靳不与。某忿而返，以告生。生亦切齿恨之，曰："我死，必不令彼女脱生！"某舁送之，将至家门而卒。母号涕葬之。遗一子，甫周岁。妻不能守柏舟节，半年改醮去。母留孤自哺，劬瘁不堪，朝夕悲啼。一日，方抱儿哭室中，生悄然忽入。母大骇，挥涕问之。答云："儿地下闻母哭，甚怆于怀，故来奉晨昏耳。儿虽死，已有家室，即同来分母劳，母其勿悲。"母问："儿妇何人？"曰："寇氏坐听儿死，儿甚恨之。死后欲寻三娘，而不知其处；近遇某庚伯，始相指示。儿往，则三娘已投生任侍郎家，儿驰去，强捉之来。今为儿妇，亦相得，颇无苦。"移时，门外一女子入，华妆艳丽，伏地拜母。生曰："此寇三娘也。"虽非生人，母视之，情怀差慰。生便遣三娘操作，三娘雅不习惯，然承顺殊怜人。由此居故室，遂留不去。女请母告诸家，生意勿告，而母承女意，卒告之。寇家翁媪，闻而大骇，命车疾至，视之，果三娘，相向哭失声，女劝止之。媪视生家良贫，意甚忧悼。女曰："人已鬼，又何厌贫？祝郎母子，情义拳拳，儿固已安之矣。"因问："茶媪谁也？"曰："彼倪姓，自惭不能惑行人，故求儿助之耳。今已生于郡城卖浆者之家。"因顾生曰："既婿矣，而不拜岳，妾复何心？"生乃投拜。女便入厨下，代母执炊供翁媪。媪视之凄心。既归，即遣两婢来，为之服役；金百斤、布帛数十匹；酒胾不时馈送，小阜祝母矣。寇亦时招归宁。居数日，辄曰："家中无人，宜早送儿还。"或故稽之，则飘然自归。翁乃代生起夏屋，营备臻至。然生终未尝至翁家。

一日，村中有中水莽毒者，死而复苏，相传为异。生曰："是我活之也。彼为李九所害，我为之驱其鬼而去之。"母曰："汝何不取人以自代？"曰："儿深恨此等辈，方将尽驱除之，何屑此为？且儿事母最乐，不愿生也。"由是中毒者，往往具丰筵，祷诸其庭，辄有效。积十余年，母死。生夫妇亦哀毁，但不对客，惟命儿缞麻蹒踊，教以礼仪而已。葬母后又二年余，为儿娶妇。妇，任侍郎之孙女也。先是，任公妾生女，数月而殇。后闻祝生之异，遂命驾其家，订翁婿焉。至是，遂以孙女妻其子，往来不绝矣。一日，谓子曰："上帝以我有功人世，策为'四渎牧龙君'。今行矣。"俄见庭下有四马，驾黄幨车，马四股皆鳞甲。夫妻盛装出，同登一舆。子及妇皆泣拜，瞬息而渺。是日，寇家见女来，拜别翁媪，亦如生言。媪泣，挽留，女曰："祝郎先去矣。"出门遂不复见。

其子名鹗，字离尘，请诸寇翁，以三娘骸骨与生合葬焉。

【译文】

水莽是种毒草，像葛类一样蔓生，花是紫色的，像扁豆花。人如果误吃了这种毒草，就会立即死去，变成水莽鬼。民间传说，这种鬼不能轮回，一定得有再被毒死的人才能代替。因此，楚中桃花江一带，这种水莽鬼特别多。

楚中人称呼同岁的人为同年。投递名帖相互拜访时，互称庚兄庚弟，子侄辈们则称他们为庚伯，这是本地的习俗。有个姓祝的书生，一次去拜访他的一个同年。走到半路非常口渴，很想喝水。忽然看见路旁有个老婆婆，搭着凉棚，施舍茶水，祝生就快步过去。老婆婆将他迎入棚内，端上茶来，十分殷勤。不过祝生接过一闻，有股怪味，不像是茶水，便放下不喝，起身要走。老婆婆忙拦住他，回头向棚里喊道："三娘，端杯好茶来!"一会儿，便有个少女捧着杯茶从棚后出来，大约十四五岁的年纪，容貌生得艳丽绝伦。指上的戒指、腕上的镯子，亮得能照出人影。祝生接过茶水，早已心神向往;一闻，只觉芳香无比，就一饮而尽，还想再喝一杯。趁老婆婆出去，祝生一下抓住少女的纤纤手腕，从她的手指上脱下一枚戒指。少女红着脸微微一笑，祝生更加着迷，便询问她的家世。少女说："你晚上再来吧，我还在这里。"祝生向她要了一撮茶叶，连同那枚戒指，一块藏好走了。

祝生赶到同年家，忽觉恶心不适，怀疑是喝了那杯茶水的缘故，便将经过告诉了同年。那同年惊骇地说："坏了！这是水莽鬼，我父亲就是被这样害死的。无药可救，这可怎么办呢？"祝生恐惧万分，忙拿出藏在身上的茶叶一看，果然是水莽草。又拿出那枚戒指，向同年描述了那少女的模样。同年冥想了一会，说："那人肯定是寇三娘！"祝生看名字确实相符，问他是怎么知道的。同年回答说："南村富户寇家的女儿，以容貌艳丽闻名。几年前误吃了水莽草死了，肯定是她在作怪害人！"民间传说，碰到水莽鬼的人，如果知道鬼的姓名，只要求到他生前穿过的裤子，煎水服用，就可以痊愈。祝生的同年急忙赶到寇家，讲明了实情，长跪在地上，苦苦哀求。寇家因为有人将代替女儿死，坚决不给。同年愤愤回去，告诉了祝生。祝生也恨得咬牙切齿，说："我死后，决不让他家女儿投生！"这时，祝生已走不动了。同年将他抬回去，快到家门口就死了。祝生的母亲号啕大哭，把他埋葬了。祝生留下一子，刚满周岁。妻子不能守节，过了半年就改嫁走了。母亲一人抚养着小孙子，劳累不堪，天天哭泣。一天，祝生母亲正抱着孙子在屋里哭，祝生忽然无声无息地进来了。祝母大吃一惊，抹着眼泪问他怎么回事。祝生回答说："儿子在地下听到母亲哭泣，心里很伤心，所以就来伺候您。我虽然死了，但已成家，媳妇马上来帮母亲操劳，母亲不要难过了！"母亲问："儿媳妇是谁？"祝生说："寇家坐视不救，儿子非常恨他们！死后想去找寇三娘，但不知她住在什么地方。最近遇到一个庚伯，才指点给我。儿去了后，三娘已投生到任侍郎家。儿急忙又赶到任家，硬将她捉了回来。如今她已成为我的媳妇，我们相处得很融洽，没什么苦恼。"过了一会儿，一个女子从门外进来，穿着华丽的服装，跪到地上拜见祝母。祝生说："她就是寇三娘。"虽然儿媳不是活人，但祝母看了也稍觉安慰。祝生便吩咐三娘干活，三娘对家务事很不习惯，但性情柔顺，也很可爱。夫妻二人就这样住下来不走了。三娘请婆母告诉自己娘家一声，祝生的意思是不要告诉寇家。但母亲顺从了三娘的心愿，还是告诉了寇家。寇老夫妇听了大惊，急忙备车赶来祝家，一看果然是女儿三娘，亲人相见不禁失声痛哭，三娘劝住了。寇老太太见祝生家非常贫困，心里很难过。三娘说："女儿已成了鬼，又怎么会嫌穷呢？祝郎母子待我情义深厚，女儿已决意在这里安心生活了。"寇老太太又问："当初和你一块施茶的那老婆婆是谁？"三娘回答说："她姓倪。对自己不能迷惑路人感到惭愧，所以求女儿帮助她。如今她已投生到郡城一个卖酒的人家去了。"三娘又看着祝生说："你既然已成了我家的女婿，却不拜见岳父母，我是怎样的心情啊？"祝生忙向寇老夫妇跪拜。三娘便进了厨房，代婆母做饭款待自己的父母。寇老太太见了，又是一阵伤心。回去后，寇老太太就派了两个奴婢来供女儿使唤，又送了一百斤银子，几十匹布。此后还不时送些酒肉，祝家的生活因此稍稍富裕些了。寇家也时常让三娘回去省亲，住不了几天，三娘就说："家里没人，应该早点送女儿回去。"有时寇家人故意留住她不让走，三娘就自己回去，行动轻捷。寇老翁替祝家盖了座大房子，设置周到。但祝生始终没到寇家去过。

一天，村里有个中了水莽毒的人，死而复生了。大家争相传说，都认为是件怪事。祝生对母亲说："是我让他又活过来的。他被水莽鬼李九所害，我替他将李九赶走了。"母亲说："你怎么不找个人替自己呢？"祝生说："我最恨这些找人替死的水莽鬼，正想将他们全部赶走，又怎会做这种害人的勾当呢！况且，儿侍奉母亲最快乐，不想再投生了。"从此之后，凡中了水莽毒的人，都备下丰盛的宴席，到祝家祈祷，就有效果。又过了十几年，祝母死了。祝生夫妇非常悲痛，但不接待来吊丧的客人，只让儿子穿着丧服，代为尽礼。埋葬了母亲后，又过了两年，祝生为儿子娶了媳妇。新媳妇是任侍郎的孙女。起初，任侍郎的爱妾生了个女孩，仅几个月就死了。后来任侍郎听说了祝生的奇事，便驱车赶到祝家，认祝生为女婿。到如今，任侍郎又将孙女嫁给了祝生的儿子，两家往来不断。一天，祝生忽然对儿子说："上帝因为我对人世有功劳，任命我做'四渎牧龙君'，如今就要走了。"一会儿，便见院子里来了四匹马，驾着一辆黄帷车，马的四条腿上布满了麟甲。祝生夫妻盛装而出，一同上了车，儿子和儿媳都哭着拜倒在地。只一瞬间，车马便消失得无影无踪。同一天，寇家也见女儿来到，拜别父母，说的话也和祝生说的一样。母亲哭着挽留她，三娘说："祝郎已先走了！"随后出门，一下子就不见了。

祝生的儿子名叫祝鹗，字离尘。他征求寇家同意后，将三娘的骸骨与祝生合葬在了一起。

【延伸阅读】

人未有不畏鬼者，畏其为害而人不知也。鬼而能恕且孝，鬼不且将畏人乎哉。

——清·但明伦

鬼以事母为乐，生人岂忘之，何耶？

——清·冯镇峦

以己中毒而死，遂深恨之，不复取人自代，且乐事母不愿生，此念可质之上帝。

——清·何守奇

（朱　峰）

崔　猛

编者按：本文类似于一篇人物传记，前半部分写崔猛为人疾恶如仇、好抱打不平的侠义性格，后半部分侧重于被崔猛所救之李申的知恩图报和智勇双全，结合明末清初混乱的社会局势和时代背景，让人感慨主人公快意恩仇的同时，不禁感叹战乱时期兵匪横行给百姓带来的痛苦。不过，在如今的法治社会，全面依法治国，建设社会主义法治国家，国家和社会长治久安。我们提倡见义勇为，但像崔猛这样滥用私刑，任凭自己的爱憎殴打、伤害他人，还是要接受法律的制裁。党员干部更要带头遵守制度、做制度执行的表率，做到严以修身、严以用权、严以律己。

【原文】

崔猛，字勿猛，建昌世家子。性刚毅，幼在塾中，诸童蒙稍有所犯，辄奋拳殴击，师屡戒，不悛。名、字皆先生所赐也。至十六七，强武绝伦，又能持长竿跃登夏屋。喜雪不平，以是乡人共服之，求诉禀白者盈阶满室。崔抑强扶弱，不避怨嫌；稍逆之，石杖交加，支体为残。每盛怒，无敢劝者。惟事母孝，母至则解。母谴责备至，崔唯唯听命，出门辄忘。比邻有悍妇，日虐其姑。姑饿濒死，子窃啖之；妇知，诟厉万端，声闻四院。崔怒，逾垣而过，鼻耳唇舌尽割之，立毙。母闻之大骇，呼邻子，极意温恤，配以少婢，事乃寝。母愤泣不食，崔惧，跪请受杖，且告以悔。母泣不顾。崔妻周，亦与并跪。母乃杖子，而又以针刺其臂，作十字纹，朱涂之，俾勿灭。崔并受之。母乃食。

母喜饭僧道，往往餍饱之。适一道士在门，崔过之，道士目之曰："郎君多凶横之气，恐难保其令终。积善之家，不宜有此。"崔新受母戒，闻之，起敬曰："某亦自念之，但一见不平，苦不自禁。力改之，或可免否？"道士笑曰："姑勿问可免不可免，请先自问能改不能改。但当痛自抑；如有万分之一，我告君以解死之术。"崔生平不信厌禳，但笑不言。道士曰："我固知君不信。但我所言，不类巫觋，行之亦盛德；即或不效，亦不至有所妨。"崔请教，乃曰："适门外一后生，宜厚结之，既犯死罪，此子能活之也。"呼崔出，指示其人。盖赵氏儿，名僧哥。赵，南昌人，以岁祲饥，侨寓建昌。崔由是深相结，请赵馆于其家，供给优厚。僧哥年十二，登堂拜母，约为昆弟。逾岁东作，赵携家去。音问遂绝。

崔母自邻妇死，戒子益切，有赴诉者，辄摈斥之。一日，崔母弟卒，从母往吊。途遇数人絷一男子，呵骂促步，加以捶扑。观者塞途，舆不得进，崔问之，识崔者竞相拥告。先是，有巨绅子某甲者，豪横一乡，窥李申妻有色，欲夺之，道无由。因命家人诱与博赌，贷以赀而重其息，要使署妻于券，赀尽复给。终夜，负债数千。积半年，计子母三十余千。申不能偿，强以多人篡取其妻。申哭诸其门。某怒，拉系树上，榜笞刺剟，逼立"无悔状"。崔闻之，气涌如山，鞭马前向，意将用武。母搴帘而呼曰："嘻！又欲尔耶！"崔乃止。既吊而归，不语亦不食，兀坐直视，若有所嗔。妻诘之，不答。至夜，和衣卧榻上，辗转达旦。次夜复然，启户出，辄又还卧。如此三四，妻不敢诘，惟慑息以听之。既而迟久乃反，掩扉熟寝矣。

是夜，有人杀某甲于床上，刳腹流肠；申妻亦裸尸床下。官疑申，捕治之。横被残梏，踝骨皆见，卒无词。积年余，不能堪，诬服，论辟。会崔母死，既殡，告妻曰："杀甲者，实我也。徒以有老母故，不敢泄。今大事已了，奈何以一身之罪殃他人？我将赴有司死耳！"妻惊挽之，绝裾而去，自首于庭。官愕然，械送狱，释申。申不可，坚以自承。官不能决，两收之。戚属皆诮让申。申曰："公子所为，是我欲为而不能者也。彼代我为之，而忍坐视其死乎？今日即谓公子未出也可。"执不异词，固与崔争。久之，衙门皆知其故，强出之，以崔抵罪，濒就决矣。会恤刑官赵部郎，案临阅囚，至崔名，屏人而唤之。崔入，仰视堂上，僧哥也。悲喜实诉。赵徘徊良久，仍令下狱，嘱狱卒善视之。寻以自首减等，充云南军。申为服役而去，未期年，援赦而归。皆赵力也。

既归，申终从不去，代为纪理生业。予之赀，不受。缘橦技击之术，颇以关怀。崔厚遇之，买妇授田焉。崔由此力改前行，每抚臂上刺痕，泫然流涕，以故乡邻有斗，申辄矫命排解，不相承禀。

有王监生者，家豪富，四方无赖不仁之辈，出入其门。邑中殷实者，多被劫掠；或迕之，辄遣盗杀诸途。子亦淫暴。王有寡婶，父子俱烝之。妻仇氏，屡沮王，王缢杀之。仇兄弟质诸官，王赇嘱，以告者坐诬。兄弟冤愤莫伸，诣崔求诉。申绝之使去。过数日，客至，适无仆，使申瀹茗。申默然出，告人曰："我与崔猛朋友耳，从徙万里，不可谓不至矣；曾无廪给，而役同厮养，所不甘也！"遂忿而去，或以告崔。崔讶其改节，而亦未之奇也。申忽讼于官，谓崔三年不给佣价。崔大异之，亲与口对状，申忿相争。官不直之，责逐而去。又数日，申忽夜入王家，将其父子婶妇并杀之，粘纸于壁，自书姓名。及追捕之，则亡命无迹。王家疑崔主使，官不信。崔始悟前此之讼，盖恐杀人之累已也。关行附近州邑，追捕甚急。会闯贼犯顺，其事遂寝。无何，明鼎革，申携家归，仍与崔善如初。

时土寇啸聚，王有从子得仁，集叔所招无赖，据山为盗，焚掠村疃。一夜，倾巢而至，以报仇为名。崔适他出，申破扉始觉，越墙伏暗中。贼搜崔、李不得，掳崔妻括财物而去。申归，止有一仆，忿急不能为地，乃断绳数十段，以短者付仆，长者自怀之。嘱仆越贼巢，登半山，以火爇绳，散挂诸荆棘，即反勿顾。仆诺而去。申窥贼皆腰束红带，帽系红绢，遂效其装。有老牝马初生驹，贼弃诸门外。申乃缚驹跨马，衔枚而出，直至贼穴。贼据一大村，申絷马村外，逾垣入。见贼众纷纭，操戈未释。申窃问诸贼，知崔妻在王某所。俄闻传令，俾各休息，轰然嗷应。忽一人报："东营有火。"众贼共望之；初犹一二点，既而多类星宿。申坌息急呼："东山有警！"王大惊，束装率众而出。申乘间漏出其后，反身入内。见两贼守帐，绐之曰："王将军遗佩刀。"两贼竞觅。申自后砍之，一贼踣；其一回顾，申又斩之。竟负崔妻越垣而出。解马授辔，曰："娘子不知途，纵马可也。"马恋驹奔驶，申从之。出一隘口，申灼火于绳，遍悬之，乃归。

次日，崔还，以为大辱，形神跳躁，欲单骑往平贼，申谏止之。集村人而谋之，众惶怯莫敢应。解谕再四，得敢往二十余人，又苦无兵。适于得仁族姓家获奸细二，崔欲杀之，申不可；命二十人各持白梃，具列于前，乃割其耳而纵之。众怨曰："此等兵旅，方惧贼知，而反示之。脱其倾队而来，阖村不保矣！"申曰："吾正欲其来也。"执匿盗者诛之。遣人四出，各假弓矢火铳，又诣邑借巨炮二。日暮，率壮士至隘口，置炮当其冲；使二人匿火而伏，嘱见贼乃发。又至谷东口，伐树置崖上。已而与崔各率十余人，分岸伏之。一更向尽，遥闻马嘶，暗觇之，贼果大至，褾属不绝。俟尽入谷，乃推堕树木，以断归途。俄而炮发，喧腾号叫之声，震动山谷。贼骤退，自相践踏；至东口，不得出，集无隙地。两岸铳矢夹攻，势如风雨，断头折足者，枕藉沟中。遗二十余人，长跪乞命。乃遣人縶送以归。乘胜直抵其巢。守巢者闻风奔窜，搜其辎重而还。崔大喜，问其设火之谋。曰："设火于东，恐其西追也；短，欲其速尽，恐侦知其无人也；既而设于谷口，口甚隘，一夫可以断之，彼即追来，见火必惧：皆一时犯险之下策也。"取贼鞫之，果追入谷，见火惊退。二十余贼，尽劓刵而放之。由此威声大震，远近避乱者从之如市，得土团三百余人。各处强寇无敢犯，一方赖之以安。

　　异史氏曰："快牛必能破车，崔之谓哉！志意慷慨，盖鲜俪矣。然欲天下无不平之事，宁非意过其通者与？李申，一介细民，遂能济美。缘橦飞入，剪禽兽于深闺；断路夹攻，荡幺么于隘谷。使得假五丈之旗，为国效命，乌在不南面而王哉！"

【译文】

　　崔猛，字勿猛，是建昌府大户人家的子弟，他为人性情刚毅。童年时在私塾里读书，同学们稍有触犯，他就挥拳殴打。先生屡次劝诫他，他却依旧不改。他的名和字都是先生起的。到了十六七岁，勇猛无比，又能手拄长杆，飞房越脊。他为人喜好抱打不平，因此，四邻八乡的人都佩服他，找他诉冤说事的人挤满了庭院。崔猛锄强扶弱，不怕结仇。那些坏蛋稍违背了他，他就石头砸，棍子敲，直把他们揍得腿断胳膊折。每当他盛怒时，没有敢劝的。但他对母亲最为孝敬，不管有多大的怒气，母亲一到就烟消云散。母亲痛加斥责，他当时满口答应，但一出门就忘得干干净净。崔猛的邻居家有个凶悍的婆娘，天天虐待她的婆婆。她婆婆快要饿死了，儿子偷着给她一点饭吃；那婆娘知道了，百般辱骂，吵得四邻不安。崔猛大怒，翻墙过去，将那婆娘的耳朵、鼻子、嘴唇、舌头全割了下来，不一会儿她就死了。崔母听说后，大吃一惊，急忙叫来那婆娘的丈夫，极力安慰他，并把自家的一个年轻奴婢许配给他为妻，这事才算了结。为了这件事，崔母气得痛哭流涕，也不吃饭。崔猛害怕，跪在地上请母亲处罚自己，还说自己很后悔。母亲只是哭泣，也不理他。崔猛的妻子周氏见此情景，也跟着跪在地上求情，崔母这才用拐杖痛打了儿子一顿；又用针在他胳膊上刺了个十字花纹，涂上红颜色，以免磨灭。崔猛接受了，母亲才进食。

崔母平时喜欢布施化缘的和尚、道士，吃食管够。一次，有个道士来到家门口，崔猛正好走过，道士端详端详他，说："你满脸都是凶横之气，恐怕难保善终。你们这样积德行善的人家，不应如此。"崔猛刚刚领受了母亲的训诫，听了道士的话，肃然起敬，说："我也知道这点。但我一见不平之事，就控制不住自己。我尽力去改正，能免了灾祸吗？"道士笑着说："先别问能免不能免；请先问问自己能改不能改。一定要克制自己的感情冲动；要是万一出了事，我会告诉你一个摆脱死难的法术！"崔猛平生最不相信道士的法术，因此听了道士的话，只笑笑不说话。道士说："我就知道你不相信。但我所说的法术，不是巫婆巫师们搞的那一套。你照着去做了，固然是积德的事；假设没有效验，对你也没什么妨碍。"崔猛便向道士请教。道士说："在你家门外正有个年轻人，你去跟他结成生死之交。将来即使你犯下死罪，他也能救你！"说完，把崔猛叫出门外，把那个年轻人指给他看。原来，那人是赵某的孩子，名叫僧哥。赵某本是南昌人，因为遭了灾荒，带着儿子流落到了建昌。崔猛从此努力结交僧哥，还请赵某搬到自己家住，吃穿供应十分优厚。僧哥这年十二岁，拜见了崔猛的母亲后，还和崔猛结成了兄弟。这样子过了一年多，赵某就领着儿子返回老家去了，音信从此断绝。

崔母自从邻居那婆娘死后，对儿子管束得更严。有来家诉说冤屈的，她一律都把人撵了出去。一天，崔母的弟弟去世了，崔猛跟着母亲去吊丧。路上碰到几个人捆着个男人，边骂边催他快走，还拿棍子打他。围观的人挤满了路，崔母的车子过不去，崔猛便问路人是怎么回事。这时有认得他的人，抢着向他诉说原委。原来，有个大官家的公子，横行一方，无人敢惹。这恶少见李申的妻子生得美貌，便想夺到手，但苦于没有个借口。便叫人引诱李申去赌博，借给他高利贷，让他拿妻子作抵押，还要立下字据。李申输完，又借给他钱。李申赌了一夜，输了好几吊钱。半年后，连本带息，已欠那恶少三十吊。李申还不上，恶少便派爪牙将他妻子强抢了去。李申跑到恶少门上痛哭，那恶少大怒，将李申拉去绑到树上，不但百般毒打，还逼他立下"无悔状"。崔猛听到这里，气得把马猛抽一鞭，就要冲上前去，看样子又想动手。他母亲急忙拉开车帘喝道："住手！又要犯老毛病吗?"崔猛只好忍住。吊完丧回家后，崔猛不说话，也不吃饭，只是呆坐着，眼光直直的，像是在跟谁怄气。妻子问他，他也不答话。到了夜晚，他穿着衣服躺在床上；辗转反侧，直挨到天明。第二天夜里，又是如此。后来他忽然起身下床，开门走了出去；一会儿又回来躺下，像这样一连折腾了三四次。妻子也不敢问他，只是屏住呼吸，听着他的动静。最后，他出去很长时间后才回来，关上门上床熟睡了。

这天夜晚，那恶少被人杀死在床上，开膛破肚，肠子都流了出来。李申的老婆也赤裸着身体被杀死在床下。官府怀疑是李申干的，将他逮了去严刑拷打，打得脚踝骨都露了出来，李申还是不承认。拖了一年多，李申忍受不了酷刑折磨，终于屈打成招，按律被判死刑。这时，正好崔母去世了。埋葬了母亲后，崔猛告诉妻子说："杀死那恶少的人，是我！以前因为有老母在，所以不敢招认。现在为母送终的大事已经了结，我怎能拿我的罪责让别人遭殃呢？我要去官府领死了！"他妻子听了，吃惊地扯住他的衣服，崔猛一挥手，挣开妻子，径自去了官府自首。官府听他说了事情的经过，大吃一惊，立即给他戴上刑具，押入狱中，释放了李申。李申却不走，坚决申明人是自己杀的。官府也没法判明，便将两个人都下到狱中。李申的亲属们都讥讽李申太傻，他说："崔公子做的事，正是我想做却做不到的；他替我做了，我怎忍心看着他死呢！今天就算他没有自首好了！"一口咬定是自己杀了人，和崔猛争着偿命。时间长了，衙门里的人知道了事情的真实情况，强将李申赶了出去，判崔猛死刑，马上就要处决了。正好刑部的赵部郎，驾临建昌巡视。他在提审死囚案时，看到崔猛的名字，便让随从都出去，然后把崔猛叫上来。崔猛进来，仰头往大堂上一看，原来那赵部郎就是赵僧哥！崔猛悲喜交集，照实说了事情的经过。赵部郎考虑了很久，仍叫崔猛先回狱中，嘱咐狱卒好好照顾他。不久，崔猛因为自首，依律减罪，充军云南。李申自愿跟随着他，服刑去了。不到一年，崔猛按惯例被赦罪回家。这都是赵部郎从中出力的结果。

李申从云南回来后，便跟着崔猛生活，为他料理家业。崔猛给他工钱他也不要，倒是对飞檐走壁、拳脚刀棒之类的武术很感兴趣。崔猛厚待他，为他娶了媳妇，并送给他田产。崔猛经过这次变故后，痛改前非，每每抚摸着臂上的十字花纹，想起母亲生前的训诫，就痛哭流涕。因此，乡邻再有不平之事时，李申总是以崔猛的名义为他们排解，从不告诉崔猛。

有一个王监生，家里有钱有势。附近那些无赖不义之徒，经常在他家进进出出。本县中的殷实富裕人家，很多都被他们抢劫过。有谁得罪了他，他就勾结强盗，将他杀死在野外。王监生的儿子也非常荒淫残暴。王监生有个守寡的婶婶，父子两个都和她通奸。王监生的妻子仇氏，因为多次劝阻丈夫，王监生便将她用绳子勒死了。仇氏的兄弟们告到官府，王监生用钱财买通了官吏，反说他们是诬告。仇氏兄弟们有冤无处申，便到崔猛家来哭诉。李申回绝，打发他们走了。又过了几天，崔猛家里来了客人。正好仆人不在，崔猛便让李申去泡茶。李申默默地走了出去，跟人说："我与崔猛是朋友，跟着他不远万里，充军云南，交情不可算不深。可他不但从没给过我工钱，还拿我当仆人支使，我再不甘忍受了！"便愤愤地走了。有人告诉了崔猛，崔猛惊讶他忽然变了心，但还没感到有什么奇怪的。李申忽然又打起官司，告崔猛三年没给他工钱。崔猛这才大感惊异，亲自去官府和他对质，李申愤愤地和崔猛争执不休。官府认为李申在无理取闹，将他赶了出去。又过了几天，李申忽然夜间闯进王监生家，将王监生父子连同王监生的婶婶一并杀死，还在墙上贴了张纸条，写上自己的名字。等到官府追捕他的时候，他早已逃得无影无踪了。王家怀疑李申是崔猛指使的，官府却不相信。崔猛此时才恍然大悟：李申和自己打官司，原来是怕杀人后连累了自己。官府行文附近州县，紧急追捕李申。不久，正赶上闯王李自成打进北京，这件案子也就搁了起来。明朝灭亡后，李申才携带家眷回来，仍旧和崔猛住在一起，二人和好如初。

当时，正值天下大乱，贼寇蜂拥而起。王监生有个侄子叫王得仁，聚集起叔父生前所招的一帮无赖之徒，占山为盗，烧杀抢掠，无恶不作。一天夜晚，王得仁率领群盗倾巢而出，以报仇为名，攻打崔家。崔猛正好有事外出，强盗攻破崔家大门后，李申才发觉，急忙翻墙逃出，趴在暗处。强盗搜不到崔猛、李申，便将崔猛的妻子掳了去，将所有的财物都搜掠一空。李申回去后，见家里只剩下一个仆人，又气又急。他找来一股绳子，砍成几十段，把短的交给仆人，长的自己揣到怀里。嘱咐仆人摸到强盗巢穴的背后，爬上半山腰，用火点着绳子头，散挂在山上的荆棘丛中，然后立即返回。仆人答应着去了。李申曾见强盗们腰里都扎着根红带子，帽子上系着红绢，他也依样打扮好了。正好家里有匹老母马，刚生了小马驹，强盗们没要，丢弃在门外。李申便把马驹拴在门口，自己骑上母马，直向强盗们的老巢冲去。强盗们占据了一个大村子，李申将马拴在村外，翻墙越院，摸进村内。见强盗乱纷纷的到处都是，手里还都拿着兵器。李申私下问了个强盗，知道崔猛的妻子正在王得仁处。一会儿，听见有人传令，让大家都休息，群盗们轰然答应。这时，忽然有人大声叫喊："东山上有火。"强盗们一齐往东望去，果然见有火光。最初只有一二点，既而多得像天上的星星一样。李申乘机大叫："东山上有敌人。"王得仁大惊，急忙披挂整齐，率众前去迎敌。李申乘机溜到后面，窜进王得仁的住处。见有两个强盗守卫着，李申假说："王将军忘了带佩刀。"两个强盗听了，争着去找，李审从他们背后一刀砍去，一个中刀倒在地上；另一个忙回头看，李申又一刀斩了他，背着崔妻翻墙而出。跑到村外，李申解下那匹母马，把缰绳递给崔妻说："娘子不识得路，只管放开马跑吧！"母马恋驹，一路奔跑回家，李申在后面跟着。出来谷口，李申把怀中的长绳头掏出来，用火点着，遍挂在山谷上，才回家来。

　　第二天，崔猛回来，听说了这件事后，认为是自己的奇耻大辱，气得暴跳如雷，想单人匹马去踏平贼窝，李申劝阻住了他，召集村里的人一块商量个对付的办法。但大家都害怕强盗，没有敢出头的。李申再三劝导，才凑了二十来个敢和强盗作战的壮丁，却又苦于没有兵器。这时，正好从王得仁的亲属家里抓到了他的两个奸细，崔猛便想杀掉他们，李申认为不可。他们叫那二十来个壮丁都手持白木棍，排成一队，将那两个奸细拖来，当众割去了耳朵，把他们放了。众人都埋怨说："咱们这点人，本来就怕强盗知道底细，现在反而把实情泄露给他们，假如他们倾巢而来，全村可就保不住了！"李申说："我正想让他们来！"李申先把窝藏强盗奸细的人全部杀了，又派人四下里去借弓箭、火铳，还到县里借了两尊大炮。傍晚，李申率壮士来到谷口，先把火炮安放在谷口要道，派两个人拿着火捻子埋伏着，嘱咐他们看见强盗来了，就点火放炮。然后又带人在山口的东边，伐了很多树木堆在山坡上。一切布置完，李申和崔猛各率十几人，分别埋伏在山谷两旁。一更快完的时候，远远听见战马嘶鸣，强盗果然蜂拥而来，人马络绎不绝。等强盗们都钻进了山谷，李申命人将砍下的树木全部推落谷底，阻断了强盗的退路。接着，火炮轰鸣，喊杀声震动山谷。强盗们急忙往后退，自相践踏，一片混乱。退到谷东口，树木阻路出不去，强盗们挤成一团。这时山谷两边火铳齐放，万箭齐发，势如暴风骤雨。强盗们断头折足、横七竖八地躺在谷底，最后只剩下二十来人，跪在地上哀求饶命。李申派几个人将他们绑起来押送回去，自己率队乘胜直捣强盗的老巢，守卫的强盗们闻风而逃。李申将强盗的物资全部缴获了，大胜而回。崔猛高兴万分，询问李申当初救自己妻子时设置火绳的道理。李申说："在东山放火绳，是防止他们往西追赶。火绳短，很快就烧完了，是怕强盗们侦察到山上没人。最后把火绳放在谷口，是因为谷口狭窄，一人当关，万人莫开，强盗们就是追了来，看见火光必然害怕。这都是一时没有办法而想出的冒险的下策。"把俘虏的强盗押了来审问，果然他们追进山谷后，望见谷口有火光，就吓得撤退了。李申把俘获的二十多个强盗全部砍掉鼻子、耳朵后放走了。从此，李申威名大振。远近避乱逃难的人，都来投奔他。他由此办成了一个有三百多人的团练。各处的强盗没有敢来侵犯的，这一片地方得到了安宁。

异史氏说："孔武盛气、好抱打不平的壮士在成长过程中容易招来祸患，崔猛就是这样的人！他性格豪爽，世间少有。但是，如果想要天下没有不平之事，岂不是非常不现实的事？李申，一介平民，却青出于蓝而胜于蓝。他诱敌深入，断了敌人的后路，杀敌于险要的山谷。假使李申能挂帅征战，为国效命，哪里不能因军功而封王呢？"

【延伸阅读】

此篇崔、李合传，以上崔猛传毕，以下正入李申传。

——清·冯镇峦

事妙文妙。吾于崔也敬其孝，于李也爱其谋。反复读之。

——清·但明伦

（朱　峰）

盗　户

编者按：狐亦以"我盗户也"自认，可见官府在处理问题时，不能秉公执法，怕招惹麻烦，时时袒护盗贼，使得良民不得不以"盗户"自诩。蒲松龄对盗贼横行乡里、官府姑息养奸的黑暗现实，给予了深刻的批判。揭露当时社会上恶人当道、好人遭殃、是非混淆、黑白颠倒的现实，也反映了一个政治混乱的社会对人性的扭曲。

【原文】

顺治间，滕、峄之区，十人而七盗，官不敢捕。后受抚，邑宰别之为"盗户"。凡值与良民争，则曲意左袒之，盖恐其复叛也。后讼者辄冒称盗户，而怨家则力攻其伪；每两造具陈，曲直且置不辨，而先以盗之真伪反复相苦，烦有司稽籍焉。适官署多狐，宰有女为所惑，聘术士来，符捉入瓶，将炽以火。狐在瓶内大呼曰："我盗户也！"闻者无不匿笑。

异史氏曰："今有明火劫人者，官不以为盗而以为奸；逾墙行淫者，每不自认奸而自认盗：世局又一变矣。设今日官署有狐，亦必大呼曰'吾盗'无疑也。"

章丘漕粮徭役，以及征收火耗，小民常数倍于绅衿，故有田者争求托焉。虽于国课无伤，而实于官橐有损。邑令钟，牒请厘弊，得可。初使自首，既而奸民以此要士，数十年鬻去之产，皆诬托诡挂，以讼售主。令悉左袒之，故良懦者多丧其产。有李生，亦为某甲所讼，同赴质审。甲呼之"秀才"，李厉声争辨，不居秀才之名。喧不已。令诘左右，共指为真秀才。令问："何故不承？"李曰："秀才且置高阁，待争地后，再作之不晚也。"噫！以盗之名，则争冒之；秀才之名，则争辞之，变异矣哉！有人投匿名状云："告状人原壤，为抗法吞产事：身以年老不能当差，有负郭田五十亩，于隐公元年，暂挂恶衿颜渊名下。今功令森严，理合自首。讵恶久假不归，霸为己有。身往理说，被伊师率恶党七十二人，毒杖交加，伤残胫肢；又将身锁置陋巷，日给箪食瓢饮，囚饿几死。互乡地证，叩乞革顶严究，俾血产归主，上告。"此可以继柳跖之告夷、齐矣。

【译文】

清朝顺治年间，滕、峄一带，十个人当中就有七个是盗贼，官方不敢抓捕。后来这些盗贼被招安，县官为了区分他们，就给他们冠以"盗户"的称呼。凡是这些盗户与安分守己的人家发生纠纷，县官总是不分是非曲直，违心地袒护他们，就怕他们再次叛乱。后来，打官司的人就都冒称自己是盗户，而对方就极力驳斥反证他不是盗户；每次打官司的两方各自陈述己见时，是非曲直暂且不去分辨，而是先为盗户身份的真假反复互相揭发攻击，只好烦请管理户籍的去核对查实他们是不是盗户。恰好这时，县衙里经常有狐狸作祟，县官的女儿被狐狸迷惑，请来法师做法。法师用符咒抓住了这只狐狸，把它装入瓶中，准备用火烧死它。这时，就听狐狸精在瓶子里大声喊叫："我是盗户！"听到的人没有不偷笑的。

异史氏说："当今有公然抢人的，官府不认定是强盗，而认定是通奸；而逾墙行淫的，每次都不承认自己是奸犯，而自认是盗贼：世道竟变成了这个样子。假如当今的衙门里也有很多狐狸，想必也会大喊'我是盗户'无疑了！"

章丘县派水道运粮的劳役，以及在赋税之外加征税额，下层百姓常常是乡绅大户的几倍，因此有些小户人家就争相托人求情，把自己的田产挂在乡绅名下。这样一来，虽然对于国家没有什么损失，然而对于县衙官吏的腰包有损害。于是，县令钟某写公文要求改掉这个弊端，得到了批准。一开始，让这些求托田产的人前来自首，继而那些无赖借此机会要挟和诬赖。数十年前被当出去的田产，竟说是偷偷托付给某人家的，告买主的状。县令全都偏袒他们，所以，善良的人大多失去了属于自己的田产。有个姓李的书生，被某人告到衙门，二人一起到了公堂。那人称李姓书生"秀才"，李姓书生却厉声争辩，说自己不是秀才。争吵个没完没了，县令询问身边的人，大家都指认他是真秀才。县令问他："为什么不承认自己是秀才?"李姓书生说："秀才先放在一边，等我争到地后再当秀才也不晚。"唉，难怪以盗户称谓区分时，都争着冒充是盗户；以秀才之名诉讼时，却不想当这个秀才，世事变得太怪异了！有人投匿名状：告状人原壤，为抗法吞产的事：我现在年老体衰不能当差，有靠近城郭的五十亩田，于隐公元年，暂挂在卑劣的读书人颜渊名下。现在法令森严，按理应当去自首。可颜渊长期借用不还，霸为己有，于是前去说理，却被他的老师率恶党七十二人毒打，把我的小腿打残；又把我关押起来，每天只给一篮饭、一瓢水，囚禁中我差点饿死。互乡的地保可以做证，恳请革去他的功名，严加追究，把田产归还与我。特此上告！

这可以看作是孽盗柳跖告伯夷、叔齐的续篇了。

【延伸阅读】

别为盗户而左袒之，至冒称之，化且及于狐，宰之德政亦可观矣。

——清·但明伦

明火行劫，徒以规避处分，改案为奸，于国为坏法，于己为丧德；处分即或幸免，吾不敢问其后矣。

——清·但明伦

（王清平）

潍水狐

编者按：《潍水狐》的故事告诉我们，为官者，要有责任担当意识，不能像潍水邑令那样，为了一己私利，有小便宜就占，给点好处就让人牵着鼻子走，做一些损公肥私的勾当，且有驴的本性——"蹄跌嗥嘶，眼大于盎，气粗于牛；不惟声难闻，状亦难见"。当今社会，人们对庸官深恶痛绝！庸官对社会的危害往往被忽视，为人们所容忍，但他们对社会、对百姓危害极大。实际上，愚蠢也能造成危害性极大的腐败，他们奉行庸道，只对自己负责，而不对人民、对国家、对党负责，缺乏起码的责任担当，没有自己独立的见解，没有干事创业的精神，起不到带头人的作用，只会使事业停滞不前，甚至倒退。希望我们的领导干部以潍水邑令为戒："求齿于狐，则德日进矣！"

【原文】

潍邑李氏有别第，忽一翁来税居，岁出直金五十，诺之。既去无耗，李嘱家人别租。翌日，翁至，曰："租宅已有关说，何欲更僦他人？"李白所疑，翁曰："我将久居是，所以迟迟者，以涓吉在十日之后耳。"因先纳一岁之直，曰："终岁空之，勿问也。"李送出，问期，翁告之。过期数日，亦竟渺然。及往觇之，则双扉内闭，炊烟起而人声杂矣。讶之，投刺往谒。翁趋出，逆而入，笑语可亲。既归，遣人馈遗其家；翁犒赐丰隆。又数日，李设筵邀翁，款洽甚欢。问其居里，以秦中对。李讶其远。翁曰："贵乡福地也。秦中不可居，大难将作。"时方承平，置未深问。越日，翁折柬报居停之礼，供帐饮食，备极侈丽。李益惊，疑为贵官。翁以交好，因自言为狐。李骇绝，逢人辄道。

邑搢绅闻其异，日结驷于门，愿纳交翁，翁无不伛偻接见。渐而郡官亦时还往。独邑令求通，辄辞以故。令又托主人先容，翁辞。李诘其故。翁离席近客而私语曰："君自不知，彼前身为驴，今虽俨然民上，乃饮馐而亦醉者也。仆固异类，羞与为伍。"李乃托词告令，谓狐畏其神明，故不敢见也。令信之而罢。此康熙十一年事。未几，秦罢兵燹。狐能前知，信矣。

异史氏曰："驴之为物，庞然也。一怒则蹄趹嗥嘶，眼大于盎，气粗于牛；不惟声难闻，状亦难见。倘执束刍而诱之，则帖耳辑首，喜受羁勒矣。以此居民上，宜其饮馐而亦醉也。愿临民者，以驴为戒，而求齿于狐，则德日进矣。"

【译文】

潍县有一户人家姓李，家有一所闲置的房舍。忽然有位老翁前来租赁房屋，每年出价五十两银子，李某就同意了。老翁走后就没了音信，李某嘱咐家人另租给他人。老翁第二天就来了，对李某说："租赁房子的事已经说好了，怎么又要转租给他人呢？"李某说出自己的疑虑。老翁说："我要长久住在这里，之所以迟迟没来，是因为所选的搬迁吉日在十天之后。"于是先交纳了一年的租金，说："房屋就是全年空着，也不要过问了。"李某送老翁出门时，问搬迁的日期，老翁告诉了他。按照老翁说的时间过去好几天了，竟然没有音信。等到李某跑去探看，原来门是从里面关着的，院子里炊烟袅袅，人声嘈杂。李某感到非常惊讶，递上名帖想要拜访老翁。老翁快步迎出，非常恭敬地把李某迎了进去，欢声笑语交谈了一会，两人都感到十分亲切。李某回家后，老翁又备上丰厚的礼物派人送到李某家。过了几天，李某设宴请老翁喝酒，推杯换盏间十分融洽欢快。李某问老翁的家乡，老翁回答是陕西。李某诧异遥远。老翁告诉他："你的家乡是块福地，我们那里不可以居住了，将有大难发生。"当时正值太平时期，李某就没有深问。过了一天，老翁送请帖回报房主的留居之礼，宴席上的饮食、器具极尽奢华，李某更为惊讶，怀疑老翁是个贵官。老翁因与李某交往非常融洽，因此就说明自己是狐狸。李某非常震惊，见人就说。

县里的乡绅听说了这件奇事，都愿意与狐翁交朋友，以致狐翁家每天都是车马盈门。狐翁对来者无不恭敬迎接，渐渐地郡里的官员也时常和狐翁往来，唯独县令请求与狐翁交往，狐翁都是借故推辞。县令又托房主李某为之通融，狐翁仍然推辞。李某追问推辞的缘故，狐翁离座靠近李某小声说："你自然不会知道，他的前身是头驴，你看他现在装模作样高居于百姓之上，其实不过是个吃蒸饼也能沉醉的蠢物。我本非人类，羞于与他为伍。"李某便托词告诉县令，说是狐翁畏惧他的神明，所以不敢见他。县令信以为真，就打消了与狐翁交友的念头。这是康熙十一年的事。没过多久，陕西遭遇战乱。狐能预测未来，看来是真的。

异史氏说："驴，形体庞大，一发怒就踢蹬嗥叫，眼瞪得比盎口还大，出气比牛还粗。不仅声音难听，样子也难看。倘若拿一束干草来引诱它，它便俯首帖耳，喜欢受笼头缰绳的羁勒。让这么个蠢物高居于百姓之上，无怪乎吃蒸饼也能醉呀！愿为官执政者，以驴为戒，而争取与狐狸为同列，那么德行将会每天都有进步。"

【延伸阅读】

此狐与彼狐之事同，此李与彼李之心异。彼则心知其狐而阴害之，此则自信为狐而益亲之。然则居停主人亦不可不择。前狐之受奇惨祸，亦其无知人之明耳。观此狐之所以处大令者，可以见矣。

——清·但明伦

古有鸟官，今又有驴令，狐乌得不畏其神明耶？

——清·何守奇

（王清平）

第二单元·守公德

单 元 语

守公德，就是要强化宗旨意识，全心全意为人民服务，恪守立党为公、执政为民理念，自觉践行人民对美好生活的向往就是我们的奋斗目标的承诺，做到心底无私天地宽。

——习近平

所有党员干部都要戒贪止欲、克己奉公，切实把人民赋予的权力用来造福人民。2018 年 3 月 10 日，习近平总书记在参加十三届全国人大一次会议重庆代表团审议时强调："要牢记'堤溃蚁孔，气泄针芒'的古训，坚持从小事小节上加强修养，从一点一滴中完善自己，严以修身，正心明道，防微杜渐，时刻保持人民公仆本色。"总书记的谆谆教导、殷殷期望，领导干部要时刻牢记在心，加强自我修炼、自我约束、自我改造，时刻自重自省、自警自励，学廉思廉践廉，以实际行动践行为人民服务的宗旨。

蒲松龄作为一位心存百姓的知识分子，对做官为政有清晰的见解。在《聊斋志异》中，蒲松龄以《促织》《胭脂》《折狱》等篇章"刺贪刺虐入骨三分"，揭露封建酷吏的恶行，同时又"忧国忧民心怀民瘼"，表达对官场清正廉明、百姓安居乐业的期盼。

促 织

编者按： 官德的好坏关乎百姓的生活、国家的发展、社会的进步。"国家之败，由官邪也；官之失德，宠赂章也"，为政者只有做到"以德修身、以德为政"，才能人民幸福、国家安定、社会进步。在《促织》中，蒲松龄通过描写成名一家的遭遇，深刻批判了封建社会为政者以骄奢淫逸为乐、欺压百姓的昏庸暴虐，揭露了在官僚制度的迫害下，老百姓的性命竟不如一只小小蟋蟀的黑暗现实，同时表达了自身对勤劳善良却受尽欺凌的普通百姓的深切同情。

【原文】

宣德间，宫中尚促织之戏，岁征民间。此物故非西产，有华阴令欲媚上官，以一头进，试使斗而才，因责常供。令以责之里正。市中游侠儿，得佳者笼养之，昂其直，居为奇货。里胥猾黠，假此科敛丁口，每责一头，辄倾数家之产。

邑有成名者，操童子业，久不售。为人迂讷，遂为猾胥报充里正役，百计营谋不能脱。不终岁，薄产累尽。会征促织，成不敢敛户口，而又无所赔偿，忧闷欲死。妻曰："死何裨益？不如自行搜觅，冀有万一之得。"成然之。早出暮归，提竹筒、铜丝笼，于败堵丛草处，探石发穴，靡计不施，迄无济。即捕得三两头，又劣弱不中于款。宰严限追比，旬余，杖至百，两股间脓血流离，并虫亦不能行捉矣。转侧床头，惟思自尽。时村中来一驼背巫，能以神卜。成妻具赀诣问。见红女白婆，填塞门户。入其舍，则密室垂帘，帘外设香几。问者爇香于鼎，再拜。巫从傍望空代祝，唇吻翕辟，不知何词，各各竦立以听。少间，帘内掷一纸出，即道人意中事，无毫发爽。成妻纳钱案上，焚拜如前人。食顷，帘动，片纸抛落。拾视之，非字而画，中绘殿阁，类兰若，后小山下，怪石乱卧，针针丛棘，青麻头伏焉；旁一蟆，若将跳舞。展玩不可晓，然睹促织，隐中胸怀，折藏之，归以示成。成反复自念："得无教我猎虫所耶？"细瞻景状，与村东大佛阁真逼似。乃强起，扶杖执图诣寺后，有古陵蔚起。循陵而走，见蹲石鳞鳞，俨然类画。遂于蒿莱中侧听徐行，似寻针芥，而心、目、耳力俱穷，绝无踪响。冥搜未已，一癞头蟆猝然跃去。成益愕，急逐趁之。蟆入草间，蹑迹披求，见有虫伏棘根，遽扑之，入石穴中。掭以尖草，不出；以筒水灌之始出。状极俊健，逐而得之。审视：巨身修尾，青项金翅。大喜，笼归。举家庆贺，虽连城拱璧不啻也。土于盆而养之，蟹白栗黄，备极护爱，留待限期，以塞官责。

　　成有子九岁，窥父不在，窃发盆，虫跃掷径出，迅不可捉。及扑入手，已股落腹裂，斯须就毙。儿惧，啼告母。母闻之，面色灰死，大骂曰："业根，死期至矣！而翁归，自与汝覆算耳！"儿涕而出。未几成归，闻妻言，如被冰雪。怒索儿，儿渺然不知所往；既得其尸于井。因而化怒为悲，抢呼欲绝。夫妻向隅，茅舍无烟，相对默然，不复聊赖。日将暮，取儿藁葬，近抚之，气息惙然。喜置榻上，半夜复苏，夫妻心稍慰。但蟋蟀笼虚，顾之则气断声吞，亦不敢复究儿。自昏达曙，目不交睫。东曦既驾，僵卧长愁。忽闻门外虫鸣，惊起觇视，虫宛然尚在，喜而捕之。一鸣辄跃去，行且速。覆之以掌，虚若无物；手裁举，则又超忽而跃。急趋之，折过墙隅，迷其所往。徘徊四顾，见虫伏壁上。审谛之，短小，黑赤色，顿非前物。成以其小，劣之，惟彷徨瞻顾，寻所逐者。壁上小虫，忽跃落衿袖间。视之：形若土狗，梅花翅，方首长胫，意似良。喜而收之。将献公堂，惴惴恐不当意，思试之斗以觇之。

村中少年好事者，驯养一虫，自名"蟹壳青"，日与子弟角，无不胜。欲居之以为利，而高其直，亦无售者。径造庐访成，视成所蓄，掩口胡卢而笑。因出己虫，纳比笼中。成视之，庞然修伟，自增惭怍，不敢与较，少年固强之。顾念蓄劣物终无所用，不如拚博一笑。因合纳斗盆。小虫伏不动，蠢若木鸡。少年又大笑。试以猪鬣毛，撩拨虫须，仍不动。少年又笑。屡撩之，虫暴怒，直奔，遂相腾击，振奋作声。俄见小虫跃起，张尾伸须，直龁敌领。少年大骇，解令休止。虫翘然矜鸣，似报主知。成大喜。方共瞻玩，一鸡瞥来，径进以啄，成骇立愕呼。幸啄不中，虫跃去尺有咫。鸡健进，逐逼之，虫已在爪下矣。成仓猝莫知所救，顿足失色。旋见鸡伸颈摆扑，临视则虫集冠上，力叮不释。成益惊喜，掇置笼中。

翼日进宰。宰见其小，怒诃成。成述其异，宰不信。试与他虫斗，虫尽靡；又试之鸡，果如成言。乃赏成，献诸抚军。抚军大悦，以金笼进上，细疏其能。既入宫中，举天下所贡蝴蝶、螳螂、油利挞、青丝额，一切异状，遍试之，无出其右者。每闻琴瑟之声，则应节而舞，益奇之。上大嘉悦，诏赐抚臣名马衣缎。抚军不忘所自，无何，宰以'卓异'闻。宰悦，免成役；又嘱学使，俾入邑庠。由此以善养虫名，屡得抚军殊宠。不数岁，田百顷，楼阁万椽，牛羊蹄躈各千计。一出门，裘马过世家焉。

异史氏曰："天子偶用一物，未必不过此已忘；而奉行者即为定例。加之官贪吏虐，民日贴妇卖儿，更无休止。故天子一跬步皆关民命，不可忽也。独是成氏子以蠹贫，以促织富，裘马扬扬。当其为里正受扑责时，岂意其至此哉！天将以酬长厚者，遂使抚臣、令尹，并受促织恩荫。闻之：一人飞升，仙及鸡犬。信夫！"

【译文】

明朝宣德年间，皇室爱好斗蟋蟀的游戏，每年都要向民间征收蟋蟀。这东西本来不是陕西出产的。有个华阴县的县官，想巴结上司，把一只蟋蟀献上去，上司试着让它斗了一下，显出了勇敢善斗的能力，上级就责令他经常供应。县官又派给各乡的里正。市上那些游手好闲的年轻人，捉到好的蟋蟀就用竹笼装着喂养它，抬高它的价格；储存起来，当作珍奇的货物。乡里的差役们狡猾刁诈，借这个机会向老百姓摊派费用，每征收一只蟋蟀，就使好几户人家破产。

县里有个叫成名的，读书考秀才，长期没有考中。为人拘谨，不善说话，就被刁诈的小吏报到县里，叫他担任里正的差事，他想尽方法还是摆脱不掉。不到一年，微薄的家产都受牵累赔光了。正好碰上征收蟋蟀，成名不敢按户摊派，但又没有抵偿的钱，忧愁苦闷，想要寻死。他妻子说："死有什么益处呢？不如自己去寻找，万一捉到一只。"成名认为这话很对。就早出晚归，提着竹筒、铜丝笼，在破墙脚下的荒草丛里，挖石头，掏大洞，各种办法都用尽了，最终没有成功。即使捉到二三只，也是又弱又小，不够格。县官严定期限，催促追逼，成名在十几天中被打了上百板子，两条腿脓血淋漓，连蟋蟀也不能去捉了，在床上翻来覆去，只想自杀。这时，村里来了个驼背巫婆，她能借鬼神预卜凶吉。成名的妻子准备了礼钱去求神。只见红颜的少女和白发的老婆婆挤满门口。成名的妻子走进巫婆的屋里，只看见暗室拉着帘子，帘外摆着香案。求神的人向香炉里上香，拜了两次。巫婆在旁边望着空中替他们祷告，嘴唇一张一合，不知在说些什么。大家都肃敬地站着听。一会儿，室内抛出来一片纸，那上面说的就是求神的人心中所想问的事情，没有丝毫差错。成名的妻子把钱放在案上，像前边的人一样烧香跪拜。约一顿饭的工夫，帘子动了，一片纸抛落下来。拾起一看，并不是字，而是一幅画，当中绘着殿阁，就像寺院一样；殿阁后面的山脚下，横着一些奇形怪状的石头，长着一丛丛荆棘，一只青麻头蟋蟀伏在那里；旁边有一只癞蛤蟆，像要跳起来的样子。她仔细地看了一阵，不懂什么意思。但是看到上面画着蟋蟀，正跟自己的心事暗合，就把纸片折叠好装起来，回家后交给成名看。成名反复思索，莫非是指给我捉蟋蟀的地方吧？细看图上的景象，和村东的大佛阁极相像。他就忍痛爬起来，扶着拐杖，拿着图来到寺庙的后面，看到有一座古墓高高隆起。成名沿着古墓向前跑，只见石头一块挨着一块，像层层鱼鳞，真和画中一样。他于是在野草中一面侧耳细听一面慢走，好像在找针尖、芥子似的；然而心力、视力、听力都用尽了，还是一点蟋蟀的踪迹响声都没有。他不停地探索着，突然一只癞蛤蟆跳过去了。成名更加惊奇了，急忙去追它，癞蛤蟆已经跳入草中。他便跟着癞蛤蟆的踪迹，分开草丛去寻找，只见一只蟋蟀趴在棘根下面，他急忙扑过去捉它，蟋蟀跳进了石洞。他用细草撩拨，蟋蟀不出来；又用竹筒取水灌进石洞里，蟋蟀才出来，形状极其俊美健壮。他便追上去抓住了它。仔细端相：蟋蟀个儿大，尾巴长，青色的脖子，金黄色的翅膀。成名特别高兴，装进笼子提回家，全家庆贺，把它看得如同价值连城的宝玉，盆子捶好泥底，放在里面，并且用蟹肉、栗子粉喂它，爱护得周到极了，只等到了期限，就去县里交差。

成名有个儿子，年九岁，看到爸爸不在家，偷偷掀开盆子看。蟋蟀一下子跳出来了，快得来不及捕捉。等抓到手，蟋蟀的腿已掉了，肚子也破了，一会儿就死了。孩子害怕了，就哭着告诉妈妈，妈妈听了，吓得面色灰白，大骂说："祸根，你的死期到了！你爸爸回来，自然会跟你算账！"孩子哭着出去了。不多时，成名回来了，听了妻子的话，全身好像被冰雪覆盖一样。怒气冲冲地去找儿子，儿子无影无踪不知到哪里去了。不久在井里找到他的尸体，于是怒气立刻化为悲痛，呼天喊地，痛不欲生。夫妻二人对着墙角流泪哭泣，茅屋里没有炊烟，面对面坐着不说一句话，没了依靠。直到傍晚时，才拿上草席准备把孩子埋葬。夫妻走近一摸，还有一丝微弱的气息。他们高兴地把他放在床上，半夜里孩子又苏醒过来。夫妻二人心里稍稍宽慰一些。但回头看到蟋蟀笼空着，就悲伤得气也吐不出来，话也说不出来，也不再把儿子放在心上。从晚上到天明，连眼睛也没合一下。太阳已经升起来了，他还直挺挺地躺在床上发愁。忽然听到门外有蟋蟀的叫声，他吃惊地起来细看时，那只蟋蟀分明还在。他高兴地动手捉它，那蟋蟀叫了一声就跳走了，跳得非常快。他用手掌去罩住它，手心空荡荡得好像没有什么东西；手刚举起，却又远远地跳开了。成名急忙追它，转过墙角，又不知去向了。他东张西望，四下寻找，看见蟋蟀趴在墙壁上。成名仔细看它，个儿短小，黑红色，立刻觉得它不是先前那只。成名因它个儿小，看不上它。仍不住地来回寻找，找他所追捕的那只。这时墙壁上的那只小蟋蟀，忽然跳到他的衣袖里去了。再仔细看它，形状像蝼蛄，梅花翅膀，方头长腿，从神情上看是优良品种。他高兴地捉住了它，准备献给官府，但是心里还很不踏实，怕不合县官的心意，他想先试着让它斗一下，看它怎么样。

村里一个喜欢多事的年轻人，养着一只蟋蟀，给它取名叫"蟹壳青"，他每日跟其他少年斗蟋蟀，没有一次不胜。他想留着它居为奇货来牟取暴利，便抬高价格，但是也没有人买。有一天少年直接上门来找成名，看到成名所养的蟋蟀，掩着口笑，接着取出自己的蟋蟀，放进并放着的笼子里。成名一看对方那只蟋蟀又长又大，自己越发羞愧，不敢同他较量。少年坚持要斗，成名心想养着这样低劣的东西，终究没有什么用处，不如让它斗一斗，换得一笑。因而把两只蟋蟀放在一个斗盆里。小蟋蟀趴着不动，呆呆地像只木鸡，少年又大笑起来。试着用猪毛撩拨小蟋蟀的触须，小蟋蟀仍然不动，少年又大笑。撩拨了好几次，成名的蟋蟀突然大怒，直往前冲，于是腾挪搏击，振翅叫唤。一会儿，只见小蟋蟀跳起来，张开尾，竖起须，一口咬住对方的脖子。少年大惊，急忙把它们分开，停止扑斗。小蟋蟀抬着头振起翅膀得意地鸣叫着，好像给主人报捷一样。成名大喜，正在观赏，突然来了一只鸡，直向小蟋蟀啄去。成名吓得站在那里惊叫，幸亏没有啄中，小蟋蟀一跳有一尺多远。鸡强健有力，追逼过去，小蟋蟀已被压在鸡爪下了。成名吓得惊慌失措，不知怎么救它，急得直跺脚，脸色都变了。忽然又见鸡伸长脖子，扭摆身子，扑扇翅膀，到跟前仔细一看，原来小蟋蟀已蹲在鸡冠上用力叮着不放。成名越发惊喜，捉下放在笼中。

　　第二天，成名把蟋蟀献给县官，县官见它小，怒斥成名。成名讲述了这只蟋蟀的奇特本领，县官不信。试着和别的蟋蟀斗，都被斗败了。又试着和鸡斗，果然和成名所说的一样。于是就奖赏了成名，把蟋蟀献给了巡抚。巡抚特别喜欢，用金笼装着献给皇帝，并且上了奏本，详细地分条陈述了它的本领。到了宫里后，凡是全国贡献的蝴蝶、螳螂、油利挞、青丝额及各种稀有的蟋蟀，都与小蟋蟀斗过了，没有一只能胜过它的。它每逢听到琴瑟的声音，都能按照节拍跳舞，大家越发觉得神奇。皇帝更加喜欢，便下诏赏给巡抚好马和锦缎。巡抚不忘记好处是从哪来的，不久，县官也以才能卓越而闻名了。县官一高兴，就免了成名的差役，又嘱咐主考官，让成名中了秀才。自此以后成名以擅长养蟋蟀出名，屡次得到巡抚重赏。不到几年，成名就有一百多顷田地、很多高楼殿阁，还有成百上千的牛羊；每次出门，身穿轻裘，骑上高头骏马，比世代做官的人家还阔气。

异史氏说："皇帝偶尔使用一件东西，未必不是用过它就忘记了；然而下面执行的人却把它作为一成不变的惯例。加上官吏贪婪暴虐，老百姓一年到头抵押妻子卖掉孩子，还是没完没了。所以皇帝的一举一动，都关系着老百姓的性命，不可忽视啊！只有成名这人因官吏的侵害而贫穷，又因为进贡蟋蟀而致富，穿上名贵的皮衣，坐上豪华的车马，得意扬扬。当他充当里正，受到责打时，哪里想到他会有这种境遇呢！老天要用这酬报那些老实忠厚的人，就连巡抚、县官都受到蟋蟀的恩惠了。听说'一人得道成仙，连鸡狗都可以上天'。这话真是一点不假啊！"

【延伸阅读】

莎鸡远贡九重天，责有常供例不蠲。何物痴儿偏致富，生生死死亦堪怜。

——清·吕湛恩

"不复以儿为念"，儿不如虫矣。催科征役，儿号女哭，鸡犬不安；至于茅舍无烟，向隅默对，声吞气断，不复以儿女为念，谁实使之然哉？而俨然为之父母者，方且于宴歌之暇，乘醉登堂，严限追比。小民至死将谁诉耶？甚而鬻妻卖子，以足其盈。而卓异之荐，大吏陈书；缎马之荣，九重锡命。悠悠苍天，民则何辜，而忍使之至此？况乃以嬉戏微物，甚于赋役之殃民乎？幸逢盛世，凡声色狗马嬉戏之弊，取鉴前朝，即户役钱粮，亦皆斟酌尽善。有牧民之责者，上存体国之心，下尽保赤之道，太平之福，亿万斯年矣。

——清·但明伦

它揭示了封建统治阶级迫害人民的残酷性。

深刻地表现了人民所遭受的从肉体到精神的迫害已经到达这样的程度：走投无路，不得不化为异物，去充当脑满肠肥的寄生者取乐消遣的玩具。

——中国社会科学院文学研究所《中国文学史》

（景晓璇）

张不量

编者按： 在民智未开的时代，天然灾害通常被视为上天对苍生的惩罚，唯善良之人能获得眷顾，幸免于难。《周易》中有这样一句话："积善之家，必有余庆；积不善之家，必有余殃。"张不量富而好施，因此得上天庇佑。虽然是一则"善有善报"的果报故事，却有导人向善的积极意义。向善即崇德，意味着明德惟馨、择善而从；坚持向善，才能不失方向、德行天下。向善是中华民族、中国人民休戚与共、血脉相连的重要纽带，要积极培育向善的道德力量，让向善成为精神世界的更崇高追求。习近平总书记回信点赞"中国好人"，褒扬凡人善举，为新时代精神文明建设指明了前进方向，提供了根本遵循。

【原文】

贾人某，至直隶界，忽大雨雹，伏禾中。闻空中云："此张不量田，勿伤其稼。"贾私念：张氏何人？既云"不良"，何反祐护？既而雹止，贾行入村，访之果有其人，因告所见，且问取名之义。盖张素封，积粟甚富。每春间，贫民皆就贷焉，偿时多寡不校，悉内之，未尝执概取盈，故乡人名之"不量"。众趋田中，见稼穗摧折如麻，独张氏诸田无恙。

【译文】

有个商人，到了河北省，忽然遇到下冰雹，他到庄稼里躲避。这时，他听到空中有声音说："这是张不量的田地，不要伤了他的庄稼。"商人暗想，张氏是什么人？既然说他"不良"，为什么还要庇护他呢？冰雹停了后，商人进村打听，果然有这个人，于是就把自己经历的事告诉了他，并且询问取名的意思。原来，张氏是富户，积蓄了很多粮食。每年春天青黄不接时，贫民就到他家借粮。归还时，他不计多少都收进来，从不用工具去量，所以乡人给他取名"不量"。众人赶到田中，见庄稼被冰雹砸得像乱麻一样，唯独张不量所有的田地都没受到损坏。

【延伸阅读】

于疾风迅雷之中，而辨其畦畛，保其禾稼，善恶之界，鬼神何尝错乱丝毫。

——清·但明伦

（李汉举）

细　柳

编者按：中国式家长有两大通病：一是过严，一是溺爱。严慈相济、刚柔互补才是理想的家庭教育原则。故事中的细柳"知天命"，而不"畏天命"。面对两个不求上进的儿子，她以母亲的天性和女子的良知教育引导、尽心尽力，在儿子们经历了近乎毁灭的打击后，引导其浪子回头，各自走上了人生坦途，无疑细柳的教育是得法的。家庭是社会的细胞，和谐家庭是和谐社会的基础。中国传统家庭道德高度重视家庭成员个人的修身养性。在家庭文化建设中，父母作为教育孩子的第一位老师，要培养孩子的道德观念和家庭责任感，倡导健康、文明的生活方式，以家庭的健康文明促进社会的文明进步。

【原文】

细柳娘，中都之士人女也。或以其腰袅可爱，戏呼之"细柳"云。柳少慧，解文字，喜读相人书。而生平简默，未尝言人臧否；但有问名者，必求一亲窥其人。阅人甚多，俱言未可，而年十九矣。父母怒之曰："天下迄无良匹，汝将以丫角老耶？"女曰："我实欲以人胜天，顾久而不就，亦吾命也。今而后，请惟父母之命是听。"

时有高生者，世家名士，闻细柳之名，委禽焉。既醮，夫妇甚得。生前室遗孤，小字长福，时五岁，女抚养周至。女或归宁，福辄号啼从之，呵遣所不能止。年余，女产一子，名之长怙。生问名字之义，答言："无他，但望其长依膝下耳。"女于女红疏略，常不留意；而于亩之南东，税之多寡，按籍而问，惟恐不详。久之，谓生曰："家中事请置勿顾，待妾自为之，不知可当家否？"生如言，半载而家无废事，生亦贤之。

一日，生赴邻村饮酒，适有追逋赋者，打门而诟。遣奴慰之，弗去。乃趣僮召生归。隶既去，生笑曰："细柳，今始知慧女不若痴男耶？"女闻之，俯首而哭。生惊挽而劝之，女终不乐。生不忍以家政累之，仍欲自任，女又不肯。晨兴夜寐，经纪弥勤。每先一年即储来岁之赋，以故终岁未尝见催租者一至其门；又以此法计衣食，由此用度益纾。于是生乃大喜，尝戏之曰："细柳何细哉：眉细、腰细、凌波细，且喜心思更细。"女对曰："高郎诚高矣：品高、志高、文字高，但愿寿数尤高。"

村中有货美材者，女不惜重直致之。价不能足，又多方乞贷于戚里。生以其不急之物，固止之，卒弗听。蓄之年余，富室有丧者，以倍赀赎诸其门。生因利而谋诸女，女不可。问其故，不语；再问之，荧荧欲涕。心异之，然不忍重拂焉，乃罢。又逾岁，生年二十有五，女禁不令远游，归稍晚，僮仆招请者，相属于道。于是同人咸戏谤之。一日，生如友人饮，觉体不快而归，至中途堕马，遂卒。时方溽暑，幸衣衾皆所夙备。里中始共服细娘智。

福年十岁，始学为文。父既殁，娇惰不肯读，辄亡去从牧儿遨。谯诃不改，继以夏楚，而顽冥如故。母无奈之，因呼而谕之曰："既不愿读，亦复何能相强！但贫家无冗人，可更若衣，使与僮仆共操作。不然，鞭挞勿悔！"于是衣以败絮，使牧豕；归则自掇陶器，与诸奴啖饘粥。数日，苦之，泣跪庭下，愿仍读。母返身向壁置不闻。不得已，执鞭啜泣而出。残秋向尽，胠无衣，足无履，冷雨沾濡，缩头如丐。里人见而怜之，纳继室者，皆引细娘为戒，啧有烦言。女亦稍稍闻之，而漠不为意。福不堪其苦，弃豕逃去，女亦任之，殊不追问。积数月，乞食无所，憔悴自归，不敢遽入，哀邻媪往白母。女曰："若能受百杖，可来见；不然，早复去。"福闻之，骤入，痛哭愿受杖。母问："今知悔乎？"曰："悔矣。"曰："既知悔，无须挞楚，可安分牧豕，再犯不宥！"福大哭曰："愿受百杖，请复读。"女不听。邻妪怂愚之，始纳焉。濯肤授衣，令与弟怙同师。勤身锐虑，大异往昔，三年游泮。中丞杨公，见其文而器之，月给常廪，以助灯火。

怙最钝，读数年不能记姓名。母令弃卷而农。怙游闲惮于作苦。母怒曰："四民各有本业，既不能读，又不能耕，宁不沟瘠死耶？"立杖之。由是率奴辈耕作，一朝晏起，则诟骂从之；而衣服饮食，母辄以美者归兄。怙虽不敢言，而心窃不能平。农工既毕，母出赀使学负贩。怙淫赌，入手丧败，诡托盗贼。连数以欺其母。母觉之，杖责濒死。福长跪哀乞，愿以身代，怒始解。自是，一出门，母辄探察之。怙行稍敛，而非其心之所得已也。一日，请诸母，将从诸贾入洛；实借远游以快所欲，而中心惕惕，惟恐不遂所请。母闻之，殊无疑虑，即出碎金三十两为之具装；末又以铤金一枚付之，曰："此乃祖宦囊之遗，不可用去，聊以压装，备急可耳。且汝初学跋涉，亦不敢望重息，只此三十金得无亏负足矣。"临行又嘱之。怙诺而出，欣欣意自得。至洛，谢绝客侣，宿名娼李姬之家。凡十余夕，散金渐尽，自以巨金在橐，初不以空匮在虑，及取而斫之，则伪金耳。大骇，失色。李媪见其状，冷语侵客。怙心不自安，然囊空无所向往，犹冀姬念夙好，不即绝之。俄有二人握索入，骤絷项领。惊惧不知所为，哀问其故，则姬已窃伪金去首公庭矣。至官，不容置词，梏掠几死。收狱中，又无资斧，大为狱吏所虐，乞食于囚，苟延余息。

初，怙之行也，母谓福曰："记取廿日后，当遣汝至洛。我事烦，恐忽忘之。"福请所谓，黯然欲悲，不敢复请而退。过二十日而问之。叹曰："汝弟今日之浮荡，犹汝昔日之废学也。我不冒恶名，汝何以有今日？人皆谓我忍，但泪浮枕簟，而人不知耳！"因泣下。福侍立敬听，不敢研诘。泣已，乃曰："汝弟荡心不死，故授之伪金以挫折之，今度已在缧绁矣。中丞待汝厚，汝往求焉，可以脱其死难，而生其愧悔也。"福立刻而发。比入洛，则弟被逮已三日矣。即狱中而望之，怙奄然，面目如鬼，见兄，涕不可仰。福亦哭。时福为中丞所宠异，故遐迩皆知其名。邑宰知为怙兄，急释怙。至家，犹恐母怒，膝行而前。母顾曰："汝愿遂耶？"怙零涕不敢复作声，福亦同跪，母始叱之起。由是痛自悔，家中诸务，经理维勤；即偶惰，母亦不呵问之。凡数月，并不与言商贾，意欲自请而不敢，以意告兄。母闻而喜，并力质贷而付之，半载而息倍焉。是年，福秋捷，又三年登第；弟货殖累巨万矣。邑有客洛者，窥见太夫人，年四旬，犹若三十许人，而衣妆朴素，类常家云。

异史氏曰："《黑心符》出，芦花变生，古与令如一丘之貉，良可哀也！或有避其谤者，又每矫枉过正，至坐视儿女之放纵而不一置问，其视虐遇者几何哉？独是日挞所生，而人不以为暴；施之异腹儿，则指摘从之矣。夫细柳固非独忍于前子也，然使所出贤，亦何能出此心以自白于天下？而乃不引嫌，不辞谤，卒使二子一富一贵，表表于世。此无论闺阃，当亦丈夫之铮铮者矣！"

【译文】

细柳姑娘是读书人的女儿。因为她的细腰柔软可爱，有人便半开玩笑地称呼她"细柳"。细柳从小很聪明，善解文字，喜欢读相面的书。但她平素沉默寡言，从不评论别人好坏；只是有来求婚的，她必定要亲自暗中相看。可看了很多求亲之人，都没相中，这时她已经十九岁了。父母生气地对她说："若天下始终找不到中意的男人，你还想梳着丫髻当一辈子老闺女吗？"细柳说："我本想改变自己的命运，可看了这么久没见有合适的男人，这也是我命该如此。从今往后，全由父母做主。"

有个姓高的书生，出身于世代官宦人家，又有名望，听说了细柳的好名声，就和她定了亲。婚后，夫妇二人感情很好。高生的前妻死时留下一个五岁男孩，小名叫长福，细柳抚养他很周到。就连细柳回娘家，长福总是又哭又叫地要跟着她。过了一年多，细柳生了个儿子，取名叫长怙。高生问她取这个名字的含义，她回答说："没有别的意思，只是希望他能长在身边罢了。"细柳不善女红，但是对于家里田地的位置，应纳赋税的数量，却都按着账册查对，唯恐知道得不详细。过了很久，她对丈夫说："家中的事务请你放心，留给我来办，看我能否当好这个家！"高生就应了她。半年多时间家里事事妥帖，高生也很佩服她的才能。

一天，高生到邻村喝酒去了，正巧来了个催交赋税的差役，在外敲门嚷叫。细柳叫奴仆出去说好话劝慰，可差役就是不走。细柳于是赶紧派童仆去把丈夫叫了回来。催税的差役走了以后，高生笑着说："细柳，如今你才知道再聪明的女人也不如个痴愚的男子吧！"细柳听说这活，难过地低下头哭了起来。高生挽着她的胳膊劝解，但细柳始终不高兴。高生不忍心让家务累坏了她，仍然想自己管家，细柳不同意。她早起晚睡，更加辛勤地料理家务。每次都是提前一年，就先储备下来年要交的赋税，因此整年也见不到催税的差役登门。她又用这种方法来计划吃穿，从此家里的开支更加宽裕了。高生很高兴，一次曾和她开了个玩笑，说道："细柳何细哉，眉细、腰细、凌波细，且喜心思更细。"细柳对了下联："高郎诚高矣，品高、志高、文字高，但愿寿数尤高。"

村里有个来卖棺材的，细柳不惜重价买下一口好棺木。钱不够，又向亲戚邻居借。高生认为这东西不是急用之物，便一再劝她别买，细柳不听。棺材在家里存放了一年多，有家富户家里死了人，想用高价买走。高生因为有利可图而和细柳商议卖掉棺材，细柳不让，问她为什么不愿卖，却又不说；再问她，眼里晶莹的泪花就要掉下来。高生觉得很奇怪，但是又不忍心再违背她的意愿，也就算了。又过了一年，高生已经二十五岁，细柳坚决不让他再出远门。有时他回家稍晚了点儿，跑去又叫又请的僮仆们一个接一个，路上接连不断。于是同仁们都以此拿他开心。有一天，高生到朋友家喝酒，忽然觉得身体不舒服，就赶快往回走，到了半路掉下马来，竟然死了。当时正是炎热的暑天，幸好死者用的衣服被子都是细柳以前早预备好了的。村里的人这才都佩服细柳娘子能料事如神。

长福到了十岁那年，才开始学习作文。父亲死后，他娇惯懒惰得不肯读书，经常逃学出去跟着放牧的孩子玩耍。细柳先是责骂，见他不改，又用板条子打，但长福仍然愚顽如故。细柳对他无可奈何，就喊他过来告诉他说："既然你不愿意读书，何必再勉强你呢？只是穷人家没有闲饭养活闲人，可换下你的衣裳来，去和僮仆们一块干活。不然的话，就用鞭子抽你，不要后悔！"于是给他穿上破衣服，叫他去放猪。回家就让他拿个碗，和那些仆人们一起吃饭。过了几天，长福吃不了这个苦，哭着跪到堂下，表示愿意再去读书。细柳不理他。长福不得已，只好拿着鞭子哭着出了门。残秋将要过去，长福还露着小腿，光着脚。冷雨淋湿了，他缩着头，活像个叫花子。村里人见了都可怜他，那些续娶的人，都以细柳娘子为戒，很多人都对她的做法表示不满。细柳也听说了，却漠然置之，不往心里去。长福实在受不了这个罪，便丢下猪逃走了。细柳也不去追问。过了几个月，长福没处讨饭了，才面容憔悴地回了家，但又不敢急着进门，只好哀求邻居老太婆去和母亲说。细柳说："他若能受得了一百棍子打，可以来见我；不然的话，他还是早一点离去。"长福听了这话，骤然进门，痛哭流涕地愿受棍打。细柳问道："你今天知道悔改了？"长福说："我悔改了。"细柳说："既然知道悔改，就不必打了，可以老老实实地去放猪，要再犯了决不饶你！"长福大哭着说："我愿意挨一百棍子打，请母亲再叫我去读书吧！"细柳不听，邻居老太婆在一边劝解，最后才答应了长福读书的请求。给他洗了头换上衣服，让他和弟弟长怙跟同一位老师学习。长福自此发奋勤学，与以前大不相同，三年就考中了秀才。巡抚大人杨公，见了长福的文章很器重他，让官府每月都供给他粮食，资助他读书。

长怙非常迟钝，读了好几年书还不会写自己的姓名。母亲只好让他弃学务农。长怙游手好闲惯了，怕干活劳累。母亲愤怒地说："士、农、工、商四行各有自己的本业，你既不能读书，又不能种地，岂不要饿死吗？"说着立时用棍子打了他一顿。从此长怙带领奴仆们种地，若是一早晨晚起，母亲就责骂他。衣服饭食，母亲总是把好的给哥哥长福。长怙对此虽然不敢说，心中却暗自不平。农活干完了，母亲出钱让他去学习经商。长怙好淫嗜赌，到手的钱全花光了，却谎称遇上了盗贼运气不好，以此欺骗母亲。母亲发觉后用棍子几乎把他打死。长福久久地跪在地上苦苦哀求，愿代替弟弟挨打，母亲的怒气才消了。从此只要长怙一出门，母亲就暗中探察他。因此长怙的劣行略微收敛了一些，但他并不是真心愿意这样的。有一天，长怙请求母亲，打算跟着几个商人去趟洛阳，实际上他是想借出远门的机会，痛痛快快地为所欲为。他唯恐母亲不答应。母亲听他说完了，毫无疑虑，立即拿出三十两碎银并为他准备好行装，最后又拿出枚银锭交给他，说："这是你祖父做官时钱袋里的遗物，不能花掉，只可用它压装，以备急用。况且你是初次出远门学着经商，也不指望你赚大钱，只要这三十两银子亏不了本钱就心满意足了。"临走时母亲又一再叮嘱他。长怙满口答应着出了门，很庆幸自己的计谋实现了。到了洛阳，长怙便不再和商人们在一起，而是独自住在了有名的娼妓李姬的家里。才住十几宿的功夫，三十两碎银子就快花光了。他自以为有那锭大银子压底，一开始并没有想到自己身上会缺了钱；但等到拿出那银锭一砍，才知道竟是假的。他简直吓坏了。李老太婆看见他没钱了，便冷言冷语地对他不客气了。长怙心里很不安宁，然而钱袋空了又无处投奔，仍寄希望于李姬能看在情意上，不会立即赶他走。一会儿有两个人手拿绳索进来，猛地拴住他的脖子。长怙吓得不知怎么好，悲哀地询问是怎么回事，原来李姬早已偷了那锭假银去告到了公堂上。长怙被带去见官，自己又不能辩解，受到了严刑拷打，几乎丧了命。他被押在监狱里，身无分文，又受狱吏的虐待，苟延残喘。

　　早前长怙出门，母亲就对长福说："等二十天以后，你去一趟洛阳。我的事情多，恐怕忘了这事。"长福便问去干什么，母亲难过得要掉下泪来。他也不敢多问。过了二十天，长福又去问母亲。她叹了口气说道："你弟弟现在轻浮放荡，就跟你以前逃学一样。当初我若不冒着个后娘虐待你的坏名声的话，你哪里会有今天？人们都说我心狠，可是我泪水淌满枕席的时候，又有谁知！"她一边说着一边流泪。长福恭恭敬敬地站在旁边听着，不敢再问。母亲掉完了泪，这才说："因为你弟弟放荡之心不死，为此我故意给了他锭假银子让他受点挫折，我估计他现在已经被逮进狱中了。巡抚杨大人待你不薄，你去求求他，这样既可以解脱长怙的死罪，也能使长怙感到惭愧而真正悔改。"长福立刻就上了路。等到他进了洛阳，弟弟已经被逮起来三天了。他接着赶到监狱中去探望弟弟，见长怙的面孔变得像鬼一样。长怙一见到哥哥就哭得抬不起头来。长福也和他一同大哭起来。这时长福备受巡抚宠爱，因此远近都知道他的名字。县令知道他是长怙的哥哥后，就把长怙释放了。长怙回到家，跪行到母亲面前。母亲看着他说："这回可遂了你的心愿了？"长怙流着眼泪，不敢再作声。长福也一同跪下了，母亲这才让他们都起来。从此长怙下决心痛改前非，家里的各种事务，他都很勤快地去办理；即使偶尔懒散点，母亲也不责问他。过了几个月，母亲不再提让他去经商的事，他想自己去请求又不敢，只好把意思告诉了哥哥。母亲听说后很高兴，尽力借贷了一大笔钱给了长怙。仅半年时间他就赚回了一倍的利息。这一年秋天，长福考中了举人，又过了三年考中了进士；弟弟长怙经商也聚积了上万两银子。淄川县有个客居洛阳的人，说他曾偷看过这位太夫人细柳。虽然已年过四十，却仍像三十多岁的人，而且她的穿戴也很朴素，和平常人家没有两样。

异史氏说："《黑心符》一书所写的事情一出现，古代'鞭打芦花'的往事也会发生，古往今来的继母如同一丘之貉，真是太悲哀了！有的人为了躲避别人的诽谤，又往往做得矫枉而过正，以至于眼看着前妻的儿女们胡作非为而不闻不问，她的这种行为和那种虐待儿女的人，又有多大的差别呢？值得注意的是继母每天鞭打她自己所生的子女，人们都不认为她残暴；可要把这种做法加在另一个女子生的孩子身上，那么对这个继母的指责就一个接一个地出现了。细柳并没有只忍心苛责前妻生的孩子呀，然而她若不同样用苛责的办法使自己的孩子成为贤才，她又怎么能把这良苦用心向天下人表白清楚呢？而且细柳不回避嫌疑，不逃脱诽谤，终于使得两个儿子，一个富有了，一个尊贵了，成为人世间的杰出人物。这些不要说是出自一个闺阁中的妇女，在男子汉里面也是一个响当当的大丈夫呀！"

【延伸阅读】

细柳诚智矣，诚细心矣！顾其理家政于高之在生，与其备衣棺于高之将死，亦奚足异；所难者，其教子耳。福非前室之遗孤，而女抚养周至者乎？十岁儿有何知识，谯诃不改，夏楚不改，使自以为继母也者，而隐忍之、姑听之，博慈爱之名，避残忍之谤，虽曰生之，实死之耳。不令其到山穷水尽时，必不知悔。令其知我之所以处之者，只此欲其知悔之心，则且有所恃而终不肯悔；夫至于必求其悔，而又不使其知我所以求其知悔之心，则必体无衣、足无履，缩头如丐，见者皆怜，而啧有烦言矣。冒不韪之名，使人皆谓我忍；而甘自居于忍；至逃去不问，乞食又不问，即欲不归，将焉往乎？愿杖则来，不愿则去。悔而哭，哭而受，且请复读，皆使披肝沥胆，自达悃忱。此其器识何如，力量何如！泪浮枕箪而人不知，古圣贤遭疑谤而处之不失其常者，吾于此有会心焉。

——清·但明伦

细柳欲以人胜天，而卒不能。迨其后终成其二子，不可谓非人之力也。人事固可忽乎哉！

——清·何守奇
（陈丽华）

胭　脂

编者按：《胭脂》案一波三折，从初审、复审，再到终审，逐一推翻，重新立案。施愚山明察秋毫，巧用神明，揪出凶犯，还被告一个清白，并成全了书生鄂秋隼与胭脂的姻缘。鲁荼断案，不做深入调查、不去细心研究，用酷刑逼迫，只能像知县断案一样，草菅人命。但为了面子而不去纠错，不能公正地对待问题，缺少担当意识，那么将造成很多冤假错案，对社会危害极大。我们每位党员干部，要把责任意识铭刻在心，心里时刻装着百姓，只有一心为公，事事出于公心，才会避免错误决断。

【原文】

东昌卜氏，业牛医者，有女小字胭脂，才姿惠丽。父宝爱之，欲占凤于清门，而世族鄙其寒贱，不屑缔盟，以故及笄未字。对户龚姓之妻王氏，佻脱善谑，女闺中谈友也。一日，送至门，见一少年过，白服裙帽，丰采甚都。女意似动，秋波萦转之。少年俯其首，趋而去。去既远，女犹凝眺。王窥其意，戏之曰："以娘子才貌，得配若人，庶可无恨。"女晕红上颊，脉脉不作一语。王问："识得此郎否？"答云："不识。"王曰："此南巷鄂秀才秋隼，故孝廉之子。妾向与同里，故识之，世间男子，无其温婉。今衣素，以妻服未阕也。娘子如有意，当寄语使委冰焉。"女无言，王笑而去。

数日无耗，女疑王氏未暇即往，又疑宦裔不肯俯拾。邑邑徘徊，萦念颇苦，渐废饮食，寝疾惙顿。王氏适来省视，研诘病由。答言："自亦不知。但尔日别后，即觉忽忽不快，延命假息，朝暮人也。"王小语曰："我家男子，负贩未归，尚无人致声鄂郎。芳体违和，非为此否？"女赪颜良久。王戏之曰："果为此者，病已至是，尚何顾忌？先令夜来一聚，彼岂不肯可？"女叹息曰："事至此，已不能羞。但渠不嫌寒贱，即遣媒来，疾当愈；若私约，则断断不可！"王颔之，遂去。

王幼时与邻生宿介通，既嫁，宿侦夫他出，辄寻旧好。是夜宿适来，因述女言为笑，戏嘱致意鄂生。宿久知女美，闻之窃喜，幸其机之可乘也。将与妇谋，又恐其妒，乃假无心之词，问女家闺闼甚悉。次夜窬垣入，直达女所，以指叩窗。内问"谁何？"答以"鄂生"。女曰："妾所以念君者，为百年，不为一夕。郎果爱妾，但亦速倩冰人；若言私合，不敢从命。"宿姑诺之，苦求一握纤腕为信。女不忍过拒，力疾启扉。宿遽入，即抱求欢。女无力撑拒，仆地上，气息不续。宿急曳之。女曰："何来恶少，必非鄂郎；果是鄂郎，其人温驯，知妾病由，当相怜恤，何遂狂暴若此！若复尔尔，便当鸣呼，品行亏损，两无所益！"宿恐假迹败露，不敢复强，但请后会。女以亲迎为期。宿以为远，又请之。女厌纠缠，约待病愈。宿求信物，女不许；宿捉足解绣履而出。女呼之返，曰："身已许君，复何吝惜？但恐'画虎成狗'，致贻污谤。今亵物已入君手，料不可反。君如负心，但有一死！"宿既出，又投宿王所。既卧，心不忘履，阴揣衣袂，竟已乌有。急起篝灯，振衣冥索。诘之，不应。疑妇藏匿，妇故笑以疑之。宿不能隐，实以情告。言已，遍烛门外，竟不可得。懊恨归寝，窃幸深夜无人，遗落当犹在途也。早起寻之，亦复杳然。

先是，巷中有毛大者，游手无籍。尝挑王氏不得，知宿与洽，思掩执以胁之。是夜，过其门，推之未局，潜入。方至窗外，踏一物，软若絮帛，拾视，则巾裹女舄。伏听之，闻宿自述甚悉，喜极，抽息而出。逾数夕，越墙入女家，门户不悉，误诣翁舍。翁窥窗，见男子，察其音迹，知为女来者。心忿怒，操刀直出。毛大骇，反走。方欲攀垣，而卞追已近，急无所逃，反身夺刃；媪起大呼，毛不得脱，因而杀之。女稍痊，闻喧始起。共烛之，翁脑裂不能言，俄顷已绝。于墙下得绣履，媪视之，胭脂物也。

逼女，女哭而实实告之；但不忍贻累王氏，言鄂生之自至而已。

天明，讼于邑。邑宰拘鄂。鄂为人谨讷，年十九岁，见客羞涩如童子。被执骇绝，上堂不知置词，惟有战慄。宰益信其情真，横加梏械。书生不堪痛楚，以是诬服。既解郡，敲扑如邑。生冤气填塞，每欲与女面质；及相遭，女辄诟詈，遂结舌不能自伸，由是论死。往来覆讯，经数官无异词。

后委济南府复案。时吴公南岱守济南，一见鄂生，疑不类杀人者，阴使人从容私问之，俾得尽其词。公以是益知鄂生冤。筹思数日，始鞫之。先问胭脂："订约后，有知者否？"答："无之。""遇鄂生时，别有人否？"亦答："无之。"乃唤生上，温语慰之。生自言："曾过其门，但见旧邻妇王氏与一少女出，某即趋避，过此并无一言。"吴公叱女曰："适言侧无他人，何以有邻妇也？"欲刑之。女惧曰："虽有王氏，与彼实无关涉。"公罢质，命拘王氏。数日已至，又禁不与女通，立刻出审，便问王："杀人者谁？"王对："不知。"公诈之曰："胭脂供言，杀卞某汝悉知之，胡得隐匿？"妇呼曰："冤哉！淫婢自思男子，我虽有媒合之言，特戏之耳。彼自引奸夫入院，我何知焉！"公细诘之，始述其前后相戏之词。公呼女上，怒曰："汝言彼不知情，今何以自供撮合哉？"女流涕曰："自己不肖，致父惨死，讼结不知何年，又累他人，诚不忍耳。"公问王氏："既戏后，曾语何人？"王供："无之。"公怒曰："夫妻在床，应无不言者，何得云无？"王供："丈夫久客未归。"公曰："虽然，凡戏人者，皆笑人之愚，以炫己之慧，更不向一人言，将谁欺？"命梏十指。妇不得已，实供："曾与宿言。"公于是释鄂拘宿。宿至，自供："不知。"公曰："宿妓者必无良士！"严械之。宿自供：

"赚女是真。自失履后,未敢复往,杀人实不知情。"公怒曰:"窬墙者何所不至!"又械之。宿不任凌藉,遂以自承。招成报上,无不称吴公之神。铁案如山,宿遂延颈以待秋决矣。然宿虽放纵无行,故东国名士。闻学使施公愚山贤能称最,又有怜才恤士之德,因以一词控其冤枉,语言怆恻。公讨其招供,反复凝思之,拍案曰:"此生冤也!"遂请于院、司,移案再鞫。问宿生:"鞋遗何所?"供曰:"忘之。但叩妇门时,犹在袖中。"转诘王氏:"宿介之外,奸夫有几?"供言:"无有。"公曰:"淫乱之人岂得专私一个?"供言:"身与宿介,稚齿交合,故未能谢绝;后非无见挑者,身实未敢相从。"因使指其人以实之,供云:"同里毛大,屡挑而屡拒之矣。"公曰:"何忽贞白如此?"命榜之。妇顿首出血,力辨无有,乃释之。又诘:"汝夫远出,宁无有托故而来者?"曰:"有之。某甲、某乙,皆以借贷馈赠,曾一二次入小人家。"

盖甲、乙皆巷中游荡之子,有心于妇而未发者也。公悉籍其名,并拘之。既集,公赴城隍庙,使尽伏案前。便谓:"曩梦神人相告,杀人者不出汝等四五人中。今对神明,不得有妄言。如肯自首,尚可原宥;虚者,廉得无赦!"同声言无杀人之事。公以三木置地,将并加之。括发裸身,齐鸣冤苦。公命释之,谓曰:"既不自招,当使鬼神指之。"使人以毡褥悉障殿窗,令无少隙;袒诸囚背,驱入暗中,始授盆水,一一命自盥讫;系诸壁下,戒令"面壁勿动,杀人者,当有神书其背"。少间,唤出验视,指毛曰:"此真杀人贼也!"盖公先使人以灰涂壁,又以烟煤濯其手:杀人者恐神来书,故匿背于壁而有灰色;临出,以手护背,而有烟色也。

公固疑是毛，至此益信。施以毒刑，尽吐其实。判曰："宿介：蹈盆成括杀身之道，成登徒子好色之名。只缘两小无猜，遂野鹜如家鸡之恋；为因一言有漏，致得陇兴望蜀之心。将仲子而窬园墙，便如鸟堕；冒刘郎而至洞口，竟赚门开。感悦惊龙，鼠有皮胡若此？攀花折树，士无行其谓何！幸而听病燕之娇啼，犹为玉惜；怜弱柳之憔悴，未似莺狂。而释幺凤于罗中，尚有文人之意；乃劫香盟于袜底，宁非无赖之尤！蝴蝶过墙，隔窗有耳；莲花瓣卸，堕地无踪。假中之假以生，冤外之冤谁信？天降祸起，酷械至于垂亡；自作孽盈，断头几于不续。彼窬墙钻隙，固有玷夫儒冠；而僵李代桃，诚难消其冤气。是宜稍宽笞扑，折其已受之惨；姑降青衣，开其自新之路。若毛大者：刁猾无籍，市井凶徒。被邻女之投梭，淫心不死；伺狂童之入巷，贼智忽生。开户迎风，喜得履张生之迹；求浆值酒，妄思偷韩掾之香。何意魄夺自天，魂摄于鬼。浪乘槎木，直入广寒之宫；径泛渔舟，错认桃源之路。遂使情火息焰，欲海生波。刀横直前，投鼠无他顾之意；寇穷安往，急兔起反噬之心。越壁入人家，止期张有冠而李借；夺兵遗绣履，遂教鱼脱网而鸿离。风流道乃生此恶魔，温柔乡何有此鬼蜮哉！即断首领，以快人心。胭脂：身犹未字，岁已及笄。以月殿之仙人，自应有郎似玉；原霓裳之旧队，何愁贮屋无金？而乃感《关雎》而念好逑，竟绕春婆之梦；怨《摽梅》而思吉士，遂离倩女之魂。为因一线缠萦，致使群魔交至。争妇女之颜色，恐失'胭脂'；惹鸳鸟之纷飞，并托'秋隼'。莲钩摘去，难保一瓣之香；铁限敲来，几破连城之玉。嵌红豆于骰子，相思骨竟作厉阶；丧乔木于斧斤，可憎才真成祸水！葳蕤自守，幸白璧之无瑕；缧绁苦争，喜锦衾之可覆。嘉其入门之拒，犹洁白之情人；遂其掷果之心，亦风流之雅事。仰彼邑令，作尔冰人。"案既结，遐迩传颂焉。

自吴公鞫后，女始知鄂生冤。堂下相遇，觍然含涕，似有痛惜之词，而未可言也。生感其眷恋之情，爱慕殊切；而又念其出身微，且日登公堂，为千人所窥指，恐娶之为人姗笑，日夜萦回，无以自主。判牒既下，意始安贴。邑宰为之委禽，送鼓吹焉。

异史氏曰："甚哉！听讼之不可以不慎也！纵能知李代为冤，谁复思桃僵亦屈？然事虽暗昧，必有其间，要非审思研察，不能得也。呜呼！人皆服哲人之折狱明，而不知良工之用心苦矣。世之居民上者，棋局消日，绸被放衙，下情民艰，更不肯一劳方寸。至鼓动衙开，巍然高坐，彼哓哓者直以桎梏静之，何怪覆盆之下多沉冤哉！"

愚山先生，吾师也。方见知时，余犹童子。窃见其奖进士子，拳拳如恐不尽；小有冤抑，必委曲呵护之，曾不肯作威学校，以媚权要。真宣圣之护法，不止一代宗匠衡文无屈士已也。而爱才如命，尤非后世学使虚应故事者所及。尝有名士入场，作"宝藏兴"文，误记"水下"；录毕而后悟之，料无不黜之理。作词曰："宝藏在山间，误认却在水边。山头盖起水晶殿。瑚长峰尖，珠结树颠。这一回崖中跌死撑船汉！告苍天：留点蒂儿，好与友朋看。"先生阅文至此，和之曰："宝藏将山夸，忽然见在水涯。樵夫漫说渔翁话。题目虽差，文字却佳，怎肯放在他人下。尝见他，登高怕险；那曾见，会水淹杀？"此亦风雅之一斑，怜才之一事也。

【译文】

山东东昌府有位姓卞的牛医，他有个女儿，名叫胭脂，从小长得聪明伶俐，卞翁非常疼爱她，一心想着给她找个读书人家的子弟做女婿。可是，那些有名望的人家却嫌弃卞家地位低微贫贱，不屑与他缔结婚约，所以胭脂到了出嫁的年龄还没有许配人家。卞家对门，是一户姓龚的人家，他的妻子王氏，为人轻浮，爱开玩笑，平时经常到胭脂闺中闲谈。一天，胭脂送王氏出门，看见一位少年书生从门前走过，这位书生穿戴一身素装，风度翩翩，相貌出众。胭脂对他产生了好感，有些动心，眼睛一直没离开少年。书生见状，低头急忙走过。书生已经走远，可是胭脂还在注目远望。王氏看出她的心思，开玩笑说："像姑娘这样的才貌，若匹配这位少年，那才是终身无憾了。"胭脂两颊通红，若有所思，也不说话。王氏问："你认识这位少年吗？"胭脂说："不认识。"王氏说："他是南巷的秀才鄂秋隼，是已故举人的儿子。以前我和他家是邻居，所以认识他。人世间的男子，没有比他更温情的了。今天他穿着一身素白的衣服，是他妻子刚死去不久，服丧期还没有满。姑娘若是对他有意，我代你给他传个信，让他托媒人来提亲。"胭脂默不作声，王氏嬉笑着走了。

几天过去了，胭脂没有等到回音，就疑心王氏没有空闲去告诉鄂秋隼，又疑心他是做官的后代，嫌弃她家贫贱，不愿屈尊下娶。思来想去，郁闷不乐，渐渐地不思饮食，病倒在床。正好王氏前来看她，见她病成这样，就问她得的是什么病。胭脂说："我也不知道，只是那天和你分别后，就觉得精神恍惚，心中不舒服，现在苟延残喘，怕是活不长了。"王氏小声说："我家男人出门做买卖还没回来，所以没有人带信给鄂秀才，你生病不是为了这件事吧？"胭脂脸红了好一阵。王氏嬉笑说："如果真为这事，你都病成这样了，还有什么顾忌的？我先叫他夜晚来与你相约，他还会不肯？"胭脂叹口气说："事已至此，也顾不上害羞了。只要他不嫌弃我位卑家贫，就请他托媒人来提亲，我的病自然会好的；若是偷偷相约，那是万万不可的！"王氏点点头，就走了。

王氏小时候就和邻居家的书生宿介有私情，现在已经出嫁了，但是宿介只要打听到她丈夫外出，就来找她寻旧相好。这天夜里，宿介正好来到王氏家中，王氏就把胭脂的痴情当作笑话说给他听，还开玩笑地让他给鄂生传个话。宿介早就知道胭脂长得俊俏，听了这话，心中暗喜，庆幸自己有机可乘。本想和王氏商量，又怕她妒忌吃醋，就借一些无心的话，问清了胭脂闺房详细的路径。第二天夜里，宿介翻墙进入卞家，直接来到胭脂闺房，用指轻叩她的窗户。胭脂问："是谁？"宿介答："我是鄂秋隼。"胭脂说："我之所以思念你，为的是百年之好，不是为了一夜的欢快。你如果真心爱我，就应当快点请媒人来我家提亲，如果想私会，我是不会同意的。"宿介假装答应，却苦苦要求握一下胭脂纤细的手作为定约。胭脂不忍心过分拒绝，就勉强起床去开了门。宿介急忙闪入房内，抱住胭脂求欢。胭脂因病体无力支撑，跌倒地上，喘不上气来。宿介马上拉起她来。胭脂说："哪里来的恶棍，必定不是鄂秀才。如果是鄂秀才，他温柔文雅，知道我生病的根由，一定会怜惜体恤我的，怎么会这样粗暴呢！你若再这样，我就大声喊了，你的品行就全毁了，这对我们俩都没有好处！"宿介恐怕自己冒名顶替败露，不敢强求，却请求胭脂约定再会的日期。胭脂说迎娶的那一天作为见面之期。宿介认为太久了，又让她定个日子。胭脂厌烦纠缠，便约定等她病好以后。宿介又求她给个信物，胭脂不肯。宿介就强行捉住胭脂的脚，脱下一只绣花鞋带走了。胭脂喊回宿介，对他说："我已经把身心都许给你了，还有什么可怜惜的。只恐怕是'画虎不成反类狗'，遭人诽谤。现在我的绣鞋已在你手里，想是不会还我的。你若背信弃义，我只有一死了！"宿介从卞家出来，又到王氏那里过夜。躺下后，心里还想着那只鞋，暗暗地摸摸衣袖，鞋竟然没有了。急忙起来点灯，抖衣搜寻，没有找到。就询问王氏有没有捡到东西，王氏没理他，宿介就疑心王氏把鞋藏了。王氏见他着急，故意要笑，让他疑心。宿介知道不能再隐瞒了，就把实情告诉了王氏。王氏听后，两人赶忙挑灯到门外各处寻找，也没有找到。宿介非常懊恼，只得回房睡觉，想着好在是深夜没人，那只鞋掉在路上一定不会被人看到。第二天，早早起来出门寻找，还是没有找到。

先是巷子里有个叫毛大的无赖，游手好闲，曾经挑逗王氏，没有得手。他知道宿介和王氏有私情，总想着捉住他俩的把柄，好要挟王氏。这一天夜里，毛大经过王氏家门，推了推门，没上栓，他就溜了进去。刚到窗外，踩到一样东西，软绵绵的，捡起来一看，是只用汗巾包裹着的女鞋。他趴在窗下，听到宿介对王氏讲述绣鞋的事，听得很详细。毛大兴奋极了，转身出了大门。过了几夜，毛大就爬墙跳入胭脂家，因为门户不熟，误撞到了卞翁住处。卞翁从窗户看见一个男人，看那人的声响和行为，知道是为他女儿胭脂而来。卞翁十分气恼，拿起刀就出了门。毛大见状，吓坏了，转身就跑。还没来得及爬上墙，而卞翁已经追到跟前，毛大急得无处可逃，转身夺刀；这时卞老婆子也出来高声呼喊。毛大见逃脱不了，就砍了卞翁。胭脂这时的病也好了一些，听见院子里吵嚷喊叫，就起来了，和母亲一同举着蜡烛照看，只见父亲头已开裂，说不出话来，一会儿就咽了气。母亲在墙根下捡到一只绣鞋，仔细一看，是胭脂的，便逼问女儿是怎么回事，胭脂哭着把实情告诉了母亲，但不忍心连累王氏，只说是鄂秋隼自己上门来的。

天明之后，母女俩告到县衙。县官派人拘捕鄂秋隼，鄂秋隼为人拘谨，言语不多，十九岁了，见到生人还羞涩得像个小男孩，被捕后，他吓坏了，上了公堂，更是说不出话来，只是浑身战栗。县官看到他这个样子，更加确信他是杀人凶手，对他横加酷刑。鄂生因受不了酷刑，只得违心认罪。押解到郡里复审，还是像在县里一样用酷刑逼问，鄂秋隼冤气堵在胸口，每次想和胭脂当面对质，可到了见面时，胭脂总是指责诟骂，鄂秋隼被骂得张口结舌难以申辩，于是就被判了死刑。来回复审了几次，经过好几位官员的审讯，都没有不同的结论。

后来这个案子交给济南府复审。当时的济南知府吴南岱见到鄂秋隼，觉得他不像杀人凶犯，心中存疑，就暗中派人私下里问他情况，听他说出了全部经过。吴公因此更加确信鄂秋隼是冤枉的。他思谋了好几天，才开庭审问。吴公先问胭脂："那晚订约后，有人知道这件事吗？"胭脂回答："没有人知道。"吴公又问："遇到鄂秋隼时，你旁边有人吗？"胭脂还是回答："没有人。"于是叫鄂生上堂，用温和的话安慰他。鄂生说："曾经路过她家门口，见到同巷旧邻王氏与一个少女出来，我就快步走过去了，并没有和她说一句话。"吴公呵斥胭脂道："刚才你说旁边没别人，怎么还有邻妇呢？"便要对她动刑。胭脂非常害怕，说："虽然身边有邻妇王氏，但她与这件事实在是没有牵涉。"吴公结束审问，下令拘捕王氏。几天之后，王氏押到。吴知府禁止王氏和胭脂见面，立刻提审。吴公问王氏："杀人凶手是谁？"王氏对答："不知道是谁。"吴公诈说："胭脂供出，杀死卞翁的事你都知道，你还敢隐瞒！"那王氏喊叫起来，说："冤枉啊！那淫婢自己想男人，我虽有说媒的话，不过是开个玩笑。她自己引诱奸夫进门，我怎么知道！"吴公细究原委，王氏才讲出前前后后开玩笑讲过的话。吴公又叫胭脂上堂，生气地问："你说王氏不知情，现在她怎么供出为你做媒撮合的事呢？"胭脂流着泪说："自己没有出息，以致让老父惨死，官司结案还不知要到哪一年，又要连累他人，心中不忍！"吴公问王氏："你跟胭脂开玩笑后，曾经告诉过什么人？"王氏供述："没有。"吴公大怒，说："夫妻同床，理应无话不说，怎么说没有呢？"王氏供说："我丈夫出门在外，好久没回家了。"吴公说："虽是这样，但是，凡是戏弄别人的人，都会笑话别人愚笨来夸耀自己聪明，你能没对一个人讲过，欺骗谁啊？"下令夹她十指。王氏不得已，只得供出："曾经和宿介讲过。"吴公于是释放了鄂秋隼，拘捕宿介。宿介押到，供述说："不知杀人的事情。"吴公说："一个偷女人的人，必定不是好人！"下令严刑拷打。宿介供述："冒充鄂秋隼骗胭脂是真的，但是自从绣鞋丢失后，没敢再去。杀人的事，确实不知情。"吴公大怒，说："翻人家墙头的人，什么事干不出来！"又用大刑。宿介熬不住酷刑的折磨，只得认下罪名。案卷呈报上去后，没有人不称赞吴太守断案如神。铁案如山，宿介只能伸着脖子等待秋后处决了。然而宿介虽生性放荡，品行不端，却是山东有名的才子。他听说学使施愚山最为贤能，又爱才惜士，就写了状子向学使大人鸣冤。状词写得凄惨悲痛，施公看后，便要来这起案件的卷宗，反复审阅，凝神思索，忽然拍案说："这个书生是冤枉的！"他请示院、司把这桩案子移交他再审。施公问宿介："那只绣花鞋掉在哪里了？"宿介说："忘记掉到哪了。但我敲王氏门时，还在袖子里。"转而又问王氏："除了宿介，你还有几个奸夫？"王氏供说："没有。"施公说："淫乱之人，怎么会专一呢？"王氏说："我和宿介年轻时就相好，所以不能拒绝他。后来不是没有勾引我的，是我不愿相从。"学使让她指出勾引她的是哪几个人，王氏供说："同街坊的毛大，曾经几次来勾引，都被我拒绝了。"学使说："你怎么忽然如此清白？"就下令用刑。那王氏趴在地下只管磕头，磕得额头上全是血，竭力分辩没有其他奸夫，学使这才饶了她。又问她："你男人出远门，难道就没有借口有事来找你的？"王氏说："有！是某甲、某乙，都是因为要借钱，或是送东西给我，曾经来过一两次。"

　　某甲、某乙都是街上的二流子，都对王氏有意，但都还没有做出什么过分的事来。学使把他们的名字一一记下，派人把他们全都拘捕。等人犯到齐后，把他们带到了城隍庙，让他们跪伏在香案前，学使说："前几天，我梦见城隍菩萨告诉我，杀人犯就在你们四五个人之中。现在你们面对城隍，不要说假话。如果能自首，可以宽大量刑；如果说假话，查出来将法不轻饶！"几个人异口同声，都说没有杀人。施公下令把刑具搬来放在地上，准备大刑伺候。并让人把他们的头发扎起，脱去衣服。这伙人齐声叫冤，施公便命暂缓行刑，说："既然你们自己不肯招认，那就让鬼神指明凶手吧！"便命人用毛毡被褥遮挡大殿门窗，不能透过一丝光线；让人犯袒露脊背，带进暗室后给他们一盆水，叫他们一个一个自己去洗手；之后便带到墙下，戒令他们"面向墙壁，不许动。若是杀人凶手，神会在背上写字"。关了一阵子，把他们带出来一一验看，验视人指着毛大说："这是真杀人凶手！"原来，施公先叫人把灰涂在墙上，又叫人犯用烟煤水洗手，那凶手害怕神明在他背上写字，就把脊背靠在墙上，所以脊背上沾上了灰，出来时，又用手挡住脊背，因而背上有烟煤色。

施公本来就疑心毛大是杀人犯，这下就更确信了。对毛大严加审讯，毛大把杀人经过如实招供。案件判决如下："宿介重蹈盆成括耍小聪明而招致杀身之祸的老路，得了个像登徒子那样的好色之名。只缘于与王氏两小无猜，于是野鸭子如家鸡般夫妻同床；又因王氏泄露了胭脂的心事，他竟得陇望蜀，占有了王氏，还打着胭脂的主意。他学仲子翻墙越园，冒充鄂生竟然骗得胭脂开门；攀花折柳，伤风败俗，竟然不要一点脸皮，干出为人不齿的无仪无行勾当，丢尽了读书人的脸面。幸而听到胭脂病中微弱的呻吟，还能怜香惜玉，顾惜胭脂憔悴的病体，没有癫狂施暴，从而放过了胭脂，这尚且还有点文人的品行。但强脱他人绣鞋作为信物，岂不是无赖透顶！逾墙偷情，隔壁有偷听之耳。绣鞋遗失，落地便无影无踪。假中之假因此而生，冤外之冤谁能相信？天降大祸，酷刑几乎让他丧命；自己作的孽，如同断头几乎不能续上。他翻墙钻穴，将原有读书人的好名声给玷污了。而代人受过，实在难以消除胸中的冤气。所以对他用鞭笞的刑罚可以稍微放宽减轻，抵消他前期经受的严刑。暂且把他从秀才最高等级降为最低等级青衣，留一条自新之路。像毛大这样的人，刁诈狡猾，游手好闲，是市井中的恶棍。他勾引邻家女子被拒，而遭到织布梭子的击打。但他还是淫心不死，看到宿介进入王氏家中，顿时心生恶念。他推开王氏的家门，很高兴能跟随宿介的行迹进入院内，本想捉奸，逼迫王氏就范，却听到了胭脂的事情，妄想骗取胭脂姑娘。他哪会想到魂魄都被鬼神勾去，本想进胭脂闺房，却误入卞翁之门，致使情火熄灭，欲海生波。卞翁提刀冲出，恶徒毛大见走投无路，转而夺刃杀人。毛大本想着冒充他人骗奸胭脂，谁知夺刀却丢了绣鞋，于是自己逃脱了却使宿介遭受磨难。风流场上竟生出这样一个恶魔，温柔乡里怎么能有这样的恶鬼存在？必须立即砍掉他的脑袋，以快人心。胭脂尚未定亲，且已成年。以她如嫦娥般的美貌，自然应配上容貌似玉的郎君。原来就是霓裳队里的一员，怎还愁没有金屋藏娇？她因有感于《关雎》之爱，愿找个好的郎君，以至春梦萦绕；她因怨梅子熟透零落倾心于鄂生，导致结想成疾而成了离魂的倩女。只因一线情思缠绕，致使群魔交替而至。为了得到胭脂的美色，宿介、毛大恐怕占有不到胭脂，就像凶猛的恶禽一样纷纷飞来，都伪装假冒书生鄂秋隼，致使绣鞋被宿介强行脱去，难保少女的清白。一阵棍棒打来，几乎使得鄂生丧命。相思之情很苦，但相思入骨就会成为祸端；结果使父亲命丧刀下，可恨红颜竟真成了祸水。胭脂能清正自守，幸好洁身自好，保持白璧无瑕；在狱中苦争，终于使案件真相大白。夸赞她能拒宿介入门，还是洁白无瑕的有情人；应该成全她对鄂生的一片爱慕之情，这也是一桩风流雅事。让你们的县令，做你们的媒人。"这个案子一结，远近都流传开了。

自从吴太守审讯以后，胭脂才知道自己冤枉了鄂生。在公堂下相遇时，满面羞愧，泪水在眼眶中打转，像是有很多痛惜的话要对鄂秋隼说，却又说不出口。鄂生为胭脂的爱恋之情所感动，爱慕之心也特别真切。但又考虑到她出身贫贱，而且天天出入公堂，为千人观看指指点点，怕娶了她被人耻笑。白天黑夜里翻来覆去地想，还是拿不定主意。待到判词宣布后，才定下心来。县官为他下了聘礼，并派吹鼓乐队为鄂家迎娶了胭脂。

异史氏说："这桩案件的破案难度实在是太大了！审理案件不能不慎重啊！纵然你查出甲是被冤替乙顶罪的，谁又能想到乙也是被冤为丙顶罪的呢？然而，尽管案情扑朔迷离，但是一定有疏漏和破绽，若不是明察秋毫，是难以查明案情的。唉！人人都敬佩智慧卓越的判官断案英明，却不知明察断案的良苦用心啊！世上居于百姓之上的那些官员，整天以下棋来打发日子，或者躲在温暖舒适的县衙里，对下面百姓的疾苦，根本不去过问。待到击鼓升堂、开庭审案的时候，又高高在上，对公堂下申冤的人只会粗暴地使酷刑来逼迫他们承认，怪不得黑暗腐败的地方有那么多不能平反的冤假错案啊！"

愚山先生是我的良师。起初跟他学习的时候，我还只是童生。我经常看见他夸奖学生，唯恐自己没有尽到责任；学生受了一点委屈，他都会尽心呵护，从来没有在学堂上借着自己的权力威慑学生，以讨好有权势的人。愚山先生是真正的宣传圣贤之道的护法人，他不仅是一代宗师，而且评论文章公正，从不让读书人受委屈。他爱才如命，做事公正，绝不是后来的一些学使虚为做事比得上的。曾经有一个进入考场应试的名士，以"宝藏兴焉"为题作文，错误地把隐藏在深山里的寺庙写成在水下。誊写完试卷后才恍然大悟写错了，料定自己肯定没有不被淘汰的理由，就接着在试卷后作词一阕："宝藏在山间，误认却在水边。山头盖起水晶殿。瑚长峰尖，珠结树颠。这一回崖中跌死撑船汉！告苍天：留点蒂儿，好与有朋看。"愚山先生阅卷时看到这里，提笔和了一首词："宝藏将山夸，忽然见在水崖。樵夫漫说渔翁话。题目虽差，文字却佳，怎肯放在他人下。常见他，登高怕险；那曾见，会水潍杀？"这是他爱惜人才的有趣故事，从中也可以看到愚山先生风雅之一斑。

【延伸阅读】

询此等狱，全在用刑恰好，太烂不得，太宽不得。

——清·冯镇峦

问遗鞋得之矣；至已忘其所，而曰"入妇门时犹在袖中"，粗心者将忽置之，未必能推问宿介之外矣。即能问此，而使供出屡挑之人，以及有心于妇而未发之人，将一一并拘之而并械之乎？其中果有杀人贼，又岂不能忍受痛楚，而以毫无赃证之事，遽肯帖然吐实乎？纵令三木之下，彼亦承招；而依稀仿佛之间，不惟人不之信，即己亦未必坦然无疑也。既得毛，又得托故而来之甲乙，籍名拘集，先以神告惊之，复以自首绐之；绐之不得，再以三木并加之；而旋释之，而又绐之；绐其括发裸身，使之不疑而疑，不惊而惊；戒令面壁，烟煤濯手，夫而后鸿不离于鱼网，李不代夫桃僵。事虽假以鬼神，而神明何以加此？人只脍炙公之判语，而岂知其拍案称冤之后，费尽许多心血哉！

——清·但明伦

宿介之刑，孽由自作；顾鄂秋隼则何罪哉？乃知文人多结冤生冤也。吴、施二公，并斯文之护法。

——清·何守奇

（王清平）

骂　鸭

编者按：这是一篇以戏谑的方式劝人为善的故事。古语云："若要人不知，除非己莫为。"任何人都不要对自己的错误行为心存侥幸，企图掩饰且蒙混过关，殊不知世上没有不透风的墙，掩耳盗铃、阳奉阴违者无论伪装得多好，终究会暴露，自食恶果。领导干部要心存敬畏之心，自觉遵守党纪国法，坚持实事求是，坚决克服侥幸心理对工作、学习、生活的影响，要牢记"手莫伸，伸手必被捉"的道理；在生活中做一个"讲规矩的人"，在工作中做一个"守纪律的同志"，犯了错误，要勇于承认错误，真正以"能干事、肯干事、干成事、不出事"的态度和作风，向党和人民交出满意的答卷。

【原文】

邑西白家庄居民某，盗邻鸭烹之。至夜，觉肤痒。天明视之，茸生鸭毛，触之则痛。大惧，无术可医。夜梦一人告之曰："汝病乃天罚。须得失者骂，毛乃可落。"而邻翁素雅量，生平失物，未尝征于声色。某诡告翁曰："鸭乃某甲所盗。彼深畏骂焉，骂之亦可警将来。"翁笑曰："谁有闲气骂恶人。"卒不骂。某益窘，因实告邻翁。翁乃骂，其病良已。

异史氏曰："甚矣，攘者之可惧也：一攘而鸭毛生！甚矣，骂者之宜戒也：一骂而盗罪减！然为善有术，彼邻翁者，是以骂行其慈者也。"

【译文】

淄川县西白家庄的某人，偷邻居的一只鸭子煮着吃了。夜里，觉得全身发痒。天亮后一看，身上长满了一层细细的鸭茸毛，一碰就疼。非常害怕，可又没有办法医治。夜里，他梦见一个人告诉他说："你的病是上天对你的惩罚，必须得到失鸭主人的一顿痛骂，鸭毛才能脱落。"可是邻居家的老人平时度量宽宏，素来丢东西，也不曾表现在声音和表情上。偷鸭人很奸猾，便对老翁撒谎说："鸭子是邻居某某所偷，他非常害怕被别人骂，你骂他也可以警示以后。"老翁笑道："谁有那么多工夫生闲气，去骂这种品行恶劣的人。"最终也不肯骂。偷鸭人很难为情，只好把实情告诉了邻居老翁。老翁这才肯骂，某人的病才得以痊愈。

异史氏说："太厉害啦！偷盗的人一定很害怕，一偷盗居然浑身长出鸭毛！骂人的人真的应该小心啊：一声骂竟然会把盗贼的罪孽减轻！但是，行善也是有方法的，那邻居老人，是用骂人来实行他的仁慈的啊！"

【延伸阅读】

余遇有负己者，每笑而置之，未尝一骂，今乃知不骂适以害之。自今以始，将日日早起而骂之。且劝人之遇恶人者，皆大发慈悲而共骂之。特恐骂之不可胜骂，使人不得常行其慈耳。

——清·但明伦

（陈丽华）

王六郎

编者按： 渔翁许某把它称作是"仁人之心"，用今天的话说，大概就是"人道主义精神"。人道主义精神渗透于人类生活的方方面面，无处不在，虽然有的微乎其微，有的惊天动地，却都检验着人的道德底线。故事最大的文学张力无疑在于对"人性"进行一场极为严厉的考验。王六郎的"仁人之心"，不仅在鬼中少有，在人中也少有，这是王六郎真正令人尊敬的地方，使我们对于这个溺死鬼刮目相看，充满了敬意。"为官先做人"，领导干部也是如此。只有身心都正了，一心为民，恪守做人之根本，在任何时候都能抵御住社会上形形色色的诱惑，公平正派，鞠躬尽瘁，才能筑牢拒腐防变的根基，才能不怕"影子斜"，才能真正为人民谋利益，为民族谋复兴。

【原文】

许姓，家淄之北郭业渔。每夜携酒河上，饮且渔。饮则酹地，祝云："河中溺鬼得饮。"以为常。他人渔，迄无所获，而许独满筐。一夕，方独酌，有少年来，徘徊其侧。让之饮，慨与同酌。既而中夜不获一鱼，意颇失。少年起曰："请于下流为君驱之。"遂飘然去。少间，复返，曰："鱼大至矣。"果闻唼呷有声。举网而得数头，皆盈尺。喜极，申谢。欲归，赠以鱼，不受，曰："屡叨佳酝，区区何足云报。如不弃，要当以为长耳。"许曰："方共一夕，何言屡也？如肯永顾，诚所甚愿，但愧无以为情。"询其姓字，曰："姓王，无字，相见可呼王六郎。"遂别。明日，许货鱼，益沽酒。晚至河干，少年已先在，遂与欢饮。饮数杯，辄为许驱鱼。

如是半载，忽告许曰："拜识清扬，情逾骨肉。然相别有日矣。"语甚凄楚。惊问之。欲言而止者再，乃曰："情好如吾两人，言之或勿讶耶？今将别，无妨明告：我实鬼也。素嗜酒，沉醉溺死，数年于此矣。前君之获鱼独胜于他人者，皆仆之暗驱，以报醑奠耳。明日业满，当有代者，将往投生。相聚只今夕，故不能无感。"许初闻甚骇；然亲狎既久，不复恐怖。因亦欷歔，酌而言曰："六郎饮此，勿戚也。相见遽违，良足悲恻。然业满劫脱，正宜相贺，悲乃不伦。"遂与畅饮。因问："代者何人？"曰："兄于河畔视之，亭午有女子渡河而溺者，是也。"听村鸡既唱，洒涕而别。明日，敬伺河边，以觇其异。果有妇人抱婴儿来，及河而堕。儿抛岸上，扬手掷足而啼。妇沉浮者屡矣，忽淋淋攀岸以出，藉地少息，抱儿径去。当妇溺时，意良不忍，思欲奔救；转念是所以代六郎者，故止不救。及妇自出，疑其言不验。抵暮，渔旧处。少年复至，曰："今又聚首，且不言别矣。"问其故。曰："女子已相代矣；仆怜其抱中儿，代弟一人，遂残二命，故舍之。更代不知何期。或吾两人之缘未尽耶？"许感叹曰："此仁人之心，可以通上帝矣。"由此相聚如初。

数日，又来告别。许疑其复有代者。曰："非也。前一念恻隐，果达帝天。今授为招远县邬镇土地，来朝赴任。倘不忘故交，当一往探，勿惮修阻。"许贺曰："君正直为神，甚慰人心。但人神路隔，即不惮修阻，将复如何？"少年曰："但往，勿虑。"再三叮咛而去。许归，即欲治装东下。妻笑曰："此去数百里，即有其地，恐土偶不可以共语。"许不听，竟抵招远。问之居人，果有邬镇。寻至其处，息肩逆旅，问祠所在。主人惊曰："得无客姓为许？"许曰："然。何见知？"又曰："得勿客邑为淄？"曰："然。何见知？"主人不答，遽出。俄而丈夫抱子，媳女窥门，杂沓而来，环如墙堵。许益惊。众乃告曰："数夜前梦神言：'淄川许友当即来，可助以资斧。'祇候已久。"许亦异之，乃往祭于祠而祝曰："别君后，寤寐不去心，远践曩约。又蒙梦示居人，感篆中怀。愧无腆物，仅有卮酒，如不弃，当如河上之饮。"祝毕，焚钱纸。俄见风起座后，旋转移时始散。夜梦少年来，衣冠楚楚，大异平时，谢曰："远劳顾问，喜泪交并。但任微职，不便会面，咫尺河山，甚怆于怀。居人薄有所赠，聊酬夙好。归如有期，尚当走送。"居数日，许欲归。众留殷勤，朝请暮邀，日更数主。许坚辞欲行。众乃折柬抱襆，争来致贶，不终朝，馈遗盈橐。苍头稚子毕集，祖送出村。欻有羊角风起，随行十余里。许再拜曰："六郎珍重！勿劳远涉。君心仁爱，自能造福一方，无庸故人嘱也。"风盘旋久之，乃去。村人亦嗟讶而返。许归，家稍裕，遂不复渔。后见招远人问之，其灵应如响云。或言即章丘石坑庄。未知孰是。

异史氏曰："置身青云，无忘贫贱，此其所以神也。今日车中贵介，宁复识戴笠人哉？余乡有林下者，家綦贫。有童稚交，任肥秩。计投之必相周顾。竭力办装，奔涉千里，殊失所望。泻囊货骑，始得归。其族弟甚谐，作'月令'嘲之云：'是月也，哥哥至，貂帽解，伞盖不张，马化为驴，靴始收声。'念此可为一笑。"

【译文】

许某住在淄川县北关外，以打鱼为生。他每天傍晚总要带酒到河边去，边喝酒边打鱼。喝酒前，先把酒洒在地上，并祷告说："河中的溺鬼，请来喝酒吧！"这样便习以为常。其他人打鱼往往收获很少，而他每天都打满筐的鱼。一天傍晚，许某正在独自饮酒，见一少年走来，在他身边转来转去。许某让他喝酒，少年爽快地与许某对饮起来。这一夜竟连一条鱼也没能打到，许某有些丧气。少年起身说："我到下游为你赶鱼。"就朝下游轻快地走去。一会儿，少年回来说："大群鱼来了！"果然听到有许多鱼吞吃饵食的声音。许某便撒网，一网捕了好几条尺把长的大鱼。他非常高兴，对少年深表感谢。少年要回去，许某送鱼给他，少年不要，并说："屡次喝你的好酒，这点小事怎能说得上报答呢？如果您不嫌弃，我将常来找您。"许某说："才同饮了一回，怎么说多次呢？你如果愿意常来照顾，我求之不得，可我惭愧没法报答你的情意。"便问少年的姓名。少年说："我姓王，没有名字，你见面就叫我王六郎吧！"便告辞而去。次日，许某将鱼卖掉，多买了些酒。当晚，许某来到河边时，六郎已经先在等候，二人便开怀畅饮。饮了几杯后，六郎便为许某赶鱼。

就这样半年过去了。六郎忽然对许说："有幸和您相识，感情胜过亲兄弟，可是咱们马上就要分别了。"语气十分凄凉悲哀。许某惊讶地问他，六郎好几次欲言又止，才说："咱们两人情义深厚，我说了你应该不会惊讶吧？如今将要分别，无妨如实相告：我实际是一个鬼，生前特别喜欢喝酒，一次饮酒过量，醉后溺水而死，已经好几年了。以前你之所以捕到比别人更多的鱼，都是我暗中帮你驱赶，以此来酬谢奠酒之情。明日我的期限将满，会有人来代替我，我将要投生于人间，你我相聚只有今晚了，所以我不能不伤感。"许某听了起初十分害怕，然而，因为长期相处，不再恐怖，也长吁短叹，斟满酒说："喝了这杯，不要难过。突然分别，我心里很悲伤；可是你遭受的业报完了，可以从劫难中解脱了，正应当庆贺，悲伤就不合乎情理了。”后来，二人畅饮。许某问六郎：“代替你的是什么人？”六郎说：“兄长明日可在河边看着，正当午时，有一女子渡河，溺水而死，就是替我之人。”二人听到村鸡鸣叫，方洒泪而别。次日，许某在河边等候，看看会发生什么奇异的事情。果然有一个怀抱婴儿的妇女，到河边便坠入水中。婴儿被抛在岸上，举手蹬脚地啼哭。妇女几次浮上沉下，忽然水淋淋地爬上河岸，坐在地上稍稍休息后，抱起婴儿走了。许某看到妇女掉入水中时，很不忍心，想去相救，转念一想这是六郎的替身，就没去救她。等看到妇人自己从水里出来，心中怀疑六郎所言不灵验。当晚，许某仍到原地去打鱼，六郎又来了，说：“今天咱们又见面了，而且不是来告别的。”许某问他什么缘故。他说：“本来那女子是替我的，但我可怜她怀中的婴儿，不忍心为了自己还阳而残害两个人的性命。因此，我决定舍弃这个机会。再有替代不知何年何月，大概是因为咱们的缘分还没完吧？”许某慨叹地说：“你这种仁慈之心，会感动上帝的。”从此，二人一如既往，饮酒捕鱼。

过了几天，六郎又来向许某告别，许以为又有替代者。六郎说：“不是的，我前次的恻隐之心果然感动了上帝，因而任命我为招远县邬镇的土地神。明日要去赴任，如你不忘咱俩的交情，去招远看我，不要嫌路远。”许某祝贺说：“贤弟行为正直而做了神，我感到十分欣慰。但人和神之间相隔遥远，即使我不怕路远，又怎样才能见到你呢？”六郎说：“只管前往，不要顾虑。”再三嘱咐而去。许某回到家，便要置办行装东下招远。他妻子笑着说：“这一去几百里路，即使有那个地方，恐怕和一个泥塑偶像也无法交谈。”许某不听，终究去了招远。问当地居民，果然有个邬镇。他找到了邬镇，便住进一家客店，向主人打听土地祠在什么地方。主人惊异地说：“客人莫非姓许？”许某说：“是的，你是怎么知道的？”店主人又问：“客人莫非是淄川人？”许某说：“是的，你又是怎么知道的？”店主人并不回答，急忙出去。过了一会，只见丈夫抱着小儿，大姑娘小媳妇在门外偷看，村里人纷纷到来，围得如四面墙一般。许某更为惊异。大家告诉他说："几天前的夜里梦见神人说：'淄川姓许的朋友快来了，可以给他些旅费。'因而在此等候多时。"许某觉得这事奇异，便到土地祠祭祀六郎，祷告说："自从与你分别后，睡梦中都铭记在心，为此远道而来赴昔日之约。又蒙你托梦告知村里人，心中十分感激。很惭愧我没有厚礼可赠，只有一杯薄酒，如不嫌弃，当如过去在河边那样喝下去。"祷告完，又烧了些纸钱。忽然见到神座之后刮起一阵旋风，旋转许久才散去。当夜，许某梦到六郎来到，衣帽鲜明整洁，与过去大不相同。六郎致谢道："有劳你远道而来看望我，使我又欢喜又悲伤。但我如今有职务在身，不便与你相会，近在咫尺，却如远隔山河，心中十分凄怆。村中人有微薄的礼物相赠，就算代我酬谢一下旧日的好友。当你回去的时候，我必来相送。"许某住了几天，打算回家，大家殷勤挽留，每天早晚轮流做东道主，一天更换好几家。许某坚决告辞要走，村中人拿着帖子，抱着包裹，争着送来许多礼物。不到一个早上，送的礼物装满行囊，男女老少都赶来送许出村。忽然刮起一阵旋风，跟随许某十余里路。许某对着旋风拜了几拜说："六郎保重，不要远送了。你心怀仁爱，自然能为一方百姓造福，无须老朋友嘱咐了。"旋风又盘旋许久，才离去。村中的人也都嗟叹着回去了。许某回到家里，家境稍稍宽裕些，便不再打鱼了。后来见到招远的人，向他们打听土地神的情况，据说灵验极了。有人说土地神就在章丘县石坑庄。不知道哪种说法对。

异史氏说："王六郎平步青云时，不忘贫贱时的朋友，这就是他之所以成神的原因。今日坐在车里面的显贵，难道还认得那个戴着斗笠的人吗？我的乡里有一个退隐的人，家里非常贫穷。他有一个小时候就交往的朋友，如今得了肥缺。他想要是投奔他一定会得到周济照顾。于是竭尽全力置办行装，奔波了上千里路，结果非常失望；他花光了行囊里所有的钱财并卖掉了坐骑，才能够回来。他的族弟是个很诙谐的人，作了一首《月令》来嘲讽这件事说：'这个月，哥哥回来了，貂皮帽子也解下来了，车马伞盖也没有张开来，马也变成驴了，靴子这才没了声音。'想到这件事令人发笑。"

【延伸阅读】

月令乃东郡耿隐之事。

——清·王渔洋

一念之仁，感通上帝，所谓能吃亏者，天必不亏之也。然则利人之死，以求己之生；致人之危，以求己之安；逼人之败，以求己之成；扬人之恶，以求己之善；甚且假公济私，吹毛求疵，败人名节，倾人身家，绝人性命，以求己之功名富贵者，伊古以来，罔不倾覆。前车之鉴，有仁人之心者，当毋忽此。若夫为国锄奸，为民去害，又当鹰鹯逐之，且言雠仇视之，不宜为妇人之仁，亦且自置死生于膜外矣。因溺鬼不忍人死以代己也，故推论及之。

——清·但明伦

惟德动天，人言天道远者谬也。

——清·何守奇

（陈丽华）

胡四娘

编者按：《胡四娘》给读者留下的最深刻的印象是她的隐忍，在她端重寡言的外表下，隐藏着对人情世态的大智若愚。四娘是庶女出身，又在父母早亡的情况下嫁给一贫如洗的程生。为了生存，四娘不争不抢，谨小慎微，坚信丈夫终有一日定会科举及第。最终，四娘把握住机会，让丈夫参加"补录"考试，终得登科。四娘的隐忍是身处恶劣环境中的自我保护，而积蓄力量、厚积薄发则是对鄙夷之人的有力回击。四娘表现出的宠辱不惊，折射出中国传统女性矜持高洁的美德里所含有的对待人情世故的大智慧。《礼记》："选贤与能，讲信修睦。"选贤就要选品德高尚、能力过硬，且讲究诚信、谋求和睦的人。不管岁月如何变迁，环境如何变化，诚信始终是景行行止的道德品质，是安身立命的道德标尺。一名党员要树立正确的理想信念，始终保持党员的先进性、纯洁性，踏踏实实做事，平平淡淡做人；自觉立德、修德、践德，明大德、守公德、严私德，守住做人、处事、交友的底线。坚守党员干部应有的操守，尊重自己的人格，珍惜自己的声誉，不做与自己身份不相符的事情。

【原文】

程孝思，剑南人。少惠能文。父母俱早丧，家赤贫，无衣食业，求佣为胡银台司笔札。胡公试使文，大悦之，曰："此不长贫，可妻也。"银台有三子四女，皆襁中论亲于大家；止有少女四娘，孽出，母早亡，笄年未字，遂赘程。或非笑之，以为昏耄之乱命，而公弗之顾也。除馆馆生，供备丰隆。群公子鄙不与同食，婢仆咸揶揄焉。生默默不较短长，研读甚苦。众从旁厌讥之，程读弗辍；群又以鸣钲锽耹其侧，程携卷去，读于闺中。

初，四娘之未字也，有神巫知人贵贱，遍观之，都无谀词，惟四娘至，乃曰："此真贵人也！"及赘程，诸姊妹皆呼之"贵人"以嘲笑之，而四娘端重寡言，若罔闻知。渐至婢媪，亦率相呼。四娘有婢名桂儿，意颇不平，大言曰："何知吾家郎君，便不作贵官耶?"二姊闻而嗤之曰："程郎如作贵官，当抉我眸子去!"桂儿怒而言曰："到尔时，恐不舍得眸子也!"二姊婢春香曰："二娘食言，我以两睛代之。"桂儿益恚，击掌为誓曰："管教两丁盲也!"二姊忿其语侵，立批之，桂儿号咷。夫人闻知，即亦无所可否，但微哂焉。桂儿噪诉四娘。四娘方绩，不怒亦不言，绩自若。

会公初度，诸婿皆至，寿仪充庭。大妇嘲四娘曰："汝家祝仪何物?"二妇曰："两肩荷一口!"四娘坦然，殊无惭怍。人见其事事类痴，愈益狎之。独有公爱妾李氏，三姊所自出也，恒礼重四娘，往往相顾恤。每谓三娘曰："四娘内慧外朴，聪明浑而不露，诸婢子皆在其包罗中，而不自知。况程郎昼夜攻苦，夫岂久为人下者? 汝勿效尤，宜善之，他日好相见也。"故三娘每归宁，辄加意相欢。是年，程以公力得入邑庠。明年，学使科试士，而公适薨，程缞哀如子，未得与试。既离苦块，四娘赠以金，使趋入遗才籍。嘱曰："曩久居，所不被呵逐者，徒以有老父在，今万分不可矣! 倘能吐气，庶回时尚有家耳。"临别，李氏及三娘赂遗优厚。程入闱，砥志研思，以求必售。无何，放榜，竟被黜。愿乖气结，难于旋里，幸囊资小泰，携卷入都。时妻党多任京秩，恐见诮讪，乃易旧名，诡托里居，求潜身于大人之门。东海李兰台见而器之，收诸幕中，资以膏火，为之纳贡，使应顺天举，连战皆捷，授庶吉士。自乃实言其故。李公假千金，先使纪纲赴剑南，为之治第。时胡大郎以父亡空匮，货其沃墅，因购焉。既成，然后贷舆马往迎四娘。

先是，程擢第后，有邮报者，举宅皆恶闻之；又审其名字不符，叱去之。适三郎完婚，戚眷登堂为馌，姊妹诸姑咸在，惟四娘不见招于兄嫂。忽一人驰入，呈程寄四娘函信。兄弟发视，相顾失色。筵中诸眷客始请见四娘。姊妹惴惴，惟恐四娘衔恨不至。无何，翩然竟来。申贺者，捉坐者，寒暄者，喧杂满屋。耳有听，听四娘；目有视，视四娘；口有道，道四娘也。而四娘凝重如故。众见其靡所短长，稍就安帖，于是争把盏酬四娘。方宴笑间，门外啼号甚急，群致怪问。俄见春香奔入，面血沾染，共诘之，哭不能对。二娘呵之，始泣曰：“桂儿逼索眼睛，非解脱，几抉去矣！”二娘大惭，汗粉交下。四娘漠然。合坐寂无一语，客始告别。四娘盛妆，独拜李夫人及三姊，出门登车而去。众始知买墅者即程也。

四娘初至墅，什物多阙。夫人及诸郎各以婢仆、器具相赠遗，四娘一无所受；惟李夫人赠一婢，受之。居无何，程假归展墓，车马扈从如云。诣岳家，礼公柩，次参李夫人。诸郎衣冠既竟，已升舆矣。胡公殁，群公子日竞赀财，柩置弗顾。数年，灵寝漏败，渐将以华屋作山丘矣。程睹之悲，竟不谋于诸郎，刻期营葬，事事尽礼。殡日，冠盖相属，里中咸嘉叹焉。

程十余年历秩清显，凡遇乡党厄急，罔不极力。二郎适以人命被逮，直指巡方者，为程同谱，风规甚烈。大郎浼妇翁王观察函致之，殊无裁答，益惧。欲往求妹，而自觉无颜，乃持李夫人手书往。至都，不敢遽进，觑程入朝，而后诣之。冀四娘念手足之义，而忘睚眦之嫌。阍人既通，即有旧媪出，导入厅事，具酒馔，亦颇草草。食毕，四娘出，颜色温霁，问：“大哥人事大忙，万里何暇枉顾？”大郎五体投地，泣述所来。四娘扶而笑曰："大哥好男子，此何大事，直复尔尔？妹子一女流，几曾见呜呜向人？"大郎乃出李夫人书。四娘曰："诸兄家娘子，都是天人，各求父兄，即可了矣，何至奔波到此？"大郎无词，但固哀之。四娘作色曰："我以为跋涉来省妹子，乃以大讼求贵人耶？"拂袖径入。大郎惭愤而出。归家详述，大小冈不诉署，李夫人亦谓其忍。逾数日，二郎释放宁家。众大喜，方笑四娘之徒取怨谤也。俄白四娘遣价候李夫人。唤入，仆陈金币，言："夫人为二舅事，遣发甚急，未遑字覆。聊寄微仪，以代函信。"众始知二郎之归，乃程力也。后三娘家渐贫，程施报逾于常格。又以李夫人无子，迎养若母焉。

【译文】

　　程孝思，四川剑南人，自小聪明，能写文章。父母很早就去世了，家里非常贫困，无衣无食，只好求胡银台雇佣他干点文书差事。胡银台试着让程生写了篇文章，看了后非常高兴，说："这人不会长久贫困，可以把女儿许给他。"胡银台有三个儿子、四个女儿，都是跟大户人家定了娃娃亲的。只有小女儿四娘，是姜生的，母亲早就死了，到了结婚的年龄还没定亲。胡银台就把四娘许给了程生，招赘他为女婿。有人讥笑胡银台，认为他老糊涂了，胡乱许亲。胡银台对此毫不理会。整理客馆，给程生居住，供应齐备，又多又好。公子们鄙视程生，不愿和他同吃，连仆人、奴婢们也常常戏弄程生。程生默默地忍受着，毫不计较，只是刻苦攻读。众人在他旁边说怪话，他照旧读书；提来铜锣，敲得聒耳朵响，他拿起书去闺房里读。

　　起初，四娘还没出嫁时，有个巫师能预知人的贵贱。看遍胡家姐妹，都没说句恭维话；见了四娘来后说："这是真正的贵人！"等到程生入赘，姊妹们都叫她"贵人"，以此嘲笑她。但四娘性情端庄，寡言少语，就像没听见。四娘有个丫鬟叫桂儿，十分不平，大声说："怎知我家郎君就不会做贵官？"二娘听到后，嗤之以鼻，说："程郎如做了贵官，挖了我的眼睛去！"桂儿很生气，说："到那时，恐怕舍不得两颗眼珠子！"二娘的丫鬟春香说："二娘如果说话不算数，我用我的双眼代替！"桂儿更加愤怒，跟她击掌发誓，说："管教你们都成了瞎子！"二娘恼恨桂儿言语冲撞，甩手就给了她一巴掌，桂儿号啕大哭。胡夫人听说这件事后，也不置可否，只是微微冷笑了一声。桂儿吵嚷着向四娘哭诉，四娘正纺着线，听后不动怒也不说话，照旧纺织。

正赶上胡银台做寿，女婿们都来了，带来的贺礼摆满了屋子。大媳妇嘲笑四娘说："你家送的什么寿礼呀？"二媳妇就说："两肩挑着张嘴呗！"四娘面色坦然，一点也不羞惭。人们见她事事都不在意的样子，就更加欺侮她。唯有胡银台的爱妾李氏，是三姊的生身母亲，总是敬重四娘，经常照顾怜恤她。还常嘱咐三娘说："四娘外表憨厚，内里聪明，精明不外露。你那些姊妹兄弟们都在她的包罗之中，自己还不知道。况且程郎昼夜苦读，怎会久居人下？你不要效仿他们，应该善待四娘，将来也好见她。"所以三娘每次回娘家，总是特意和四娘交好。这年，程生因为胡银台赏识，考中了秀才。第二年，学使驾临举行科考，正好胡银台去世了。程生披麻戴孝，像儿子一般悲痛，没能参加考试。丧服期满，四娘赠给程生银子，让他补进"遗才"籍。嘱咐说："过去你在这里住了这么久，之所以没被赶走，只因为有老父亲在。现在是万万不行了！倘若你这次去能考中举人，回来时还可能有这个家。"程生临别，李氏、三娘都赠送了很多钱给他。程生进入考场，千思百虑，力求考取。不久，放榜了，程生竟榜上无名，愿望没实现，心情郁闷，觉得没脸回家。幸亏身上带的银子还多，就进了京城。当时，胡家的亲家们大都在京城做官，程生恐怕他们讥笑自己，便改了名，编了个籍贯，向大官家谋求差事做。有个姓李的御史，是东海人，见了程生后很器重他，收他做了幕宾，并资助费用，给程生捐了个"贡生"，让他去参加顺天科考。这次，程生连战连捷，被授予庶吉士。后来，程生便跟李公讲了实情。李公借给他一千两银子，先派了个管家去四川，为程生买宅子。此时，胡家大郎因为父亲亡故，家里亏空，要卖一处别墅，这个管家就买了下来。然后，又派车马去接四娘来。

原先，程生考中以后，来了个报喜的。胡家一家人都厌恶听到这种消息；又审知名字不符，就将报喜人赶走了。正好三郎结婚，亲戚朋友们都来送礼庆贺。姑嫂姊妹都在，唯独四娘没有受邀。这时，忽然有个人跑了进来，呈上寄给四娘的一封信。兄弟们打开一看，面面相觑，脸上失色。此时酒宴中的亲戚们才请见四娘。姊妹们惴惴不安，恐怕四娘怀恨不来。不一会儿，四娘竟翩然而来。那些人一改往日的态度，纷纷凑上去祝贺、搬座、寒暄，屋里一片嘈杂。耳朵听的是四娘；眼睛看的是四娘；嘴里说的也是四娘。但四娘仍像以前一样凝重端庄。大家见她不计较过去，心中才稍微安宁了点，争着向她敬酒。大家正在说说笑笑，听见门外连哭带叫，情况急迫，大惊小怪地询问。一会儿忽见二娘的丫鬟春香跑了进来，满脸鲜血。众人一起询问，春香哭得回答不上来。二娘呵斥了她一声，春香才哭着说："桂儿逼着要我的眼睛，要不是挣脱，眼珠子让她挖了去了！"二娘大为羞惭，汗流满面，把粉都冲下来了。四娘依旧不动声色，漠然置之；满屋一片寂静，客人们接着便陆续告辞。四娘盛妆而出，唯独拜了李夫人和三娘，然后出门，登上车走了。大家才知道买别墅的就是程生。

四娘初到别墅，日用东西都很缺。胡夫人和公子们送来了仆人、丫鬟和器具，四娘一概不要，只接受了李夫人赠送的一个丫鬟。住了不久，程生请假回来扫墓，车马随从如云。到了岳父家，先向胡银台的灵柩行了祭礼，然后参拜了李夫人。等胡家兄弟们穿戴整齐要拜见程生时，程生已上轿打道回府了。胡银台死后，他的儿子们天天争夺财产，把他的棺材扔在那里不理会。过了几年，棺木都朽烂了。程生见了十分伤心，也不和胡家兄弟们商量，自己出资，选了下葬的日子，凡事合乎礼节。出殡这天，许多官绅来送葬，村里的人对此都赞叹不已。

程生十几年来担任清要显达的官职，乡亲们凡遇难事，他无不尽力。胡二郎因为人命案牵连入狱，审案的官员，是和程生同榜考中的，执法严明。胡大郎央求岳父王观察写了封信给这个官员，人家却置之不理。胡大郎更加害怕。想去求四娘，但又觉没脸见她，便让李夫人写了封信，自己拿着去了。来到京城，胡大郎不敢贸然进程家，看见程生上朝走了后，才登门求见。盼望四娘念手足之情，忘记过去的嫌隙。守门人为他通报，立刻有一个过去的老妈子走出来，把他领到大厅里，草草地摆上酒菜吃完了，四娘才出来。脸色温和地问："大哥在家事情很忙，怎么有时间不远万里来到这里？"大郎跪倒在地，哭泣着说了来由。四娘扶起他来，笑着说："大哥是个好男子汉，这算什么大事，值得这样？妹子一个女流，你啥时候见我跟人呜呜哭泣来？"大郎便拿出李夫人的信，四娘看了后说："嫂子们的娘家，都是些了不起的天人，各自去求求自己的父亲、哥哥，就了结了，何必奔波到这里？"大郎哑口无言，只是哀求不已。四娘变了脸色，说道："我以为你千里跋涉而来是为了看妹子，原来是拿大案求贵人来了！"说完，一甩袖子，进了内室。大郎又羞愧又愤恨。回家后详细一说，一家大小无不痛骂四娘，就连李夫人也觉得四娘太忍心了。

过了几天，胡二郎竟被释放回家。全家大喜，还讥笑四娘白白被众人怨恨非议。一会儿，有人来报，四娘派了仆人来问候李夫人。李夫人叫进来人，那人送上带来的银子，说："我家夫人为了二舅的案子，急着让我快来，没顾上写回信给您。让我送上这点礼物，以代信函。"此时，大家才知道，二郎之所以能沉冤得雪，是程生和四娘出力的结果。后来，三娘家境衰落，程生报答她，远远超过一般规格。因为李夫人没有儿子，程生就把她接到自己的家里，像对母亲一样赡养终老。

【延伸阅读】

写银台之卓识，写孝思之力学，写四娘之端默，中间杂以旁人之非笑，诸子之鄙薄，仆婢之揶揄，神巫之风鉴，婢媪之嘲呼，桂儿之忿恚，纷纭杂沓。聒耳乱心，而若网在网，如衣挈领，如阵步燕，然首尾相应，以叙笔为提笔，以间笔为伏笔。人第赏其后半之工，殊不知其得力全在此等处。

——清·但明伦

是书志异也。若四娘之事，举世皆然，何足异乎？岂聊斋执笔时，世风犹稍厚欤？

——清·王金范

世俗悠悠，固不足道。使非胡、李二公独具只眼，几令英雄埋没死矣。卒之刻自振奋，致身青云，并令室人吐气，可不谓豪杰之士哉！彼俗眼无瞳，如二姊者，正未堪多诋耳。

——清·何守奇

此篇写炎凉世态，浅薄人情，写到十分，令人涕笑不得。

——清·冯镇峦

（陈丽华）

仇大娘

编者按：《仇大娘》叙述的是一个家庭的兴衰史，创造了堪称最具性格的仇大娘这个独具一格的人物形象。根据此篇改编的聊斋俚曲《翻魇殃》开场［西江月］写道："人只要脚踏实地，用不着心内刀枪，欺孤灭寡行不良，没娘孩子自有天将傍。天意若还不顺，任凭你加祸兴殃；祸害反弄成吉祥，黑心人岂不混帐？"这表明了蒲松龄劝人"诸恶莫作"的创作意图。习近平总书记引用《左传》中的"善不可失，恶不可长"一语，表达了关于善恶的政德观念。党员干部要懂得"从善如登，从恶如崩"的道理：向善不容易，就恶很简单。因此，应当坚定"勿以恶小而为之，勿以善小而不为"，做到"勿以恶易而为之，勿以善难而不为"。

【原文】

仇仲，晋人，忘其郡邑。值大乱，为寇俘去。二子福、禄俱幼，继室邵氏，抚双孤，遗业幸能温饱。而岁屡祲，豪强者复凌藉之，遂至食息不保。仲叔尚廉利其嫁，屡劝驾，而邵氏矢志不摇。廉阴券于大姓，欲强夺之，关说已成，而他人不之知也。里人魏名夙狡狯，与仲家积不相能，事事思中伤之。因邵寡，伪造浮言以相败辱。大姓闻之，恶其不德而止。久之，廉之阴谋与外之飞语，邵渐闻之，冤结胸怀，朝夕陨涕，四体渐以不仁，委身床榻。福甫十六岁，因缝纫无人，遂急为毕姻。妇，姜秀才屺瞻之女，颇称贤能，百事赖以经纪。由此用渐裕，乃使禄从师读。

　　魏忌嫉之，而阳与善，频招福饮，福倚为腹心交。魏乘间告曰："尊堂病废，不能理家人生产；弟坐食，一无所操作，贤夫妇何为作马牛哉！且弟买妇将大耗金钱。为君计，不如早析，则贫在弟而富在君也。"福归，谋诸妇，妇咄之。奈魏日以微言相渐渍，福惑焉，直以己意告母。母怒，诟骂之。福益恚，辄视金粟为他人之物也者而委弃之。魏乘机诱与博赌，仓粟渐空，妇知而未敢言。既至粮绝，被母骇问，始以实告。母愤怒而无如何，遂析之。幸姜女贤，旦夕为母执炊，奉事一如平日。福既析，益无顾忌，大肆淫赌。数月间，田产悉偿戏债，而母与妻皆不及知。福赀既罄，无所为计，因券妻贷赀，而苦无受者。邑人赵阎罗，原漏网之巨盗，武断一乡，固不畏福言之食也，慨然假赀。福持去，数日复空。意踟蹰，将背券盟，赵横目相加，福大惧，赚妻付之。魏闻窃喜，急奔告姜，实将倾败仇也。姜怒，讼兴，福惧甚，亡去。

　　姜女至赵家，始知为婿所卖，大哭，但欲觅死。赵初慰谕之，不听；既而威逼之，益骂；大怒，鞭挞之，终不肯服。因拔笄自刺其喉，急救，已透食管，血溢出。赵急以帛束其项，犹冀从容而挫折焉。明日，拘牒已至，赵行行殊不置意。官验女伤重，命笞之，隶相顾无敢用刑。官久闻其横暴，至此益信，大怒，唤家人出，立毙之。姜遂舁女归。自姜之讼也，邵氏始知福不肖状，一号几绝，冥然大渐。禄时年十五，茕茕无以自主。

　　先是，仲有前室女大娘，嫁于远郡，性刚猛，每归宁，馈赠不满其志，辄迕父母，往往以愤去，仲以是怒恶之，又因道远，遂数载不一存问。邵氏垂危，魏欲招之来而启其争。适有贸贩者，与大娘同里，便托寄语大娘，且歆以家之可图。数日，大娘果与少子至。入门，见幼弟侍病母，景象惨淡，不觉怆恻。因问弟福，禄备告之。大娘闻之，忿气塞吭，曰："家无成人，遂任人蹂躏至此！吾家田产，诸贼何得赚去！"因入厨下，爇火炊糜，先供母，而后呼弟及子共啖之。啖已，忿出，诣邑投状，讼诸博徒。众惧，敛金赂大娘，大娘受其金而仍讼之。邑令拘甲、乙等，各加杖责，田产殊置不问。大娘愤不已，率子赴郡。郡守最恶博者。大娘力陈孤苦，及诸恶局骗之状，情词慷慨。守为之动，判令邑宰追田给主，仍惩仇福，以儆不肖。既归，邑宰奉令敲比，于是故产尽反。大娘时已久寡，乃遣少子归，且嘱从兄务业，勿得复来。大娘由此止母家，养母教弟，内外有条。母大慰，病渐瘥，家务悉委大娘。里中豪强，少见陵暴，辄握刃登门，侃侃争论，罔不屈服。居年余，田产日增。时市药饵珍肴，馈遗姜女。又见禄渐长成，频嘱媒为之觅姻。魏告人曰："仇家产业，悉属大娘，恐将来不可复返矣。"人咸信之，故无肯与论婚者。

有范公子子文，家中名园为晋第一。园中名花夹路，直通内室。或不知而误入之。值公子私宴，怒执为盗，杖几死。会清明，禄自塾中归，魏引与游遨，遂至园所。魏故与园丁有旧，放令入，周历亭榭。俄至一处，溪水汹涌，有画桥朱槛，通一漆门，遥望门内，繁花如锦，盖即公子内斋也。魏绐之曰："君请先入，我适欲私焉。"禄信之，寻桥入户，至一院落，闻女子笑声。方停步间，一婢出，窥见之，旋踵即返。禄始骇奔。无何，公子出，叱家人缩索逐之。禄大窘，自投溪中。公子反怒为笑，命诸仆引出。见其容裳都雅，便令易其衣履，曳入一亭，诘其姓氏。蔼容温语，意甚亲昵。俄趋入内，旋出，笑握禄手，过桥，渐达曩所。禄不解其意，逡巡不敢入，公子强曳入之。见花篱内隐隐有美人窥伺。既坐，则群婢行酒。禄辞曰："童子无知，误践闺闼，得蒙赦宥，已出非望。但愿释令早归，受恩非浅。"公子不听。俄顷，肴炙纷纭。禄又起，辞以醉饱。公子捺坐，笑曰："仆有一乐拍名，若能对之，即放君行。"禄唯唯请教。公子云："拍名'浑不似'。"禄默思良久，对曰："银成'没奈何'。"公子大笑曰："真石崇也！"禄殊不解。

盖公子有女名蕙娘，美而知书，日择良耦。夜梦一人告之曰："石崇，汝婿也。"问："何在？"曰："明日落水矣。"早告父母，共以为异。禄适符梦兆，故邀入内舍，使夫人女辈共觇之也。公子闻对而喜，乃曰："拍名乃小女所拟，屡思而无其偶，今得属对，亦有天缘。仆欲以息女奉箕帚，寒舍不乏第宅，更无烦亲迎耳。"禄惶然逊谢，且以母病不能入赘为辞。公子姑令归谋，遂遣阍人负湿衣，送之以马。既归告母，母惊为不祥。于是始知魏氏险，然因凶得吉，亦置不仇，但戒子远绝而已。逾数日，公子又使人致意母，母终不敢应。大娘应之，即倩双媒纳采焉。未几，禄赘入公子家。年余游泮，才名籍甚。妻弟长成，敬少弛，禄怒，携妇而归。母已杖而能行。频岁赖大娘经纪，第宅亦颇完好。新妇既归，婢仆如云，宛然有大家风焉。

魏又见绝，嫉妒益深，恨无瑕之可蹈，乃引旗下逃人诬禄寄赀。国初立法最严，禄依令徙口外。范公子上下贿托，仅以蕙娘免行，田产尽没入官。幸大娘执析产书，锐身告理，新增良沃如干顷，悉挂福名，母女始得安居。禄自分不返，遂书离婚字付岳家，伶仃自去。行数日，至都北，饭于旅肆。有丐子伛偻户外，貌绝类兄，近致讯诘，果兄。禄因自述，兄弟悲惨。禄解复衣，分数金，嘱令归，福泣受而别。

禄至关外，寄将军帐下为奴。因禄文弱，俾主支籍，与诸仆同栖止。仆辈研问家世，禄悉告之。内一人惊曰："是吾儿也！"盖仇仲初为寇家牧马，后寇投诚，卖仲旗下，时从主屯关外。向禄缅述，始知真为父子，抱首悲哀，一室为之酸辛。已而愤曰："何物逃东，遂诈吾儿！"因泣告将军。将军即命禄摄书记，函致亲王，付仲诣都。仲伺车驾出，先投冤状。亲王为之婉转，遂得昭雪，命地方官赎业归仇。仲返，父子各喜。禄细问家口，为赎身计，乃知仲入旗下，两易配而无所出，时方鳏也。禄遂治任返。

初，福别弟归，蒲伏自投。大娘奉母坐堂上，操杖问之："汝愿受扑责，便可姑留，不然，汝田产既尽，亦无汝啖饭之所，请仍去。"福涕泣伏地，愿受笞。大娘投杖曰："卖妇之人，亦不足惩。但宿案未消，再犯首官可耳。"即使人往告姜。姜女骂曰："我是仇氏何人，而相告耶！"大娘频述告福而揶揄之，福惭愧不敢出气。居半年，大娘虽给奉周备，而役同厮养。福操作无怨词，托以金钱辄不苟。大娘察其无他，乃白母，求姜女复归。母意其不可复挽，大娘曰："不然。渠如肯事二主，楚毒岂肯自罹？要不能不有此忿耳。"遂率弟躬往负荆。岳父母诮让良切。大娘叱使长跪，然后请见姜女。请之再四，坚避不出，大娘搜捉以出。女乃指福唾骂，福惭汗无以自容。姜母始曳令起。大娘请问归期，女曰："向受姊惠綦多，今承尊命，岂复有异言？但恐不能保其不再卖也！且恩义已绝，更何颜与黑心无赖子共生活哉？请别营一室，妾往奉事老母，较胜披削足矣。"大娘代白其悔，为翼日之约而别。

次朝，以乘舆取归，母逆于门而跪拜之，女伏地大哭。大娘劝止，置酒为欢，命福坐案侧。乃执爵而言曰："我苦争者，非自利也。今弟悔过，贞妇复还，请以簿籍交纳。我以一身来，仍以一身去耳。"夫妇皆兴席改容，罗拜哀泣，大娘乃止。居无何，昭雪之命下，不数日，田宅悉还故主。魏大骇，不知其故，自恨无术可以复施。适西邻有回禄之变，魏托救焚而往，暗以编营爇禄第，风又暴作，延烧几尽；止余福居两三屋，举家依聚其中。未几禄至，相见悲喜。

初，范公子得离书，持商蕙娘。蕙娘痛哭，碎而投诸地。父从其志，不复强。禄归，闻其未嫁，喜如岳所。公子知其灾，欲留之，禄不可，遂辞而退。大娘幸有藏金，出葺败堵。福负锸营筑，掘见窖镪，夜与弟共发之，石池盈丈，满中皆不动尊也。由是鸠工大作，楼舍群起，壮丽拟于世胄。禄感将军义，备千金往赎父。福请行，因遣健仆辅之以去。禄乃迎蕙娘归。未几，父兄同归，一门欢腾。大娘自居母家，禁子省视，恐人议其私也。父既归，坚辞欲去，兄弟不忍。父乃析产而三之：子得二，女得一也。大娘固辞，兄弟皆泣曰："吾等非姊，乌有今日！"大娘乃安之。遣人招子，移家共居焉。或问大娘："异母兄弟，何遂关切如此？"大娘曰："知有母而不知有父者，惟禽兽如此耳，岂以人而效之？"福、禄闻之皆流涕。使工人治其第，皆与己等。

魏自计十余年，祸之而益以福之，深自愧悔。又仰其富，思交欢之。因以贺仲阶进，备物而往。福欲却之，仲不忍拂，受鸡酒焉。鸡以布缕缚足，逸入灶，灶火燃布，往栖积薪，僮婢见之而未顾也。俄而薪焚灾舍，一家惶骇。幸手指众多，一时扑灭，而厨中百物俱空矣。兄弟皆谓其物不祥。后值父寿，魏复馈牵羊。却之不得，系羊庭树。夜有僮被仆殴，忿趋树下，解羊索自经死。兄弟叹曰："其福之不如其祸之也！"自是魏虽殷勤，竟不敢受其寸缕，宁厚酬之而已。后魏老，贫而作丐，每周以布粟而德报之。

异史氏曰："噫嘻！造物之殊不由人也！益仇之而益福之，彼机诈者无谓甚矣。顾受其爱敬，而反以得祸，不更奇哉？此可知盗泉之水，一掬亦污也。"

【译文】

仇仲，是山西人，忘记他是哪个郡县的了。有一年，正赶上大乱，他被强盗抓走了。他的两个儿子仇福、仇禄都还年小，继室邵氏抚养着两个孤儿。所幸他留下的家业还能维持温饱。后来，连年灾荒，再加上豪强大户欺凌，以至于衣食都不保了。仇仲的叔叔叫仇尚廉，想让邵氏改嫁，自己好从中得利，便屡屡劝她，但邵氏立志守节，毫不动摇。仇尚廉暗地里将她卖给一个大户人家，打算强逼她；已经谈妥，只是外人还不知道。同村有个人叫魏名，平素奸滑狡诈，跟仇家多年有仇，事事都想造谣中伤。因为邵氏在家守寡，魏名便到处散布谣言，败坏邵氏的名声，以此来诋毁她。这些谣言被那个大户听到了，厌恶邵氏不贞洁，便不愿再买邵氏。过了段时间，仇尚廉的阴谋和外面的流言蜚语，都传到了邵氏耳里。邵氏冤屈不已，天天哭泣，渐渐身体不适，一病不起。当时，仇福才十六岁。家里无人缝补操持，邵氏便匆忙为他娶了媳妇。媳妇姓姜，是秀才姜屺瞻的女儿，贤惠能干，一切家务事都依靠她料理。由此，家境渐渐好起来，便又让仇禄拜师读书。

魏名非常忌恨，假装和仇家友善，常邀仇福去喝酒，仇福就把魏名看作是心腹之交。魏名挑拨说："你母亲卧床不起，不能再料理家业；你弟弟又坐享其成，什么事都不干，你们这对贤惠的夫妇为何当牛做马啊！况且为你弟弟娶媳妇，必定要花费一大笔钱。我为你着想，不如早分家，那么贫困的是你弟弟，而富裕的是你。"仇福回家，便和妻子商量分家，被姜氏骂了一顿。无奈魏名天天引诱、离间仇福，仇福迷了心窍，直接告诉了母亲他的想法。邵氏大怒，痛骂一顿。仇福更加愤怒，便把家里的钱财看作是别人的东西随意挥霍。魏名乘机引诱他赌博，渐渐把家里的粮输没了。姜氏知道后，没敢和邵氏说。等家里断粮时，邵氏吃惊问起，姜氏才告知实情。邵氏虽然愤怒，但无可奈何，只得分了家。所幸姜氏贤惠，每天给她做饭，还像以前一样侍奉。仇福分家后，更加无所顾忌，沉迷赌博。几个月的时间，田产都偿还赌债，而邵氏和妻子都还不知道。仇福输光了钱财，无可奈何，于是打算用妻子抵押借债，只是苦于没人接手。本县有个赵阎罗，原是漏网的大盗，横行乡里，不怕仇福说话不算数，慷慨地借钱给他。仇福拿到钱，没几天又输光了。他心中犹豫不定，想违约。赵阎罗横眉怒目。仇福害怕了，只得将妻子骗到赵阎罗家。魏名听说后，暗自高兴，忙跑去告诉姜秀才，实际上是想让仇家彻底败落。姜秀才大怒，告到了官府。仇福十分害怕，就逃走了。

　　姜氏到赵阎罗家后，才知道被丈夫卖了，不由大哭，只想寻死。赵阎罗起初还劝慰她，姜氏不听；赵阎罗又威逼她，姜氏破口大骂；赵阎罗大怒，用鞭子毒打她，姜氏始终不肯屈服。姜氏拔下头上的簪子刺向自己的咽喉，众人急忙将她救下时，已刺透食管，鲜血涌出。赵阎罗急忙用布帛包裹住她的脖子，还希望慢慢让姜氏屈服。第二天，官府的逮捕文书到了，赵阎罗毫不在意。县官查验到姜氏脖子上有重伤，命人杖击赵阎罗，衙役们却面面相觑，没人敢动刑。县官早就听说赵阎罗强横凶恶，至此更加相信了，不禁大怒，唤出家仆，当场将赵阎罗打死了。姜家于是将女儿抬回家中。自从姜家告官后，邵氏才知道仇福的种种不肖，痛哭欲绝，昏迷病危。仇禄当时才十五岁，孤单无依，不能自主。

此前，仇仲有个前妻生的女儿，叫作大娘，嫁到了较远的郡。她性情刚猛，每次回娘家，如果父母送的东西不称意，就冒犯父母，生气离去，仇仲因此不喜欢她；又因为路途较远，于是好几年没有来往了。邵氏病危，魏名打算把仇大娘召回来，以挑起仇家纷争。恰好有个商贩，与仇大娘是同乡，魏名便托他传话给她，暗示可以回来图谋仇家家产。过了几天，仇大娘果然带着小儿子来了。她进了家门，见年幼的弟弟在侍奉生病的母亲，景象惨淡，不由心里悲痛。于是问弟弟仇福的事，仇禄都告诉了她。大娘听了，怒火满胸，说："家里没个成年男子，就任人欺凌到这个地步！我们家的田产，怎么能让那些恶贼骗去！"说完，开始烧火做饭，先让母亲吃了，才招呼弟弟和儿子一起吃。吃完，她气愤地出门，到衙门投了诉状，状告那些赌徒。赌徒们很害怕，凑了银子贿赂她。仇大娘将银子收下，仍旧告他们。县官命人捕来几个赌徒，各施以杖刑，对田产的事却没有过问。仇大娘愤愤不平，带着儿子告到郡里。郡守最痛恨赌博的人。仇大娘极力诉说孤儿寡母的艰难，以及那些赌徒设局行骗的恶行，言辞激昂。郡守被仇大娘打动，便判令县官将田产追还仇家；仍惩罚了仇福，以警戒那些不肖之人。仇大娘回家后，县官强令赌徒限期归还，于是仇家把田产全部收了回来。当时，仇大娘已经守寡很久了，便让儿子回去，而且嘱咐他跟着哥哥操持家业，不要再回来了。仇大娘从此就住在娘家，奉养母亲，教导弟弟，家里家外，料理得井井有条。母亲很欣慰，病也渐渐好了，把家务事都委托给了仇大娘。乡里的豪强稍有欺负仇家，她就持刀找上门去，理直气壮地与人争论，没有不屈服的。过了一年多，田产日逐渐增多。大娘时常买些药品和佳肴送给姜氏。她见仇禄渐渐长大，频频嘱托媒人给他说亲。魏名告诉别人说：

"仇家的产业，全都归了大娘，恐怕将来要不回来了。"人们都相信了他的话，所以没人肯与仇家结亲。

有位叫范子文的公子，家里有座出名的花园，在山西首屈一指。花园里，一条小路两边种满了名贵花草，直通到内室。曾经有人不知而误入，正碰上范公子开家宴，被愤怒的范公子当作强盗，几乎杖击而死。恰逢清明节那天，仇禄从私塾回家，魏名引诱他游逛，就到了范家花园。魏名原先与园丁就有交情，园丁放他们进去，周游亭阁台榭。一会儿，他们来到一个地方，溪水汹涌，溪上有一座红色栏杆、装饰精美的桥，通向一扇漆门；从门口处远远望去，只见里面繁花似锦，想来就是范公子的内宅。魏名骗仇禄说："你请先进去，我正好想方便一下。"仇禄信以为真，从桥进入门里，来到一座院落，听到有女子的笑声。仇禄刚停下脚步，一个丫鬟出来，一看见他，转身就回去了。仇禄吓得往回跑。不一会儿，范公子出来了，喝令家人拿着绳索追他。仇禄大急，就跳到了溪水里。范公子见此转怒为笑，命家仆们把他拉上来。范公子见仇禄的相貌衣着都很雅致，就让人给他换了衣服和鞋子，拉到一座亭子里，询问他的姓名。范公子态度和蔼，言语温和，一副很亲近的样子。一会儿，范公子进了内室，很快又出来，笑着握住仇禄的手，拉他过了桥，渐渐走到刚才的院落。仇禄不明白公子的用意，徘徊不敢进去。范公子强行拉他进去，见花篱内隐约有美人暗中观看。两人坐下后，就有一群丫鬟上来摆酒待客。仇禄推辞说："我年幼无知，误闯内宅，承蒙宽恕，已经出乎我的意料。只求您早点儿让我回去，我就受恩不浅了。"范公子不答应。一会儿，桌上就摆满了美酒佳肴。仇禄又起身，推辞说已经酒足饭饱，范公子按他坐下，笑着说："我有一个乐拍名，如果你能对上，就放你走。"仇禄便恭敬地请教。范公子说："拍名'浑不似'。"仇禄沉思许久，对道："银成'没奈何'。"范公子大笑道："真是石崇！"仇禄很不理解。

　　原来，范公子有个女儿叫蕙娘，容貌美丽又知书达礼，范公子天天想着为她选个好夫婿。昨夜，蕙娘梦见一人告诉她说："石崇，是你的夫婿！"蕙娘问："在哪里？"回答说："明天就落水了。"早上起来，蕙娘把这个梦告诉了父母，都感到奇异。仇禄恰好符合蕙娘梦中的征兆，所以范公子请他到内宅，让夫人、蕙娘等女眷相看。范公子听了仇禄的对句，高兴地说："这拍名是我女儿拟的，冥思苦想没有对句，现在你对上了，这也是天定的缘分。我想把女儿嫁给你，我家里不缺房子，更不用麻烦你来迎亲了。"仇禄惊慌地谢绝，并且以母亲正生病为由，表示不能入赘。范公子只好暂且让他跟家人商量，于是派马夫拿着他的湿衣服，用马送他回去。仇禄回到家中，便将此事告知了母亲，邵氏很吃惊，认为不吉利。由此邵氏才知道魏名的阴险，但是因祸得福，也就不想跟他结仇，只是告诫儿子要远离他。过了几天，范公子又派人向邵氏提起这件亲事，但邵氏始终不敢答应。仇大娘却做主答应了，立即请两个媒人下聘礼。不久，仇禄入赘到了范公子家。过了一年多，仇禄考上了秀才，很有才名。后来，他的妻弟长大成人，对仇禄有所怠慢；仇禄一怒之下，带着蕙娘回了自己家。邵氏这时已经能拄着拐杖走路了。仇家连年依靠仇大娘管理，家宅整洁完好。蕙娘来仇家后，带来许多奴婢仆人，仇家有了大户人家的样子。

　　魏名的诡计再度受挫，对仇家更加嫉恨，只恨找不到陷害的借口，于是就诱引旗下逃奴诬陷仇禄窝藏其钱财。清朝初年，立法最为严峻，仇禄被依照法令判处流放关外。范公子上下贿赂，仅保住了蕙娘不被流放；仇家的田产全被收入官库。幸亏仇大娘拿着分家文书，挺身而出，据理力争，新增的若干顷良田都挂在仇福名下，母女二人才得以安居。仇禄料想再也回不来了，便写了离婚文书送到岳父家，孤身一人走了。走了几天，仇禄来到京城以北的一个地方，在一家旅店吃饭。他看见一个乞丐惶恐不安地站在门外，相貌极像他的哥哥，走近一问，果然是哥哥。仇禄于是说了家中的情况和自己的遭遇，兄弟两人都很悲伤。仇禄脱下一件棉衣，又给了几两银子，让他回家去。仇福流泪接受，告别而去。

仇禄来到关外，被安排到一个将军的帐下为奴。将军见他文弱，就让他掌管文书籍簿，和其他奴仆们住在一起。奴仆们问起他的家世，仇禄都告诉了他们。其中一个人忽然吃惊地说："你是我的儿子呀！"原来，仇仲当年被强盗抓走后，给他们放马，后来强盗投诚，便将他卖到旗人家中，这时正跟主人驻扎关外。仇仲向仇禄回忆了往事，才知道他们真是父子。二人抱头痛哭，一屋的人都为他们感到辛酸。哭完之后，仇仲愤怒地说："是什么逃奴，竟然诬陷我儿！"于是他向将军哭诉。将军就任命仇禄代理文书工作；又给亲王写了封信，让他拿着去京城上告。仇仲来到京城，等着亲王的车驾出来，呈上了鸣冤的状子和将军的书信。亲王替他斡旋，于是冤情昭雪，并且令地方官将没收的产业归还仇家。仇仲返回后，父子二人都很高兴。仇禄细问父亲家中有几人，打算替父赎身。这才知道仇仲被卖入旗下后，结过两次婚，但都没有孩子，现在孤身一人。仇禄便收拾行装，返回了家乡。

起初，仇福与和弟弟告别，回到家里，向母亲伏地认错请罪。仇大娘陪母亲坐在堂上，持棍问他："你如果愿受拷打责罚，就暂且留下；不然的话，你的田产已经没了，也没有你吃饭的地方，还是走吧。"仇福伏地哭泣，愿意接受杖打。仇大娘扔掉棍子，说："卖媳妇的人，不值得惩罚。但是旧案未销，再犯就告官。"于是她派人告诉姜家。姜女骂道："我是仇家什么人，要来告诉我啊！"仇大娘不断用姜氏的话嘲讽仇福，仇福惭愧，大气不敢出。过了半年，仇大娘对仇福虽然吃穿周到，但是像仆人一样使唤他。仇福每天劳作，毫无怨言，交代他办理与钱财有关的事，也能一丝不苟。仇大娘看他没什么问题，就告诉母亲，去求姜氏再回来。邵氏认为此事已经无法挽回。仇大娘说："并非如此。她如果肯再嫁，又怎么会刺破喉管遭罪？要不是仇福如此对她，她不会这样气愤啊！"于是，她就带着弟弟去姜家负荆请罪。岳父岳母严厉谴责了仇福。仇大娘斥责仇福，让他挺直身子跪下，然后请姜女相见。但是再三请求，姜氏坚避不出。仇大娘找到姜氏，硬拉出来。姜氏指着仇福唾骂不已，仇福羞愧之极，无地自容。姜母这才将他拉起来。仇大娘问姜氏何时回去，姜氏说："我一向受了姐姐很多恩惠，现在承蒙你的嘱托，怎敢再有异议？但恐怕不能保证他不再卖我啊！况且，夫妻恩义已经断绝，还有什么脸面和这样一个黑心的无赖一起生活呢？请大姐另备一间屋子，我去侍奉婆婆，比出家为尼强多了。"仇大娘又替仇福说了他的悔恨之情，约好第二天来接姜氏，然后告辞而去。

第二天早上，仇大娘派车接姜氏回来，邵氏迎出门外，向她跪拜，姜氏伏地大哭。仇大娘劝住了她们，摆上酒宴庆祝，并叫仇福坐在桌旁，然后端着酒杯说道："我这些年来苦苦争回的家产，并不是为自己得利。如今弟弟已经悔过，弟妹又回来了，我把账簿交还给你们。我空手而来，仍然空手而去。"仇福夫妇听了站起身来，脸色大变，围着她跪拜挽留，仇大娘这才留下来。过了不久，仇禄冤案昭雪的文书下来了，没几天，没收的田宅悉数归还。魏名极为惊恐，不知道是什么缘故，自恨再无计可施。恰巧仇家西邻发生火灾，魏名假托前往救火，暗中用茅草垫子引燃了仇禄的宅子，此时风又大作，几乎将房子烧光了；只剩下仇福居住的两三间房屋，一家人都挤住在里面。不久，仇禄回来了，一家人相见悲喜交加。

当初，范公子接到离婚文书，拿去和蕙娘商量。蕙娘痛哭不止，将离婚文书撕碎了扔在地上。范公子尊重她的意愿，不再强迫她改嫁。仇禄回来后，听说蕙娘没有再嫁，欢欢喜喜地来到岳父家。范公子知道仇家遭了火灾，就想留下他，仇禄没有同意，便辞别回家。幸好仇大娘藏有一些银子，取出来修缮残垣断壁。仇福拿着铁锹修建，意外挖到一个银窖。夜里他和弟弟一起发掘出来，地窖有一丈见方，盛满了银子。于是，仇家召集工匠，大兴土木，盖起了一座座楼房，宏伟华丽，堪比世家大族。仇禄感念将军的仁义，准备了一千两银子为父赎身。仇福请求去接父亲，于是派个强健精干的仆人跟他一起去。仇禄也将蕙娘接了回来。不久，父亲和哥哥一起归来，全家欢腾。仇大娘自从住在娘家后，禁止儿子前来探望，唯恐别人议论她有私心。父亲已经回来了，她坚决告辞要回去。仇福、仇禄两兄弟舍不得她离去。仇仲便将家产分成三份：儿子得两份，女儿得一份。仇大娘坚决推辞。两兄弟都哭着说："我们若是没有姐姐，哪里会有今日！"仇大娘便安心收下，并派人叫儿子搬家过来，住在一起。有人问她："你和仇福、仇禄是异母姐弟，为何如此关切？"仇大娘说："只知道有母亲，而不知道有父亲，只有禽兽才会这样，人怎么能效仿呢？"仇福、仇禄听说了，都感动得流泪，派工匠给姐姐修建住宅，和他们的一样。

　　魏名反思这十几年来，越祸害仇家，反而越给仇家带来福报，心里不禁深深地惭愧后悔。他又仰慕仇家的富足，便想和仇家交好。因此他以祝贺仇仲归家为由，备了礼物前往。仇福打算拒绝他，但仇仲不忍心驳了人家的好意，便收下了他送来的鸡和酒。那鸡被布条捆住了爪子，逃进了灶中；灶火烧着了布条，鸡又逃到堆积的柴火上，仆人们见了，也没管它。一会儿，引燃了柴堆，屋子也跟着烧了起来，一家人大惊失色。幸亏人手众多，很快就把火扑灭了，但厨房里的东西全被烧没了。兄弟二人都觉得魏名送来的东西不吉利。后来，仇仲过寿，魏名又送来一只羊，推辞不掉，就把它拴在院中的一棵树上。这天夜里，有个小僮被仆役殴打，气愤地奔到树下，解开拴羊的绳子上吊死了。兄弟俩感叹说："他与其对我们友善，还不如祸害我们呢！"从此，虽然魏名巴结讨好，但仇家不敢接受他一点东西，宁可给他丰厚的酬谢。后来，魏名老了，沦为乞丐，仇家还常周济他吃穿之物，用德善来回报他。

异史氏说："唉！命运真是由不得人啊！越是想陷害人家，就越能给人家带来福惠，那些狡诈的人是白费心机了。然而接受他的善意，却反而招来灾祸，还有比这更奇怪的吗？由此可见，世上的不义之财，哪怕拿了一点点，也会带来不好的后果。"

【延伸阅读】

遣归少子，独止母家，赖其经营，乃能完好。操杖投杖，既擒纵之自如；求姜复姜，亦权衡之悉协。而执爵数语，功成思退，且能洁身：以一身来，以一身去。自古勋戚，殊少此智也。知有母而不知有父，搢绅家且多效之，奈何两间奇气，独得之妇人乎？不有疾风，焉知劲草？不至寒岁，焉识孤松？

————清·但明伦

《陇西行》云："健妇持门户，亦胜一丈夫。"读仇大娘事，信然。

————清·何守奇

观此篇，魏之包藏祸心，屡次设计欲害仲家，其祸之反所以福之。可见造物之不由人算，其奸险亦何用哉？

————清·王芑孙

大黄芒硝，每多败事。苟得其用，功亦较烈。如大娘之刚健，好在能知大义，故仇氏卒赖以兴，己亦并受其福。奈世之同胞而兄弟，反有愧于异母而巾帼者，抑又何也？

————清·方舒岩

（李汉举）

折　狱

编者按：通过这两则故事，蒲松龄高度赞扬了淄川知县费祎祉断案如神、精明谨慎。在办案中，从不乱动刑罚，而是从细节中发现破绽，细致分析，抽丝剥茧，多方会审，慎之又慎，最终发现真相，锁定真凶，水落石出。费知县的公正廉明，断案如神，在于他有一颗仁爱之心和以身护法的浩然正气，这是很值得我们学习的。费知县求真务实的风格，正与当下习近平总书记对新时期领导干部提出的"五个过硬"要求相符，我们的领导干部，要坚定理想信念，站稳政治立场，挺起腰杆、依纪依法、公正公开办事，敢于刀刃向内，自觉接受群众监督，认真履行人民赋予的权力，断出经得起历史实践检验的铁案，争做人民满意的时代答卷人。

【原文】

邑之西崖庄，有贾某被人杀于途；隔夜，其妻亦自经死。贾弟鸣于官。时浙江费公祎祉令淄，亲诣验之。见布袱裹银五钱余，尚在腰中，知非为财也者。拘两村邻保，审质一过，殊少端绪，并未榜掠，释散归；但命约地细察，十日一关白而已，逾半年，事渐懈。贾弟怨公仁柔，上堂屡噪。公怒曰："汝既不能指名，欲我以桎梏加良民耶！"呵逐而出。贾弟无所伸诉，愤葬兄嫂。

一日，以逋赋故，逮数人至，内一人周成，惧责，上言钱粮措办已足，即于腰中出银袱，禀公验视。公验已，便问："汝家何里？"答云："某村。"又问："去西崖几里？"答："五六里。"
公云："去年，被杀贾某，系汝何人？"答曰："不识其人。"公
勃然曰："汝杀之，尚云不识耶！"周力辨，不听，严梏之，果
伏其罪。

先是，贾妻王氏，将诣姻家，惭无钗饰，聒夫，使假于邻。
夫不肯。妻自假之，颇甚珍重。归途，卸而裹诸袱，内袖中；既
至家，探之已亡。不敢告夫，又无力偿邻，懊恼欲死。是日周适
拾之，知为贾妻所遗，窥贾他出，半夜逾垣，将执以求合。时溽
暑，王氏卧庭中，周潜就淫之。王氏觉，大号。周急止之，留袱
纳钗。事已，妇嘱曰："后勿来，吾家男子恶，犯恐俱死！"周
怒曰："我挟勾栏数宿之赀，宁一度可偿耶？"妇慰之曰："我非
不愿相交，渠常善病，不如从容以待其死。"周乃去，于是杀
贾，夜诣妇曰："今某已被人杀，请如所约。"妇闻大哭，周惧
而逃，天明，则妇死矣。

公廉得情，以周抵罪。共服其神，而不知所以能察之故。公
曰："事无难辨，要在随处留心耳。初验尸时，见银袱刺卍字
文，周袱亦然，是出一手也。及诘之，又云无旧，词貌诡变，是
以确知其真情也。"

异史氏曰："世之折狱者，非悠悠置之，则缧系数十人而狼
藉之耳。堂上肉鼓吹，喧阗旁午，遂颦蹙曰：'我劳心民事也。'
云板三敲，则声色并进，难决之词，不复置诸念虑，专待升堂
时，祸桑树以烹老龟耳。呜呼！民情何由得哉！余每谓：'智者
不必仁，而仁者则必智；盖用心苦则机关出也。''随在留心'
之言，可以教天下之宰民社者矣。"

邑人胡成，与冯安同里，世有隙。胡父子强，冯屈意交欢，

胡终猜之。一日，共饮薄醉，颇倾肝胆。胡大言："勿忧贫，百金之产无难致也。"冯以其家不丰，故嗤之。胡正色曰："实相告：昨途遇大商，载厚装来，我颠越于南山眢井中矣。"冯又笑之。时胡有妹夫郑伦，托为说合田产，寄数百金于胡家，遂尽出以炫冯，冯信之。既散，阴以状报邑。公拘胡对勘，胡言其实，问郑及产主，不讹。乃共验诸眢井。一役缒下，则果有无首之尸在焉。胡大骇，莫可置辩，但称冤苦。公怒，击喙数十，曰："确有证据，尚叫屈耶！"以死囚具禁制之。尸戒勿出，惟晓示诸村，使尸主投状。

逾日，有妇人抱状，自言为亡者妻，言："夫何甲，揭数百金出作贸易，被胡杀死。"公曰："井有死人，恐未必即是汝夫。"妇执言甚坚。公乃命出尸于井，视之，果不妄。妇不敢近，却立而号。公曰："真犯已得，但骸躯未全。汝暂归，待得死者首，即招报令其抵偿。"遂自狱中唤胡出，呵曰："明日不将头至，当械折股！"役押终日而返，诘之，但有号泣。乃以桎具置前作刑势，却又不刑，曰："想汝当夜扛尸忙迫，不知堕落何处，奈何不细寻之？"胡哀冤，祈容急觅。公乃问妇："子女几何？"答言："无。"问："甲有何戚属？"云："但有堂叔一人。"公慨然曰："少年丧夫，伶仃如此，其何以为生矣！"妇乃哭，叩求怜悯。公曰："杀人之罪已定，但得全尸，此案即消；消案后，速醮可也。汝少妇，勿复出入公门。"妇感泣，叩头而下。公即票示里人，代觅其首。

经宿，即有同村王五，报称已获。问验既明，赏以千钱。唤甲叔至，曰："大案已成；然人命重大，非积岁不能得结。侄既无出，少妇亦难存活，早令适人。此后亦无他务，但有上台检驳，止须汝应身耳。"甲叔不肯，飞两签下；再辩，又一签下。甲叔惧，应之而出。妇闻，诣谢公恩。公极意慰谕之。又谕："有买妇者，当堂关白。"既下，即有投婚状者，盖即报人头之王五也。公唤妇上，曰："杀人之真犯，汝知之乎？"答以："胡成。"公曰："非也。汝与王五乃真犯耳。"二人大骇，力辩冤诬。公曰："乃久知其情，所以迟迟而发者，恐有万一之屈耳。尸未出井，何以确信为汝夫？盖先知其死矣。且甲死犹衣败絮，数百金何所自来？"又谓王五曰："头之所在，汝何知之熟也！所以如此其急者，意在速合耳。"两人惊颜如土，不能强置一词。并械之，果吐其实。盖王五与妇私已久，谋杀其夫，而适值胡成之戏也。乃释胡。冯以诬告，重笞，徒三年。事既结，并未妄刑一人。

异史氏曰："我夫子有仁爱名，即此一事，亦以见仁人之用心苦矣。方宰淄时，松裁弱冠，过蒙器许，而驽钝不才，竟以不舞之鹤为羊公辱。是我夫子生平有不哲之一事，则松实贻之也。悲夫！"

【译文】

淄川县西崖庄，有一个姓贾的被人在途中杀死，隔了一夜，他的妻子也上吊死了，贾某的弟弟告到县衙。当时任淄川县令的是浙江人费祎祉，他亲自去勘验现场。他看到死者腰里的包袱里包裹着五钱多的银子，知道不是为财杀人。于是，传来两村的邻居、地保审问了一遍，却没有什么头绪，也没有责打他们，就放他们回家种地去了。只是命乡约、地保留心观察，每十天向他汇报一次情况。过了半年，案子办理渐渐地松懈下来。贾某的弟弟抱怨县令心慈手软，多次上公堂吵闹，县令大怒，说："你既不能指出谁是凶手，想要我对良民用刑，这怎么能行呢？"呵斥了他一顿，逐出公堂。贾某的弟弟无处申冤，只好愤愤地把兄嫂埋葬了。

因为逃税的缘故，县里抓捕了好几个人，其中有一人叫周成，害怕责打，告诉县令，他已经把钱粮筹措到了，随即从腰间掏出装银子的包袱，交给县令验视。县令费公验视后，便问："你家住哪里？"周成回答说："某村。"又问道："到西崖庄几里路？"回答说："五六里。"县令费公问："去年被杀的贾某，是你的什么人？"回答说："不认识这个人。"费公勃然大怒，说："你杀了他，还说不认识！"周成竭力辩解，费公不听，严刑拷打，果然认罪伏法。

原来是贾某的妻子王氏要去走亲戚，因为没有首饰佩戴，感到很没有面子，就吵闹着让丈夫去邻居家借，丈夫不肯去，妻子王氏就自己跑去借来贵重的首饰，心里很珍重。在回来的途中，王氏摘下首饰包裹起来放到袖子里，等回到家，伸手到袖中一摸，首饰不见了。王氏不敢告诉丈夫贾某，又无力偿还，苦恼得要死。这天，周成恰好捡到了首饰，知道是贾某的妻子丢失的，偷窥到贾某外出，周成半夜翻墙入院，想以首饰要挟王氏与他苟合。当时正值暑热，王氏睡在院子里，周成潜入想强奸她，王氏惊觉大喊，周成急忙制止，给了她首饰，留下了包袱。完事后，王氏嘱咐周成："以后不要再来了，我家男人很凶，让他知道了，恐怕都要死。"周成怒气冲冲地说："我带着嫖妓好几夜的钱，只和你做一次就能抵偿吗？"王氏宽慰他说："不是我不愿意与你相交，我男人常常患病，不如慢慢来，等他死了。"周成走了，就在贾某回来的路途中把他杀了。到了晚上，他到王氏家与王氏说："现在你男人已经被人杀了，你要按照所说的办。"王氏听说后号啕大哭，周成惧怕惊动邻居，逃走了。天亮以后，王氏也死了。

县令费公查明实情，将周成抵罪。人们都佩服费公办案神明，而不知道所以能查明案情的缘故。费公说："案子并不难办，只是要随处留意罢了。当初勘验尸体的时候，看到死者包银子的包袱上有卍字纹，周成的包袱上也有这个卍字纹，是出自一人之手。等到审问他时，他又说不认识贾某，言辞诡诈，神态多变。因此就知道真实案情。"

异史氏说："世上审理案件的官员，不是悠悠忽忽地长期拖延，就是囚禁十几个人折磨，堂下打板子声、呼叫求饶声交织喧腾。官老爷皱起眉头，说：'我这全是为老百姓们操心尽力呀！'他听见云板三声，连忙打点退堂，看女人、听歌声，难断的官司，一股脑儿放在脑后；专等升堂时左牵右连，乱敲一顿。唉！这样做，怎么能了解民情呢！我常说，'智谋多的人不一定德行好，德行好的人一定要智谋多'。费尽苦心，才能想出妙计啊！费公说要'随处留意'，这句话可以教导天下所有的地方官员。"

淄川县里有个叫胡成的人，与冯安同村，两家自祖上就不和，胡家父子非常强势，冯安曲意同他交往，胡成对冯安的交好非常猜忌。一天，他俩一起喝酒，有点醉意，就互相倾诉心里话。胡成大言不惭地说："不要为贫穷发愁，百两银子的资产不难弄到。"冯安认为胡成家产并不富裕，便嘲笑他。胡成却正儿八经地说："实话告诉你，昨天在路上遇到一个有钱的大商人，车上装满了货物，我把他扔进南山的枯井里了。"冯安又嘲笑他。当时，胡成有个妹夫郑伦，托他说和购置田产的事，寄放在胡成这里数百两银子，于是胡成就借此炫耀，冯安确实相信了。散席后，冯安偷偷地写了诉状告到县衙，县令费公抓捕胡成对质，胡成说了实情。费公又问郑伦及卖地的人，没有差错。于是一起到南山察验枯井，一个衙役用绳子坠到井底，果然发现井底有具无头尸体。胡成吓坏了，无法辩白，只是大喊冤枉。县令费公大怒，命衙役掌嘴数十下。说："证据确凿，还叫冤屈！"用死刑犯的刑具铐上关起来。尸体暂时不让弄出来，只让衙役告知各村，让死者家属呈递诉状。

过了一天，有一位妇人捧着诉状来到县衙，说是死者的妻子，并说"丈夫何甲，贷了数百两银子出门做生意，被胡成杀害。"县令费公说："井里确有死人，恐怕未必是你的丈夫。"妇人执意说是她的丈夫，于是费公下令把尸体从井里弄上来。众人看见，果然是何甲。妇人不敢靠近，站在远处哭喊。费公说："真凶已经找到了，但是死者的尸体不全。你暂且回去，等到找到尸体的头颅，即刻公开判决，令胡成给你丈夫抵命。"于是从狱中把胡成叫出来，呵斥道："明天不把头颅交出来，就用刑具把你的大腿折断！"差役押着胡成出去寻找，找了一天才回来，县令追问头颅找到了没有，胡成只是哀号哭泣。就将刑具放到他的面前，做出要对他用刑的架势，却又不马上用刑，然后说："想必你那晚扛尸丢弃时慌忙急迫，头颅不知掉在哪里了，怎么不仔细寻找？"胡成哀号喊冤，恳请县令让他再去寻找。县令问妇人："你有几个子女？"回答说："没有。"县令问："何甲有没有亲属？"答："只有一个堂叔。"县令感慨说："年轻轻的就死了丈夫，孤苦伶仃的，今后你怎么生活呢？"妇人就哭，求县令怜悯。县令费公说："杀人的罪名已经确定，只等尸体一全，案件就能完结；结案后，赶快找个人家嫁了。你一个年轻妇人，不要再出入公门了。"妇人感激涕零，磕头拜谢下了堂。费公立即悬牌通告村里人，替官府寻找尸体的头颅。

过了一夜，就有同村的王五，报称找到了头颅。县令审问勘验清楚后，赏给他一千钱。县令又传唤何甲的叔父到堂，问道："案子已经查清，但是人命重大，不到一年不能结案。你侄儿既然没有子女，一个年轻的少妇也难以生活，让她早点嫁人吧。以后也没有别的事情，只有上司来复查时，需要你出面应对。"何甲的堂叔不肯，费公从堂上扔下两根签；再申辩，又扔下一根签。甲叔害怕了，只好答应，退下堂来。妇人听到这个消息后，到公堂拜谢费公。费县令极力安慰她，又传令："有愿意买这妇人做妻子的，到堂上禀告一声。"妇人下堂后，就有投婚状的人，原来就是找到人头的王五。县令传唤妇人上堂，问："真正的杀人凶手，你知道是谁吗？"妇人回答说："胡成。"费公说："不是。你与王五才是真正的凶犯！"二人惊恐，极力辩白，大呼被冤枉诬陷。费公说："我早已知道其中详情！之所以拖到现在才说，是怕万一屈枉了好人！尸体没有弄出枯井，你怎么能确信就是你丈夫？是因为此前你就知道你丈夫死在枯井里了！况且何甲死的时候还穿着破烂衣服，数百两银子从哪里弄来？"又对王五说："人头在哪里，你怎么知道得那样清楚？你之所以这样急迫，是打算早点娶到这妇人罢了！"两人吓得面色如土，一句话也说不出来。县令费公命严刑拷问，果然都吐露了实情。原来王五与妇人私通已久，两人合谋杀了她的丈夫，恰巧碰上胡成开了杀人玩笑。费县令于是释放了胡成。冯安以诬告罪，被重重地打了顿板子，判了三年劳役。直到案子了结，县令费公没有对一个无辜的人动用刑罚。

异史氏说："我的师长费公有仁爱的好名声，就从这件事也可见他处理事情是多么辛勤。他在淄川当县令时，我才十九岁，承蒙他过分器重和称赞；而我才能低下，竟然没有取得功名，使他很尴尬。如果说费公有不明智之处，那就是我所造成的。可悲啊！"

【延伸阅读】

果仁爱，则无时无处而不用心。心之所在，如镜高悬，物来自照；而又衡其轻重，发以周详，使之自投，无可复遁，至罪人斯得，传为美谈。不知迟迟而发之时，费无限心思，费无限筹画。伊古以来，岂有全不用心之神明哉！

——清·但明伦

聊斋不如人，只甲乙两科耳。为问当时两科中人至今有一存者否？而聊斋名在千古。费公知人之名，转借聊斋以传，呜呼幸哉！

——清·冯镇峦

总观《折狱》数篇，知宰民社者惟患不关心耳。倘能随处留心，何患心情不得，狱之不能折哉！

——清·王芑孙

（王清平）

菱　角

编者按： 故事写胡大成与漂亮机智的少女菱角一见钟情并订下婚约，然而却因战乱与母亲和未婚妻分离。他流落在外地时，遇到一个卖身的妇人。这个妇人卖身的条件非常奇特，她不当人奴婢也不做人妻子，只肯做人母亲。别人都笑她痴心妄想，只有大成怜悯她，果真把她当母亲一样侍奉，也正是因为这个善举，后来大成才能与母亲和未婚妻一家团聚。"老吾老以及人之老，幼吾幼以及人之幼"，这是中华民族的传统美德，也是儒家"仁爱"思想的具体表现。我们应该积极推动中华优秀传统美德同共产主义道德相适应，推动中华优秀传统文化创造性转化和创新性发展，使之更好适应和服务于我们当前和今后的社会主义现代化建设。

【原文】

胡大成，楚人。其母素奉佛。成从塾师读，道由观音祠，母嘱过必入叩。一日，至祠，有少女挽儿遨戏其中，发裁掩颈，而风致娟然。时成年十四，心好之。问其姓氏，女笑云："我祠西焦画工女菱角也。问将何为？"成又问："有婿家否？"女酡然曰："无也。"成言："我为若婿，好否？"女惭云："我不能自主。"而眉目澄澄，上下睨成，意似欣属焉。成乃出。女追而遥告曰："崔尔诚，吾父所善，用为媒，无不谐。"成曰："诺。"因念其慧而多情，益倾慕之。归，向母实白心愿。母止此儿，常恐拂之，即浼崔作冰。焦责聘财奢，事已不就。崔极言成清族美才，焦始许之。

成有伯父，老而无子，授教职于湖北。妻卒任所，母遣成往奔其丧。数月将归，伯又病，亦卒。淹留既久，适大寇据湖南，家耗遂隔。成窜民间，吊影孤惶而已。一日，有媪年四十八九，萦回村中，日昃不去。自言："离乱罔归，将以自鬻。"或问其价，言："不屑为人奴，亦不愿为人妇，但有母我者，则从之，不较直。"闻者皆笑。成往视之，面目间有一二颇肖其母，触于怀而大悲。自念只身，无缝纫者，遂邀归，执子礼焉。媪喜，便为炊饭织屦，劬劳若母。拂意辄谴之；而少有疾苦，则濡呴过于所生。忽谓曰："此处太平，幸可无虞。然儿长矣，虽在羁旅，大伦不可废。三两日，当为儿娶之。"成泣曰："儿自有妇，但间阻南北耳。"媪曰："大乱时，人事翻覆，何可株待？"成又泣曰："无论结发之盟不可背，且谁以娇女付萍梗人？"媪不答，但为治帘幌衾枕，甚周备。亦不识所自来。

一日，日既夕，戒成曰："烛坐勿寐，我往视新妇来也未。"遂出门去。三更既尽，媪不返，心大疑。俄闻门外哗，出视，则一女子坐庭中，蓬首啜泣。惊问："何人？"亦不语。良久，乃言曰："娶我来，即亦非福，但有死耳！"成大惊，不知其故。女曰："我少受聘于胡大成，不意胡北去，音信断绝。父母强以我归汝家。身可致，志不可夺也！"成闻而哭曰："即我是胡某。卿菱角耶？"女收涕而骇，不信。相将入室，即灯审顾，曰："得无梦耶？"于是转悲为喜，相道离苦。

先是，乱后，湖南百里，涤地无类。焦携家窜长沙之东，又受周生聘。乱中不能成礼，期是夕送诸其家。女泣不盥栉，家中强置车中。至途次，女颠堕其下。遂有四人荷肩舆至，云是周家迎女者，即扶升舆，疾行若飞，至是始停。一老姥曳入，曰："此汝夫家，但入勿哭。汝家婆婆，旦晚将至矣。"乃去。成诘知情事，始悟媪神人也。夫妻焚香共祷，愿得母子复聚。

母自戎马戒严，同侪人妇奔伏涧谷。一夜，噪言寇至，即并张皇四匿。有童子以骑授母。母急不暇问，扶肩而上，轻迅剽遫，瞬息至湖上。马踏水奔腾，蹄下不波。无何，扶下，指一户云："此中可居。"母将启谢，回视其马，化为金毛犼，高丈余，童子超乘而去。母以手挝门，豁然启扉。有人出问，怪其音熟，视之，成也。母子抱哭。妇亦惊起，一门欢慰。疑媪为大士现身。由此持观音经咒益虔。遂流寓湖北，治田庐焉。

【译文】

有个叫胡大成的，是楚地人，他的母亲素来信奉佛教。大成跟着私塾老师读书，经过观音祠，他的母亲嘱咐他路过一定进去叩拜观音。这一天，大成走进祠庙，看见有个少女领着一个小孩在里面玩。少女的头发才掩住脖子，但风姿秀美。这年大成十四岁，心里对她产生了好感。问她的姓氏，那少女笑着说："我是祠西焦画工的女儿菱角，问这个做什么？"大成又问："你有婆家了吗？"少女羞红了脸，说道："没有。"大成说："我做你的丈夫好吗？"少女羞涩地说："我不能自己做主。"少女说话间目光晶莹含情，偷偷地上下打量大成，看起来好像欣然同意的样子。大成走出观音祠，少女追过去远远地告诉他："崔尔诚是我父亲的好朋友，请他做媒人，没有不成功的。"大成说："好。"感念菱角聪慧多情，心中就更加爱慕她了。回到家里，大成向母亲表白了心愿。母亲只有这一个儿子，总怕违背他的心意，就央求崔尔诚做媒。焦父索要聘礼很多，婚事差点没有说成。崔尔诚极力夸赞大成是清白人家，人才出众，焦父这才答应。

大成有个伯父，年老无子，在湖北担任教官。伯母在当地病逝后，母亲让大成去湖北奔丧。过了几个月，大成将要返乡时，他的伯父又病了，不久也去世了。大成逗留了很久，适逢强盗占据湖南，他与家中音信断绝。流浪到了乡间，孤立无依，惶惶不可终日。这一天，有个四十八九岁的妇女，在村中绕来绕去。太阳西斜也不走。她自我介绍："我和亲人走散了，没办法回家，要把自己卖掉。"有人问她的价钱，她说："我不屑于做别人的奴仆，也不愿成为别人的妻子，有把我当作母亲的，我才随他去，不计较价钱。"周围听的人都嘲笑她。大成走近细看，女人眉目间有一二分很像他的母亲，触动情怀，十分悲伤。他想自己孤单一人，连缝缝补补的人也没有，就邀请这妇人回家，以儿子的礼节对待她。妇人很高兴，就替大成做饭织鞋，像母亲一样辛苦操劳。若大成不听她的话，就严厉地责备他，但大成稍有点不舒服时，体恤爱护胜过对待亲生儿子。妇人忽然对大成说："这里很太平，没有什么可担忧的事。你年龄大了，虽然流落在外，但伦常大道不可废，再过两三天，我该为你娶亲了。"大成哭了，说："儿子已经有媳妇了，只是阻隔在南北两地。"老妇说："大乱时期，人事皆非，怎么可以像守株待兔那样死等呢？"大成又哭着说："且不说结婚的盟约不敢违背；又有谁家愿意把娇贵的女儿嫁给我这样浮萍一般漂泊不定的人呢？"妇人不回答，只是帮助整治窗帘、帷幔、被子、枕头等，准备得很周全，也不知她从哪里弄来的。

一天，太阳已经西落，妇人嘱咐大成："点着蜡烛坐着，别睡觉，我去看一看新娘子来了没有。"说完就走出家门。过了三更，妇人还没有回来，大成非常疑虑。一会儿，听到屋外有喧哗声。走出一看，见一女子坐在庭院中，头发蓬乱，正在哭泣。大成惊问："你是谁？"她也不回答。过了好一会儿，才说："把我娶来，肯定没有福分，我只有一死！"大成大惊，不知道其中的缘故。女子说："我年少时受聘于胡大成，没料到他到湖北去，音信断绝。虽然父母强迫我嫁到你家，人来了，但我的志向不可改变！"大成闻听哭道："我就是胡大成，你是菱角吗？"女子停住哭泣，非常惊异，但又不相信是真的。两人互相扶着走进屋内，在灯下认真细看，说道："莫非这是做梦？"二人转悲为喜，互相诉说离别相思的痛苦。

起初战乱发生后，湖南百里内荒无人烟。焦画工携带全家流落到长沙东，后来接受了周生的定亲聘礼。由于在战乱中没法成亲，约好今晚送菱角到周家。菱角大哭着不肯梳妆，家里人就强行把她推入车中。到了半路，菱角被颠落车下。就有四个人抬着轿子赶到，自称是周家迎亲的，把菱角扶到轿中，快走如飞，到了这里才停下。一个妇人把菱角带进来，说："这就是你的夫家，只管进去不要哭了，你婆婆明晚就会赶到。"说完就离开了。大成问知实情，这才醒悟那妇人原来是神人。夫妻二人焚香共同祈祷，希望母子能够重新团聚。

大成的母亲自从战事起后，和同乡妇女一起奔到涧谷中。躲了一夜，有人鼓噪说强盗来了，就惊慌地四处躲藏。这时有个童子牵着一匹马交给大成母亲，她焦急中顾不得细问，扶着童子的肩膀上了马。马跑起来轻灵神速，转眼间到了湖上，马竟然踏水奔腾，蹄下不起波浪。不久，童子把大成母亲扶下来，指着一处房子说："你可以住在这里。"大成母亲才要张口感谢，回头见那匹马竟化作了金毛犼，有一丈多高，童子跳上金毛犼飞驰而去。大成母亲用手敲门，门豁然一下自动打开。有个人从里面走出来问她是谁，大成母亲听着声音这么耳熟，感觉奇怪，仔细一看，原来是大成。母子俩抱头痛哭。菱角也被惊起，一家人感到宽慰。猜测那个妇人应该是观音的化身，从此念观音经更加虔诚。于是在湖北定居，买田盖屋。

【延伸阅读】

分来一滴杨枝水，洒作人间并蒂莲。

鬶为人母，自古未闻，成以颇肖其母而迎归执子礼，诚孝之感，已不自今日始矣。

——清·但明伦

（朱　峰）

郭　安

编者按："此等明决，皆是甲榜所为。"蒲松龄深刻地批判了封建科举制度的腐败，同时，对官员草菅人命、不作为、乱作为进行了辛辣的讽刺。防微杜渐，以史为鉴。当今，整顿党的作风，对不担当不作为、乱作为、假作为问题进行专项整治，把纠治形式主义、官僚主义摆在突出位置，推动各级领导干部特别是主要领导干部树立和践行正确政绩观，锤炼过硬作风，展现担当底色。

【原文】

孙五粒，有僮仆独宿一室，恍惚被人摄去。至一宫殿，见阎罗在上，视之曰："误矣，此非是。"因遣送还。既归，大惧，移宿他所；遂有僚仆郭安者，见其榻上空闲，因就寝焉。又一仆李禄，与僮有夙怨，久将甘心，是夜操刀入，扪之，以为僮也，竟杀之。郭父鸣于官。时陈其善为邑宰，殊不苦之。郭哀号，言："半生止此子，今将何以聊生！"陈即判李禄为之子。郭含冤而退。此不奇于僮之见鬼，而奇于陈之折狱也。

济之西邑有杀人者，其妇讼之。邑令怒，立拘凶犯至，拍案骂曰："人家好好夫妇，直令寡耶！即以汝配之，亦令汝妻寡守。"遂判合之。此等明决，皆是甲榜所为，他途不能也。而陈亦尔尔，何途无才！

【译文】

孙五粒家有个僮仆，他独自住在一间屋里，迷迷糊糊地被人带走。来到一座宫殿，只见阎罗王坐在上面，阎罗王仔细地看了看僮仆，说："错了，不是这个人！"于是派人把他送回来。僮仆回来以后，害怕极了，就跑到另一间屋里去睡。有一个叫郭安的仆人，看见僮仆睡的床铺空着，于是就上床睡了。孙五粒家还有个仆人叫李禄，与僮仆夙有积怨，早有报复的意图。这天夜里他拿着刀，进入僮仆的屋子，他伸手摸了摸，误以为床上的人是僮仆，就杀死了他。郭安的父亲告到官府，当时是一个叫陈其善的做县令，这个陈县令并没有严惩李禄。郭安的父亲哀痛地向县令诉说："我这半辈子就只有这一个儿子，现在让我依靠谁生活啊！"陈县令当即判决让李禄给他当儿子。郭父含冤退下了。这件事的奇特不在于僮仆见鬼，而奇特在陈其善的判决上。

济南府西边某县有人杀了人，被害人的妻子来告状。县令大怒，下令立即将凶犯缉拿归案，县令拍案大骂："人家好好的夫妻，你竟然害得她成了寡妇！现在就把你配给她做丈夫，也叫你老婆守寡！"于是就判决两人结为夫妻。这种"英明"的判决，竟然都是进士出身的官员所办的，其他途径出身的官员是断然办不出来的。而陈其善也是这样的。什么途径选拔不出"人才"！

【延伸阅读】

或援经据典，或取怀而予，或如分相偿，未尝不自信曰："此真颠扑不破矣。"不是科甲，如何有此见解？

——清·但明伦

（王清平）

鸱　鸟

编者按：人以品为高，官以德立身。"廉非为政之极，而为政必自廉始。""廉"是中华传统美德的重要范畴，清廉是实现德政的前提，是为政者的基本道德操守。《鸱鸟》一篇讲述一个搜刮民财的县令和同僚喝酒行令时，来了一个由鸱鸟变化而来的少年，少年以酒令斥责了杨县令等人的行为，然后大笑化鸟而去。相较于贪官污吏，原被民间寓为不祥的鸱鸟的叫声都成了传递喜悦的预兆，作者正是以此来讽刺那些贪官污吏阳奉阴违，假借朝廷之名搜刮百姓，同时也表达出对百姓上告无门的不满与无奈。

【原文】

长山杨令，性奇贪。康熙乙亥间，值西塞用兵，市民间骡马辇运粮饷。杨假此搜括，地方头畜一空。周村为商贾所集，趁墟者车马辐辏。杨率健丁悉篡夺之，计不下数百余头。四方估客，无处控告。

时诸令皆以公务在省。会益都令董、莱芜令范、新城令孙，会集旅舍。有山西二商，迎门号诉，盖有健骡四头，俱被抢掠，道远失业不能归，故哀求诸公为缓颊也。三公怜其情，许之。遂命驾共诣杨。杨治具相款。酒既行，众言来意，杨不听，众言之益切。杨举酒促醼以乱之，曰："某有一令，不能者罚。须一天上、一地下、一古人，左右问所执何物，口道何词，随问答之。"便倡云："天上有月轮，地下有昆仑，有一古人刘伯伦。左问所执何物，答云：'手执酒杯。'右问口道何词，答云：'道是酒杯之外不须提。'"范公云："天上有广寒宫，地下有乾清宫，有一古人姜太公。手执钓鱼竿，道是'愿者上钩'。"孙云："天上有天河，地下有黄河，有一古人是萧何。手执一本《大清律》，他道是'赃官赃吏'。"杨有惭色，沉吟久之，曰："某又有之：天上有灵山，地下有泰山，有一古人是寒山。手执一帚，道是'各人自扫门前雪'。"众相视觍然，不作一语，忽一少年入，袍服华整，举手作礼。共挽坐，酌以大斗。少年笑曰："酒且勿饮。闻诸公雅令，愿献刍荛。"众请之。少年曰："天上有玉帝，地下有皇帝，有一古人洪武朱皇帝。手执三尺剑，道是

'贪官剥皮'。"众大笑。杨恚骂曰："何处狂生敢尔！"命隶执之。少年跃登几上，化为鸮，冲帘飞出，集庭树间，回顾室中，作笑声。主人击之，且飞且笑而去。

异史氏曰："市马之役，诸大令健畜盈厩者十之七，而千百为群，作骡马贾者，长山外不数数见也。圣明天子爱惜民力，取一物必偿其值，乌知奉行者流毒若此哉！鸮所至，人最厌其笑，儿女共唾之，以为不祥。此一笑则何异于凤鸣哉！"

【译文】

长山县有个姓杨的县令，为官极其贪婪。康熙乙亥年间，朝廷往西部边疆用兵，购买老百姓的骡马运送军粮。杨县令以此为借口，大肆搜刮，将地方上老百姓的牲畜抢了个干净。周村是商人云集的地方，每逢集日，车水马龙。杨县令率领手下走卒全部抢走，牲畜不少于几百头。各地商人，无处控告。

当时山东各县县令因有公务全在省城里。正好益都县的董县令、莱芜县的范县令和新城县的孙县令一起在旅店里。有两个山西商人在门外大声喊冤。原来，两位商人有四头健壮的骡子，被杨县令抢了，远离家乡，丢失了财产，没法回家，恳求各位老爷给讲讲情。三位县令觉得他们可怜，答应下来，于是一块去拜访杨县令。杨县令置酒款待。酒席上，三人说明来意，杨县令不听。三人说得更加恳切，杨县令忙举杯劝酒来打乱话头说："我有一个酒令，行不上来的罚酒。这个酒令必须是说一个天上的东西，一个地下的东西，还要说个古人。左边的人问手拿什么东西，右边的人问嘴里说什么话，随问随答。"自己先行令，说："天上有个月轮，地下有个昆仑，有个古人叫刘伯伦。左边的人问手拿什么东西，回答是'手持酒杯'，右边的人问嘴里说什么话，说是'喝酒之外的事不要提'。"范县令接着说："天上有广寒宫，地下有乾清宫，有个古人叫姜太公。手持钓鱼竿，嘴里说的是'愿者上钩'。"孙县令说道："天上有条天河，地下有条黄河，有个古人名叫萧何，手拿一本《大清律》，嘴里说的是'赃官赃吏'。"杨县令面有羞惭之色，沉吟了一会儿，说："我又有了一个：天上有座灵山，地下有座泰山，有个古人叫寒山。手里拿把扫帚，说是'各人自扫门前雪'。"三人互相看看，有些惭愧，谁也不说话。忽然，一个少年从门外进来，衣着华丽整洁，对四人举手行礼。大家一块请他坐下，拿大杯让他喝酒。少年笑着说："酒先别喝。听见各位大人雅致的酒令，我也想献献丑。"大家便请他说，少年说道："天上有玉帝，地下有皇帝，有个古人是洪武朱皇帝，他手持三尺剑，说是'赃官应该剥皮'。"大家大笑。杨县令愤怒地骂道："哪里来的狂徒竟敢如此！"命差役抓起来。少年一跃，跳到桌子上，变成了一只猫头鹰，冲出窗帘飞走，落到院子中的树梢上，回头看着室内，发出笑声。杨县令忙拿东西打它，鸮鸟笑着飞走了。

异史氏说："朝廷向民间征购骡马这件差事，使得十分之七的县官们的马厩中充满了健壮的牲畜，而以千百头为一群，做骡马生意的人，在长山县之外却不常见了。圣明的天子爱惜老百姓的财力，取一件东西必定以同样的价值偿还，怎知奉命而行的人却如此为所欲为呢！猫头鹰无论到哪儿，人们都最讨厌它的笑声，一起唾骂它，认为它的笑是不吉利的征兆。可是这一次猫头鹰的一笑就截然不同了，在人们的心目中，大概它和凤凰的鸣叫声没有什么区别吧！"

【延伸阅读】

鸮所至，人最厌其笑，儿女共唾之，以为不祥。此一笑则何异于凤鸣哉！

——异史氏曰

（景晓璇）

第三单元·严私德

单 元 语

严私德，就是要严格约束自己的操守和行为。所有党员、干部都要戒贪止欲、克己奉公，切实把人民赋予的权力用来造福于人民。要把家风建设摆在重要位置，廉洁修身、廉洁齐家，防止"枕边风"成为贪腐的导火索，防止子女打着自己的旗号非法牟利，防止身边人把自己"拉下水"。

——习近平

良好的家风是政德建设的重要组成部分。领导干部是"关键少数"，其家风家教不仅关系到一身之进退、一家之荣辱，而且关系到一个地方、一个领域、一个单位的党风政风和社风民风，是党风廉政建设的晴雨表。2017 年 1 月 6 日，习近平总书记在十八届中央纪委七次全会上强调："修身立德是为政之基，从不敢、不能到不想，要靠铸牢理想信念这个共产党人的魂。面对公和私、义和利、是和非、正和邪、苦和乐的矛盾，是选择前者还是后者，靠的就是觉悟，最终检验的是对党和人民的忠诚。党的领导干部必须讲觉悟、有觉悟。觉悟了，觉悟高了，就能找到自己行为的准星。"

蒲松龄"以文章风节著一时"，其文章写得好，其人更是因注重修身养德而受人敬重。在《聊斋志异》中，蒲松龄通过《画皮》《曾友于》《瞳人语》等篇，告诫为官者，要言行有德、恪守正道、孝悌友爱，要树立良好家风。

画 皮

编者按：蒲松龄告诫世人："愚哉世人！明明妖也，而以为美。迷哉愚人！明明忠也，而以为妄。然爱人之色而渔之，妻亦将食人之唾而甘之矣。天道好还，但愚而迷者不寤耳。可哀也夫！"当今社会纸醉金迷、诱惑遍地，手握权力者，往往成为被诱惑的对象，有些官员经不起诱惑，大搞钱权交易、权色交易。从公仆到贪官，从功臣到罪犯往往只有一步之遥。犹如《画皮》中的王生，在美色的诱惑下，失去了尊严，失去了性命。因此，廉政建设非常重要。通过《画皮》的故事，告诫为官者，应牢固树立防范意识，警惕潜在的危险，面对形形色色的诱惑和干扰，头脑一定要保持清醒的认识，要善于通过现象看本质，识别"披着画皮的厉鬼"，抵御各种诱惑，增强政治免疫力，自觉抵制不正之风和腐朽思想的侵蚀。"流水不腐，户枢不蠹。"只有不断地"三省吾身"，才能坐得稳、行得正、走得远！

【原文】

太原王生，早行，遇一女郎，抱襆独奔，甚艰于步。急走趁之，乃二八姝丽。心相爱乐，问："何夙夜踽踽独行？"女曰："行道之人，不能解愁忧，何劳相问。"生曰："卿何愁忧？或可效力，不辞也。"女黯然曰："父母贪赂，鬻妾朱门。嫡妒甚，朝詈而夕楚辱之，所弗堪也，将远遁耳。"问："何之？"曰："在亡之人，乌有定所。"生言："敝庐不远，即烦枉顾。"女喜，从之。生代携襆物，导与同归。女顾室无人，问："君何无家口？"答云："斋耳。"女曰："此所良佳。如怜妾而活之，须秘密，勿泄。"生诺之。乃与寝合。使匿密室，过数日而人不知也。生微告妻。妻陈，疑为大家媵妾，劝遣之。生不听。

偶适市，遇一道士，顾生而愕。问："何所遇？"答言："无之。"道士曰："君身邪气萦绕，何言无？"生又力白。道士乃去，曰："惑哉！世固有死将临而不悟者！"生以其言异，颇疑女。转思明明丽人，何至为妖，意道士借魇禳以猎食者。无何，至斋门，门内杜，不得入。心疑所作，乃逾垝垣，则室门亦闭。蹑迹而窗窥之，见一狞鬼，面翠色，齿巉巉如锯，铺人皮于榻上，执彩笔而绘之；已而掷笔，举皮，如振衣状，披于身，遂化为女子。睹此状，大惧，兽伏而出。急追道士，不知所往。遍迹之，遇于野，长跪乞救。道士曰："请遣除之。此物亦良苦，甫能觅代者，予亦不忍伤其生。"乃以蝇拂授生，令挂寝门。临别，约会于青帝庙。生归，不敢入斋，乃寝内室，悬拂焉。一更许，闻门外戢戢有声，自不敢窥也，使妻窥之。但见女子来，望拂子不敢进，立而切齿，良久乃去。少时，复来，骂曰："道士吓我。终不然，宁入口而吐之耶！"取拂碎之，坏寝门而入。径登生床，裂生腹，掬生心而去。妻号。婢入烛之，生已死，腔血狼藉。陈骇涕不敢声。

明日，使弟二郎奔告道士。道士怒曰："我固怜之，鬼子乃敢尔！"即从生弟来。女子已失所在。既而仰首四望，曰："幸遁未远。"问："南院谁家？"二郎曰："小生所舍也。"道士曰："现在君所。"二郎愕然，以为未有。道士问曰："曾否有不识者一人来？"答曰："仆早赴青帝庙，良不知，当归问之。"去，少顷而返，曰："果有之。晨间一妪来，欲佣为仆家操作，室人止之，尚在也。"道士曰："即是物矣。"遂与俱往。仗木剑，立庭心，呼曰："孽鬼！偿我拂子来！"妪在室，惶遽无色，出门欲遁。道士逐击之。妪仆，人皮划然而脱，化为厉鬼，卧嗥如猪。道士以木剑枭其首。身变作浓烟，匝地作堆。道士出一葫芦，拔其塞，置烟中，飗飗然如口吸气，瞬息烟尽。道士塞口入囊。共视人皮，眉目手足，无不备具。道士卷之，如卷画轴声，亦囊之，乃别欲去。陈氏拜迎于门，哭求回生之法。道士谢不能。陈益悲，伏地不起。道士沉思曰："我术浅，诚不能起死。我指一人，或能之，往求必合有效。"问："何人？"曰："市上有疯者，时卧粪土中。试叩而哀之。倘狂辱夫人，夫人勿怒也。"二郎亦习知之。乃别道士，与嫂俱往。

见乞人颠歌道上，鼻涕三尺，秽不可近。陈膝行而前。乞人笑曰："佳人爱我乎？"陈告之故。又大笑曰："人尽夫也，活之何为！"陈固哀之。乃曰："异哉！人死而乞活于我，我阎摩耶？"怒以杖击陈，陈忍痛受之。市人渐集如堵。乞人咯痰唾盈把，举向陈吻曰："食之！"陈红涨于面，有难色；既思道士之嘱，遂强啖焉。觉入喉中，硬如团絮，格格而下，停结胸间。乞人大笑曰："佳人爱我哉！"遂起行，已不顾。尾之，入于庙中。迫而求之，不知所在；前后冥搜，殊无端兆，惭恨而归。既悼夫亡之惨，又悔食唾之羞，俯仰哀啼，但愿即死。方欲展血敛尸，家人伫望，无敢近者。陈抱尸收肠，且理且哭。哭极声嘶，顿欲呕，觉膈中结物，突奔而出，不及回首，已落腔中。惊而视之，乃人心也。在腔中突突犹跃，热气腾蒸如烟然。大异之。急以两手合腔，极力抱挤。少懈，则气氤氲自缝中出。乃裂缯帛急束之。以手抚尸，渐温。覆以衾裯。中夜启视，有鼻息矣。天明，竟活。为言："恍惚若梦，但觉腹隐痛耳。"视破处，痂结如钱，寻愈。

异史氏曰:"愚哉世人!明明妖也,而以为美。迷哉愚人!明明忠也,而以为妄。然爱人之色而渔之,妻亦将食人之唾而甘之矣。天道好还,但愚而迷者不寤耳。可哀也夫!"

【译文】

太原府的王生,天不亮就出门了,遇见一个女子,抱着个包袱独自赶路,步履艰难。王生就快步赶上她,原来是个十五六岁的美丽女子。心里非常喜爱,就问女子:"天还没亮,为何独自出行呢?"女子说:"走路的人,不能为我排解忧愁,何必劳神相问呢。"王生说:"你有什么愁事?或许我可以为你效力,不会推辞。"女子沮丧地说:"父母贪财,把我卖给一个大户人家做妾。正妻是个非常妒忌的人,每天都要辱骂责打我,实在是难以忍受,我要逃到很远的地方去。"王生问:"什么地方?"女子说:"逃亡中的人,哪有一定的地方。"王生说:"我家不远,就委屈你到我家去住吧。"女子很高兴,跟着王生回家了。王生为女子拿着包袱,带着她一同回家了。女子见室中无人,便问:"你没有家眷吗?"王生说:"这是书房。"女子说:"这地方很好。如果可怜我,让我活命,一定要保密,不要泄露消息。"王生答应了她。就同女子上床睡觉去了。把女子藏在密室中,过了好几天也没有人知道。王生稍微把情况透露给妻子。妻子陈氏,怀疑女子是大户人家的陪嫁侍妾,劝王生把女子送走,王生不听。

正好这天王生去集市上,遇见一个道士,道士看到王生后,十分惊愕,就问王生:"你遇见了什么?"王生回答说:"没有。"道士说:"你身上有邪气萦绕,怎么说没有呢?"王生又竭力辩白。道士便离开了。临走时说:"糊涂啊!世上竟然有死到临头还不醒悟的人。"王生对道士说的话感到奇怪,就有点怀疑那女子。转而又想,明明是漂亮女子,怎么会是妖呢?料想是道士借口着魔施法来骗取钱财的。不多久，到了书房院门口，门从里面插着，进不去，心中产生怀疑。于是翻过残缺的院墙。原来室门也关着。王生蹑手蹑脚地走到窗口窥看，见到一个面目狰狞的鬼，青绿的脸，牙齿长而尖利，像锯一样。在榻上铺了张人皮，正手拿彩笔在人皮上绘画；不一会儿扔下笔，举起人皮，像抖动衣服似的抖了几抖，把人皮披到身上，就变成了女子。看到这种情状，王生十分害怕，趴在地上，爬行而出。急忙去追赶道士，却不知他去了哪里。到处寻找，在野外遇见道士，跪在道士面前乞求他解救自己。道士说："请让我赶走他。这鬼也很苦，刚刚能找到替身；我也不忍心伤害它的生命。"于是把蝇拂交给王生，令王生把它挂在卧室门上。临别时，约定在青帝庙相会。王生回去，不敢进书房，于是在内室睡，把蝇拂悬挂在门上。一更左右，听到门外有齿牙磨动的声音，自己不敢去看，叫妻子去窥看情况。只见女子来了，远远望见蝇拂不敢进门；站在那儿咬牙切齿，很久才离去。过了一会儿又回来，骂道："道士吓唬我，难道将吃到嘴里的东西再吐出来吗！"取下蝇拂扯碎，撞坏卧室门进去。径直登上王生的床，撕裂王生的腹腔，掏出王生的心而后离去。王妻号哭。婢女进去用烛一照，王生已死，胸腔里的血流得到处都是。陈氏非常害怕，只是流泪，不敢出声。

第二天，叫王生弟二郎跑去告诉道士。道士发怒说："我本来同情她，鬼东西竟然敢这样！"就跟随二郎一起来到王家。女子已经不知去了哪里。道士仰头向四面眺望，说："幸好逃得不远。"问："南院是谁家？"二郎说："是我家。"道士说："现在你家里。"二郎十分惊愕，认为家中没有。道士问道："是否有一个不认识的人来？"二郎回答说："我早上赶赴青帝庙，实在不知道。我回去问问。"不一会儿回来，说："果然有个这样的人。早晨一个老太婆来，想要为我们家做仆佣，我妻子留下了她，还在我家。"道士说："这就是那个鬼。"

于是和二郎一起到他家。拿着木剑，站在庭院中心，喊道："作孽的鬼东西！赔偿我的蝇拂！"老太婆在屋子里，惊恐万分，吓得脸色大变，出门想要逃跑。道士追上去击打她。老太婆仆倒，人皮哗的一声脱了下来，老太婆变成了恶鬼，躺在地上像猪一样嗥叫。道士用木剑砍下恶鬼的脑袋；鬼身化作浓烟，在地上盘旋，聚成一团。道士拿出一个葫芦，拔去塞子，把葫芦放在浓烟中，浓烟慢慢飘动，葫芦像吸气一样，一会儿就把浓烟全吸了进去。道士塞住葫芦口，把葫芦放入囊中。大家一同去看人皮，皮上眉眼手脚，样样俱全。道士把人皮卷起来，像卷画轴的声音，也装入囊中，于是告别想要离去。陈氏在门口跪拜着迎接他，哭着求问起死回生的办法。道士推辞说无能为力。陈氏更加悲伤，伏在地上不肯起来。道士想了想说："我的法术尚浅，实在不能起死回生。我推荐一个人，或许能做到这一点，去求他一定会有效果。"陈氏问："什么人？"道士说："集市上有个疯子，常常躺在粪土中。你试着去哀求他。如果他发狂侮辱夫人，夫人千万不要发怒。"二郎也熟知这个人，于是告别道士，同嫂嫂一起去找那疯子。

见到一个讨饭的人疯疯癫癫地在道上唱歌，鼻涕流有三尺长，全身肮脏得不能靠近。陈氏跪下来膝行上前。讨饭的人笑着说："美人爱我吗？"陈氏告诉讨饭的人来求他的缘故。讨饭的人又大笑说："人人可以成为你的丈夫，救活他干什么？"陈氏苦苦地哀求他。他就说："奇怪啊！人死了求我把人救活，我是阎王吗？"怒气冲冲地用杖打陈氏。陈氏忍痛挨打。集市上的人渐渐聚拢过来，围得像堵墙。讨饭的人咯出满把的痰和唾沫，举着送向陈氏口边说："吃了它。"陈氏面孔涨得通红，有为难的神色；又想起道士的嘱咐，于是强忍着吃了下去。觉得那东西进入喉咙中，像团棉絮那么硬，格格吞下去，停在胸间。讨饭的人大笑着说："美人爱我啊！"起身就走，头也不回。陈氏尾随着他，进入庙中，想追上去哀求他，不知道他去了哪里；前前后后细细搜寻，一点儿影子也没有，惭愧愤恨地回到家中。既伤心丈夫死得凄惨，又后悔受吃人痰唾的羞辱，呼天抢地地痛哭，只希望马上死去。正想拭去血迹收殓尸首，家中人站着看，没有谁敢靠近。陈氏抱着尸首，把肠子放入腹中，一边整理一边哭，哭到声嘶力竭，突然想要呕吐。觉得胸间那吞下去的硬物突然从口里奔突而出，来不及回头，已经落在王生的胸膛中。陈氏吃惊地看去，竟是人心，在胸膛中突突地跳动，还有像烟一样的热气蒸腾。陈氏感到十分奇怪，急忙用两只手抱合胸腔，极力把两边挤在一起。稍微松劲儿，便有丝丝热气从缝中冒出来。于是撕开丝绸紧紧地缠束胸腔。拿手抚摸尸身，渐渐由凉变温。用被子把尸身盖起来。半夜掀开被子看看，鼻子里已有呼吸了。到天亮，王生竟然活了。对人说："情景恍惚，像在梦中，只觉得腹中隐隐作痛。"看看那被撕破的地方，结了像铜钱那样大的痂，不久就痊愈了。

异史氏说："愚蠢啊，世上的人！明明是妖怪，却以为是美人。糊涂啊，愚笨迷惑的人！明明是忠诚之言，却认为是胡说的妄言。然而爱别人的美色而占有她，自己的妻子也将食人的唾液而认为甘美。恶有恶报，只是愚蠢且糊涂之人执迷不悟啊。真是悲哀啊！"

【延伸阅读】

魅挑生之言甚工。使非有以自持，无不入其彀中矣。然魅之为魅可畏，非魅之魅仍可畏，是故君子慎之。道士以蝇拂授王生，终不能救王生之死，是道士不济。疯者以咯痰唶生妻，乃竟能致王生之生，彼疯者何人？

——清·何守奇

皮曷云画？冶容也。画曷云皮？臭囊也。乃世见容忘臭如王生者，以为眉若远山，眼如秋水，云鬟桃腮，樱唇犀齿，与夫鸡头乳、杨柳腰、金莲步、芙蓉脂肉，聚天下之怡情悦目者悉备于此。一旦抱裯独走，遂逃狮吼之忧；携手同归，我慰蝶随之慕，有不待玉体横陈，而魂已消于阿堵矣。蝇拂悬，寝门折，狞鬼口张，心亡肚裂。呜呼！斩狞鬼首者狞鬼也，非道士也。掬王生心者王生也，非狞鬼也。设狞鬼能不害人，则可以免乎木剑；王生能不渔色，又何至使其妻遭夫亡之惨，复拒食唾之羞？由是观之，较视玉容为臭皮囊更为毛发悚然。其如狂且之不悟何。

——清·方舒岩

（王清平）

曾友于

编者按：《曾友于》叙述了一个大家庭延续两代的骨肉冲突，兄弟手足相残，导致家破人亡，虽最终彻底悔悟，但付出的代价未免太大了。本篇所描写的各种争端与冲突，在现实社会中所在多有，尤有警示意义。而这正诠释了"家和万事兴"的道理，彰显了家风建设的重要意义。"天下之本在国，国之本在家"，家风建设既是家事，也是国事。党的十八大以来，习近平总书记站在实现中华民族伟大复兴的战略高度，把家风建设作为领导干部作风建设的重要内容来抓，"领导干部的家风，不仅关系自己的家庭，而且关系党风政风"。纯正家风，家国兴盛。党员干部要清白做人、勤俭齐家、干净做事、廉洁从政，管好自己和家人，涵养新时代共产党人的良好家风，汇聚起实现中华民族伟大复兴中国梦的磅礴力量。

【原文】

曾翁，昆阳故家也。翁初死未殓，两匡中泪出如渖。有子六，莫解所以。次子悌，字友于，邑名士，以为不祥，戒诸兄弟各自惕，勿贻痛于先人，而兄弟半迁笑之。

先是，翁嫡配生长子成，至七八岁，母子为强寇掳去。娶继室，生三子：曰孝，曰忠，曰信。妾生三子：曰悌，曰仁，曰义。孝以悌等出身贱，鄙不齿，因连结忠、信，若为党。即与客饮，悌等过堂下，亦傲不加礼。仁、义皆忿，与友于谋，欲相仇。友于百词宽譬，不从所谋；而仁、义年最少，因兄言，亦遂止。

孝有女，适邑周氏，病死。纠悌等往挞其姑，悌不从。孝愤然，令忠、信合族中无赖子，往捉周妻，搒掠无算，抛粟毁器，盎盂无存。周告邑宰。宰怒，拘孝等系之，将行申黜。友于惧，见宰自投。友于品行，素为宰所仰重，诸兄弟以是得无苦。友于乃诣周所亲负荆，周亦器重友于，讼遂息。

孝归，终不德友于。无何，友于母张夫人卒，孝等不为服，宴饮如故。仁、义益忿。友于曰："此彼之无礼，于我何损焉？"及葬，把持墓门，不使合厝。友于乃瘗母隧道中。未几，孝妻亡，友于招仁、义同往奔丧。二人皆曰："'期'且不论，'功'于何有！"再劝之，哄然散去。友于乃自往，临哭尽哀。隔墙闻仁、义鼓且吹，孝怒，纠诸弟往殴之。友于操杖先从，入其家，仁觉而逃。义方窬垣，友于自后击仆之。孝等拳杖交加，殴不止。友于横身障阻之。孝怒，让友于。友于曰："责之者，以其无礼也，然罪固不至死。我不怙弟恶，亦不助兄暴。如怒不解，身代之。"孝遂反杖挞友于，忠、信亦相助殴兄，声震里党，群集劝解，乃散去。友于即扶杖诣兄请罪。孝逐去之，不令居丧次。而义创甚，不复食饮。仁代具造讼诸官，诉其不为庶母行服。官签牒拘孝、忠、信，而令友于陈状。友于以面目损伤，不能诣署，但作词禀白，哀求阁寝，宰遂销案不行。义亦寻愈。由是仇怨益深。仁、义皆幼弱，辄被敲楚，怼友于曰："人皆有兄弟，我独无！"友于曰："此两语，我宜言之，两弟何云！"因苦劝之，卒不听。友于遂扃户，携妻子借寓他所，离家五十余里，冀不相闻。

友于在家，虽不助弟，而孝等尚稍有顾忌；既去，诸兄一不当，辄叫骂其门，辱侵母讳。仁、义度不能抗，惟杜门思乘间刺杀之，行则怀刀。

一日，寇所掠长兄成，忽携妇亡归。诸兄弟以家久析，聚谋三日，竟无处可以置之。仁、义窃喜，招去共养之。往告友于，友于亦喜，既归，共出田宅居成。诸兄怒其市惠，登其门窘辱之。而成久在寇中，习于威猛，闻之，大怒曰："我归，更无人肯置一屋；幸三弟念手足，又罪责之。是欲逐我耶！"以石投孝，孝仆。仁、义各以杖出，捉忠及信，并挞无数。成不待其讼先讼之，宰又使人请教友于。友于不得已诣宰，俯首不言，但有流涕。亟问之，惟求公讯。宰乃判孝等各出田产归成，使七分相准。自此仁、义与成倍益爱敬，谈次忽及葬母事，因并泣下。成恚曰："如此不仁，是禽兽也！"遂欲启圹，更为改葬。仁奔告友于，友于急归谏止之。成不听，刻期发墓，作斋于茔。以刀削树，谓诸弟曰："所不衰麻相从者，有如此树！"众唯唯。于是一门皆哭临，安厝尽礼。自此兄弟相安。而成性刚烈，辄批挞诸弟，而于孝等尤甚。惟重友于，盛怒时，友于至，一言可解。孝有所行，成往往不平之，因之孝无一日不至友于所，潜对友于诟诅。友于婉谏，卒不纳。友于不堪其扰，又迁于三泊，僦屋而居，去家益远，音迹遂疏。逾二年，诸弟皆畏惮成，久遂相习，纷竞绝少。

而孝年四十六，生五子：长继业，三继德，嫡出；次继功，四继绩，庶出；又婢生继祖。皆成立。效父旧行，各为党，日相竞，孝亦不能呵止。惟祖无兄弟，年又最幼，诸兄皆得而诟厉之。岳家故近三泊，会诣岳，窃迂道诣叔。入门，见叔家两兄一弟，弦诵怡怡，乐之，久居不言归。叔促之，哀求寄居。叔曰："汝父母皆不之知，我岂惜瓯饭瓢饮乎！"乃归。过数月，夫妻往寿岳母，告父曰："我此行不归矣。"父诘之，因吐微隐。父虑与有夙隙，计难久居。祖曰："父虑过矣。二叔，圣贤也。"遂去，携妻之三泊。友于除舍居之，以齿儿行，使执卷从长子继善。祖最慧，寄籍三泊年余，入云南郡庠。与善闭户研读，祖又讽诵最苦，友于甚爱之。

自祖居三泊，家中兄弟益不相能。一日，微反唇，业诟辱庶母。功怒，刺杀业。官收功，重械之，数日，死狱中。业妻冯氏，犹日以骂代哭。功妻刘闻之，怒曰："汝家男子死，谁家男子活耶！"操刀入，擎杀冯，自投井中，亦死。冯父大立悼女死惨，率诸子弟，藏兵衣底，往捉孝妻，裸挞道上以辱之。成怒曰："我家死人如麻，冯氏何得复尔！"吼奔而出。诸曾从之，诸冯尽靡。成首捉大立，割其两耳。其子护救，继绩以铁杖横击，折其两股。诸冯各被夷伤，哄然尽散。惟冯子犹卧道周。众等莫可方略，成夹之以肘，置诸冯村而还。遂呼绩诣官自首，冯状亦至，于是诸曾被收。

惟忠亡去，至三泊，徘徊门外，犹恐兄念旧恶。适友于率一子一侄入闱归，望见，惊曰："弟何来?"忠长跪道左，友于益骇，握手入，诘得其情，惊曰："且为奈何！一门乖戾，逆知奇祸久矣；不然，胡以窜迹至此？兄离家既久，与大令无声气之通，今即匍伏而往，只取辱耳。但得冯父子伤重不死，吾三人幸有捷者，则此祸可以少解。"乃留之，昼与同餐，夜与共寝。忠颇感愧。居十余日，又见其叔侄如父子，兄弟皆如同胞，凄然下泪曰："今始知曩日非人。"友于亦喜其悔悟，相对酸恻。俄报友于父子同科，祖亦副榜，大喜。不赴鹿鸣，先归展墓。明季科甲最重，诸冯皆为敛息。友于乃托亲友略以金粟，资其医药，讼乃息。举家共泣，乞友于复归。友于乃与兄弟焚香约誓，俾各涤虑自新，遂移家还。

祖从叔，不欲归其家。孝乃谓友于曰："我乏德，不应有亢宗之子。弟又善教，即从其志，俾姑寄名为汝后。有寸进时，可赐还也。"友于从之。后三年，祖果举于乡。使移家去，夫妻皆痛哭，乃去。居数日，祖有子方三岁，亡归友于家，藏继善室，不复返。捉去辄逃。孝乃异其居，令与友于邻。祖启户于隔垣，通叔家，两间定省如一焉。自此成亦渐老，一门事皆取决于友于。因而门庭雍穆，称孝友焉。

异史氏曰："天下惟禽兽止知母而不知父，奈何诗书之家，往往而蹈之也！夫门内之行，其渐渍子孙者，直入骨髓。故古云：'其父杀人报仇，子必行劫。'其流弊然也。孝虽不仁，其报已惨，而卒能自知乏德，托子于弟，宜其有操心虑患之子也。若论果报犹迂也。"

【译文】

曾翁，是昆阳一户世家大族的主人。他刚死还未入殓，两眼中不住地流出泪水。曾翁有六个儿子，都不明白是怎么回事。次子曾悌，字友于，是本邑的名士，认为这不吉利，告诫诸位兄弟小心警惕，不要让死去的父亲感到痛心，但兄弟们多半笑他迂腐。

先前，曾翁的原配妻子生了长子曾成，长到七八岁时，母子二人被强盗掳去。曾翁娶了继室，生三子：孝、忠、信。妾生三子：悌、仁、义。曾孝认为曾悌等出身低贱，瞧不起他们，于是和曾忠、曾信结为一伙。即使会客时，曾悌等人从堂下经过，曾孝也傲慢无礼。曾仁、曾义都很愤怒，和曾友于商量报复。曾友于百般劝解，不听从他们的谋划，而曾仁、曾义年纪最小，听了兄长的话也就放弃了。

曾孝有个女儿嫁给本邑的周氏，病死了。曾孝想纠结曾友于等人去打女儿的婆婆，曾友于没有听从。曾孝很愤怒，让曾忠、曾信召集族里的无赖，前往捉住周妻暴打一顿，抛撒粮食，砸毁东西，锅碗瓢盆荡然无存。周氏告到官府，县官大怒，把曾孝等人抓来关进牢里，要革去曾孝的功名。曾友于很害怕，亲自去向县官自首。曾友于的品行素来为知县敬重，曾孝诸兄弟因此没有受苦。曾友于于是亲自到周家认错赔礼，周氏也很器重他，就撤了官司。

曾孝回家后，始终不感激曾友于。不久，曾友于的母亲张夫人去世，曾孝等兄弟不服孝居丧，依旧宴乐饮酒。曾仁、曾义更加气愤。曾友于说："他们无礼，对我们有什么损害呢？"等下葬时，曾孝等人又把持墓门，不让张夫人和曾翁合葬。曾友于便将母亲安葬在墓道中。不久，曾孝的妻子死了，曾友于招曾仁、曾义一同奔丧。二人说："他尚且不为我们母亲服丧，何况是他妻子！"曾友于一再相劝，二人一哄而散。曾友于就独自前往，痛哭流涕，极尽哀悼之情。听到隔壁的曾仁、曾义在演奏乐曲，曾孝大怒，纠合诸弟前往殴斗。曾友于拿起棍棒率先跟着，进入隔壁家里，曾仁发觉后先逃了。曾义正要爬墙，曾友于从后面将他击倒。曾孝等人拳棍交加，围殴不止，曾友于横身拦阻。曾孝怒，指责曾友于。曾友于说："责打他是因为他无礼，然而罪不至死。我不纵容弟弟的恶行，也不助长兄长的暴力。如果你怒气未消，我愿意以身代他。"曾孝于是转而棍打曾友于，曾忠、曾信也上前帮着他殴打，大呼小叫的声势惊动了邻里，都来劝解，他们才散去。曾友于随即挂杖去向兄长曾孝请罪。曾孝将他赶走，不让他加入守丧的行列。曾义伤势严重，不能饮食。曾仁代他向衙门呈递了状纸，控告曾孝等人不给庶母服丧。知县拘传了曾孝、曾忠、曾信，但让曾友于来陈述情况。曾友于脸上有伤，不能前往衙门，就写了份文书禀告，哀求停止审讯，知县就销了案子。不久，曾义也伤愈了，从此两方仇怨更深了。曾仁、曾义都年幼体弱，动辄被殴打，因此埋怨曾友于说："别人都有兄弟，唯独我们没有！"曾友于说："这两句话，应该是我说，两位弟弟为何这么讲呢！"因此苦劝他们，但他们最终也没听。于是曾友于关闭门户，带着妻儿到其他地方借住，离家五十余里，希望不要再听到兄弟之间的争吵。

　　曾友于在家时，虽然没有帮助弟弟，但曾孝等人对他还有所顾忌；他走之后，曾孝兄弟一不称心，就登门叫骂，还直呼张夫人的名讳，百般侮辱。曾仁、曾义考虑无法与他们对抗，关门不理，但一心想找机会杀他们，出门的时候身上都揣着刀。

　　一天，被强盗掳走的长兄曾成，忽然带着妻子逃回来了。曾氏兄弟早就分了家，聚在一起商量了三天，竟然无处安顿曾成。曾仁、曾义暗自高兴，就将曾成夫妇请去供养他们，还去告诉了曾友于。曾友于很高兴，回到家里，一起拿出田地住宅来安顿曾成。曾孝等人认为他们在卖人情，就上门欺辱。而曾成长期生活在强盗中，习惯了威猛凶横，大怒道："我回到家，无人肯置办一间房子给我；幸好三个兄弟顾念手足之情，你们却责怪他，这是想赶我走嘛！"说完，便用石头砸向曾孝，曾孝被打倒在地。曾仁、曾义拿着棍棒，捉住曾忠、曾信，一并大打一顿。曾成不等曾孝他们告状，先告到县衙，县令又派人来问曾友于。曾友于没办法，只好来见县令，低头不语，只是流泪。知县问他怎么办，他说："只求秉公处理。"县令就判曾孝等人各拿出一份田产给曾成，使兄弟七人的田产均等。从此，曾仁、曾义与曾成更加互相敬爱。当他们谈到安葬母亲的事时，都流下眼泪来。曾成生气地说："如此不仁，真是禽兽啊！"于是想打开坟墓，将庶母改为与父同葬。曾仁忙去告诉曾友于，曾友于急忙回去劝阻。曾成不听，择日打开墓穴，在墓旁举行祭奠。曾成拿刀砍树，对众兄弟说："如果有人不披麻戴孝参加葬礼，就和这棵树一样！"众人都恭敬地答应。于是，一家人都到坟前祭悼，依照丧礼安葬。自此，兄弟们相安无事。但曾成性情刚烈，动辄殴打诸弟，对曾孝弟兄三人尤其厉害。唯独尊重曾友于，即使盛怒时，只要曾友于一句话就能化解。对曾孝的所作所为，曾成往往看不惯，曾孝没有一天不到曾友于处，暗中对曾友于辱骂曾成。曾友于委婉相劝，但曾孝不采纳他的意见。曾友于受不了曾孝的打扰，又搬去三泊，租屋居住，离家更远，音信更少。又过了两年，诸弟都害怕曾成，时间一长也就习惯了，相互的纷争变得很少了。

这年曾孝四十六岁，有五个儿子：长子继业、三子继德，是正妻所生；次子继功、四子继绩，是妾所生；又有丫鬟生了继祖。五个儿子都长大成人了，效仿父亲从前的行为，各自结为一伙，每天互相争斗，曾孝也管不了。只有继祖没有同母兄弟，年纪又小，诸兄都辱骂他。继祖的岳父家在三泊附近，去看望岳父，就绕道去拜望叔叔曾友于。一进门，继祖就看见叔家的两个哥哥和一个弟弟，书声琅琅，和睦融洽，他很喜欢这种生活，住了很久也不说回去。曾友于催他，他就哀求让自己住在这里。曾友于说："你父母都不知道你在这里，我难道是舍不得供你饮食吗！"继祖于是回了家。过了几个月，继祖夫妻要去给岳母拜寿。临行前他告诉父亲说："我这一走就不回来了。"父亲问他原因，继祖便吐露了隐情，曾孝觉得自己和曾友于有旧怨，怕继祖在他那儿难以久住。继祖说："父亲过虑了，二叔是圣贤啊。"然后离开家，带着妻子去了三泊。曾友于收拾出屋子给他们住，把继祖当作亲生儿子看待，让他跟长子继善一起读书。继祖最为聪慧，在三泊住了一年多，考入云南府学。他和继善闭门研读，又最为刻苦，曾友于很喜欢他。

自从继祖住到三泊后，家中兄弟之间更不和睦。一天，稍有口角，继业辱骂了庶母。继功一怒之下，刺死了继业。官府收押了继功，严刑拷打，几天之后继功就死在狱中。继业的妻子冯氏仍然每日以骂代哭。继功的妻子刘氏听了，怒道："你家男人死了，谁家男人活着啊！"持刀冲入继业家，杀死冯氏，然后投井自尽。冯氏的父亲冯大立，哀痛女儿惨死，带领族中子弟，将兵刃藏在衣服里，前去捉住曾孝的妾，在街道上脱光她的衣服打她，以此来羞辱她。曾成怒道："我家已死了多人，冯氏怎么还要如此！"奔吼而出，曾氏子弟跟着他，冯氏都吓得四散而逃。曾成先捉住冯大立，割掉他的两只耳朵；其子上来救护，继绩用铁棍横扫，打断了他的两条腿。冯氏的人都被打伤，一哄而散，只有冯大立的儿子还躺在路边，众人都不知道怎样处置他。曾成用胳膊夹着他，送到冯村后就回来了。然后，曾成叫上继绩到官府自首。而冯家的状纸也呈递到了官府。于是曾家的人都被收押。

只有曾忠逃了，他来到三泊，在曾友于门外走来走去。担心兄长还念念不忘过去的仇怨，恰逢曾友于带着儿子和侄子参加乡试回来，看见曾忠，吃惊地问："弟弟怎么来了？"曾忠挺身跪在路旁。曾友于更感到惊惶不安，拉着他的手进屋，问明了情况，大惊道："像这样可怎么办！然而一家人暴戾凶狠，我早就预料大祸不远了，不然我怎么会躲到这里？但是我离家很久了，与县官没有往来，如今即使爬着去求他，也只是自取其辱罢了。只要冯氏父子伤重不死，而我们三人中有人有幸中举，那么这场灾祸或许可以稍稍化解。"曾友于就留下曾忠，白天与他一起吃饭，晚上与他一起睡觉，曾忠感到很羞愧。他住了十余天，见曾友于和继祖如同父子，继祖和继善他们堂兄弟亲如同胞，伤心落泪说："如今我才知道从前不是人。"曾友于对他的悔悟感到高兴，兄弟俩相互看看，心酸难过。不久，捷报传来，曾友于父子同榜考中，继祖也中副榜，一家人大喜。他们没有去参加鹿鸣宴，而是先回家，到父母墓前祭拜。明代最看重科举，冯氏都收敛了。曾友于于是托亲友给冯氏送去钱粮，出了医药费，这场官司就平息了。合家哭着乞求曾友于搬回家住。曾友于就和兄弟们焚香发誓，让他们洗心革面、改过自新，然后返乡。

继祖跟着叔叔曾友于，不愿回家。曾孝于是对曾友于说："我没有德行，不应有光宗耀祖的儿子。你又善于教人，让他暂时做你的儿子，等他有了进步，你再还给我。"曾友于答应了。又过了三年，继祖果然考中举人。曾友于让他搬回家，继祖夫妻痛哭离去。没过几天，继祖有个三岁的儿子，逃回了曾友于家，藏在伯父继善的房里，不肯回家，弄走就又逃回来。曾孝就让继祖搬出去住，和曾友于为邻。继祖在院墙上开了门，通到曾友于家，两边都一样早晚请安。这时，曾成渐渐老了，家事都由曾友于做主。从此，家门和睦，堪称孝悌友爱。

异史氏说："天底下只有禽兽才只知其母而不知其父，为什么书香门第也会走上这条路！家庭的道德品行对子孙的濡染一直深入骨髓。古人说：'父亲做过强盗，儿子一定会打劫。'这种弊病是习性沿袭的必然结果。曾孝虽然不仁，但是报应也很惨；而且他最终能自知没有德行，把儿子托付给弟弟，合该他有一个谨慎懂事的儿子。若说这是因果报应的话，就太迂腐了。"

【延伸阅读】

曾氏子有达人，复得之庶子也。忠能感泣，自谓非人；孝亦湔除，悔其乏德。雍雍穆穆，门庭一新。《诗》曰："孝子不匮，永锡尔类。"《书》曰："惟孝友于兄弟，施于有政。"其是之谓乎？

——清 · 但明伦

悌固贤，其妻虽未叙及，其贤可想见已。

——清 · 王金范

友于孝友，遂使兄弟阋墙，化为雍睦。人特患处己者有未至耳，孰谓兄弟而卒不可化哉？

——清 · 何守奇

幸有友于，乃可转祸为福，转危为安。不然，孝等乖戾，其祸正未止也。

——清 · 王艺孙

（李汉举）

瞳人语

编者按：孔子谓子产"其行己也恭"，盛赞子产行为庄重，有君子之风。自古以来，行为洁持自重素为中华民族的传统美德，更是共产党员立德修身的重要准则。习近平总书记指出："要加强道德修养，带头弘扬社会主义核心价值观，明辨是非善恶，追求健康情趣，不断向廉洁自律的高标准看齐……做到心有所戒、行有所止，守住底线、不踩红线、不碰高压线。"《瞳人语》篇中书生方栋因行为佻脱不洁持导致双目失明，后改过自新，潜心修德从而重获光明。蒲松龄借此劝诫世人要言行有德，恪守正道，此乃为人之正本。也提醒广大党员应具备儒家思想所倡导的君子之德，在整个中华民族的道德建设中起引领模范作用。

【原文】

长安士方栋，颇有才名，而佻脱不持仪节。每陌上见游女，辄轻薄尾缀之。清明前一日，偶步郊郭。见一小车，朱茀绣幰，青衣数辈款段以从。内一婢，乘小驷，容光绝美。稍稍近觇之，见车幔洞开，内坐二八女郎，红妆艳丽，尤生平所未睹。目眩神夺，瞻恋弗舍，或先或后，从驰数里。忽闻女郎呼婢近车侧，曰："为我垂帘下。何处风狂儿郎频来窥瞻！"婢乃下帘，怒顾生曰："此芙蓉城七郎子新妇归宁，非同田舍娘子，放教秀才胡觑！"言已，掬辙土飏生。

生眯目不可开。才一拭视，而车马已渺。惊疑而返，觉目终不快，倩人启睑拨视，则睛上生小翳，经宿益剧，泪簌簌不得止。翳渐大，数日厚如钱，右睛起旋螺，百药无效，懊闷欲绝，颇思自忏悔。闻《光明经》能解厄，持一卷，浼人教诵。初犹烦躁，久渐自安。旦晚无事，惟跌坐捻珠。持之一年，万缘俱静。忽闻左目中小语如蝇，曰："黑漆似，叵耐杀人！"右目中应曰："可同小遨游，出此闷气。"渐觉两鼻中蠕蠕作痒，似有物出，离孔而去。久之乃返，复自鼻入眶中。又言曰："许时不窥园亭，珍珠兰遽枯瘠死！"生素喜香兰，园中多种植，日常自灌溉，自失明，久置不问。忽闻其言，遽问妻："兰花何使憔悴死？"妻诘其所自知，因告之故。妻趋验之，花果槁矣，大异之。静匿房中以俟之，见有小人自生鼻内出，大不及豆，营营然竟出门去。渐远，遂迷所在。俄连臂归，飞上面，如蜂蚁之投穴者。如此二三日。又闻左言曰："隧道迂，还往甚非所便，不如自启门。"右应曰："我壁子厚，大不易。"左曰："我试辟，得与而俱。"遂觉左眶内隐似抓裂。有顷开视，豁见几物。喜告妻。妻审之，则脂膜破小窍，黑睛荧荧，才如劈椒。越一宿，幛尽消，细视，竟重瞳也。但右目旋螺如故。乃知两瞳人合居一眶矣。生虽一目眇，而较之双目者，殊更了了。由是益自检束，乡中称盛德焉。

异史氏曰："乡有士人，偕二友于途，遥见少妇控驴出其前，戏而吟曰：'有美人兮！'顾二友曰：'驱之！'相与笑骋，俄追及，乃其子妇，心赧气丧，默不复语。友伪为不知也者，评骘殊亵。士人忸怩，吃吃而言曰：'此长男妇也。'各隐笑而罢。轻薄者往往自侮，良可笑也。至于眯目失明，又鬼神之惨报矣。芙蓉城主，不知何神，岂菩萨现身耶？然小郎君生辟门户，鬼神虽恶，亦何尝不许人自新哉！"

【译文】

　　长安有位读书人名叫方栋，有些才子的名声，但行为轻佻，不守礼仪，每逢在路上看到出游的少女，便轻薄地尾随其后。清明的前一天，他偶然去城郊游玩，看见一辆挂着红色绣花帏幔的小车，几个着青衣的丫鬟骑马跟着车子缓慢而行，其中有一个小丫鬟，骑着一匹小马，容貌美丽极了。方栋便稍稍走近窥视。见车上绣帘敞开着，里面有一位十五六岁的女郎，红装艳丽，从来没见过。方栋看得眼花缭乱，心神摇荡，恋恋不舍，就这样或前或后地尾随了好几里路。忽然，他听闻车内女郎把小丫鬟叫到车旁，说："把车帘给我垂下来，哪里来的狂妄书生，一次又一次地偷看我！"小丫鬟于是放下了车帘，愤怒地看着方栋说："这是芙蓉城七公子的新媳妇回娘家，不是一般的乡下女人，让你个秀才可以随便偷看！"说完，从车道上抓了一把土向方栋扬过来。方栋眯着眼睛睁不开，等他擦完眼睛再看时，车马都已经消失不见了。

方栋惊恐疑惑地回到家里，总觉得眼睛不舒服，于是让人给他拨开眼皮检视，发现眼球上长了一层薄膜，过了一夜，更厉害了，眼泪止不住地往下流。后来眼睛中的薄膜越来越大，几天后像铜钱那么厚，而右边的眼球上，更长了一层螺旋状的厚膜，用尽任何药物也不管用。此时方栋心里懊恼郁闷极了，自我忏悔不该行此之事。他听人说诵读《光明经》能解除灾难，于是便手持一卷，请人教他诵经。刚开始时，心内还烦躁不已，但时间久了，他的心情便渐渐平静下来。此后方栋每日心无杂念，只是打坐捻珠，默诵经文。就这样坚持了一年之久，心中的私心杂念消失殆尽了。方栋忽然听见左眼中有细如蚊蝇的声音："这里面黑漆漆的，简直闷死了！"右眼中似有回应："我们一起出去玩玩，解解这闷气吧。"方栋便感觉两个鼻孔中像有东西在蠕动，痒得不得了，像是从鼻孔中爬了出去。过了许久才返回，又穿过鼻孔回到眼眶中去了。接着有声音传来："好久没去园子里的亭台看一看，珍珠兰都已经枯死了！"原来方栋向来喜欢兰花的芳香，在园子里种了很多，每日亲自浇灌，自从双目失明后，已经许久没有过问了，忽然听说兰花都已枯萎，便立刻问妻子："兰花怎么都让它干死了？"妻子问他是怎么知道的，方栋便把刚才的事情告诉了她。妻子忙去花园里察看，兰花果然都已枯死，感到非常惊奇，便悄悄地躲在房中一探究竟。看到有小人从方栋的鼻子中出来，还没有豆粒大，飞来飞去竟飞到房门外去了，渐飞渐远，最后不知所踪。过了一会儿，两个小人挎着胳膊又飞回来了，他们飞到方栋的脸上，就像蜜蜂和蚂蚁入穴一样钻进方栋的鼻孔。如此这般持续了两三日。方栋听左眼中又传来声音："隧道迂回弯曲，来往极不方便，不如我们另外各自开一扇门。"右眼中回应："我这一边的墙壁太厚，想要打开太不容易。"左边的便说："那我来试试看，若能打开，咱俩就住在一起。"方栋便感觉左眼眶内隐隐约约地像被抓裂一样。过了一会儿，方栋睁开眼一看，房间里的桌椅器具等物看得清清楚楚，他高兴地告诉妻子。妻子仔细察看，只见方栋左眼中那层脂膜开了一个小孔，黑眼球荧荧发亮，有半个胡椒粒那么大。又过了一晚，方栋左眼内那层膜完失消失了，细细察看，一个眼睛里竟然有两个瞳仁。但是右眼中螺旋状的厚膜还是老样子，这才知道原来是两个瞳人住到一个眼眶里了。方栋虽然瞎了一只眼睛，但比有一双好眼的人看得更清楚。自此之后，方栋更加检点约束自己的行为，乡邻们都赞赏他品德高尚。

异史氏说："乡里有一位士子，和两个朋友一起赶路，远远望见前面有一位骑毛驴的少妇，调戏道：'有个大美人啊！'看着两个朋友说：'追上她！'三个人一边笑一边向前飞奔，很快就追上了，竟是他儿媳妇，又是害羞又是懊丧，一声不吭。朋友装作不了解，对那少妇评头论足，十分下流。士子很不好意思，结结巴巴地说：'这是我大儿媳妇。'朋友这才忍住笑作罢。轻薄的人往往自取其辱，确实可笑。至于眯眼导致失明，更是鬼神给的惨重报应了。不知道芙蓉城主是何方神圣，是不是菩萨显现的身形呢？然而那个小郎君为方栋的眼开了一个门，鬼神虽然威猛残暴，又何尝不允许人悔过自新呢？"

【延伸阅读】

此一则勉人改过也。轻薄之行，鬼神所忌。余尝譬之水深则所载者重，土厚则所植者蕃。浅水不能载舟，且滞而将腐矣；硗土不能植物，且削而就圮矣。天之生我至重，而顾自轻之；天之待我至厚，而顾自薄之。不福之求，而惟祸之速；甚至鬼神示警，犹不自知悔悟，自觅生机，则夜台薶镜，能不为此辈设乎？菩萨现身，救度众生苦厄，愿善男子、善女人，回头是岸，立证菩提。善果既植，即以求富贵寿考，亦且立竿见影矣。

——清·但明伦

此即罚淫，与《论语》首论为学、孝弟，即继以戒巧言令色意同。

——清·何守奇

（谭 莹）

王 成

编者按：道德是人类社会言行规范的重要准则，"孝子百世之宗""质直而好义"，向来为中华传统美德所倡导。习近平总书记指出："严私德，就是要严格约束自己的操守和行为。"时刻注重修身养德，内心便会形成积极的自律力量，从而正心明道，整个社会才能不断进步。蒲松龄通过对书生王成"完钗、事孝、亡金不讼"等情节的描写，颂扬了一个正直有节的君子形象，表达了其崇尚言行有德、恪守正德的理想信念。

【原文】

王成，平原故家子。性最懒，生涯日落，惟剩破屋数间，与妻卧牛衣中，交谪不堪。时盛夏燠热，村外故有周氏园，墙宇尽倾，惟存一亭，村人多寄宿其中，王亦在焉。既晓，睡者尽去，红日三竿，王始起，逡巡欲归。见草际金钗一股，拾视之，镌有细字云："仪宾府造。"王祖为衡府仪宾，家中故物，多此款式，因把钗踟蹰。欻一妪来寻钗。王虽故贫，然性介，遽出授之。妪喜，极赞盛德，曰："钗值几何，先夫之遗泽也。"问："夫君伊谁?"答云："故仪宾王柬之也。"王惊曰："吾祖也，何以相遇?"妪亦惊曰："汝即王柬之之孙耶! 我乃狐仙。百年前与君祖缱绻，君祖殁，老身遂隐。过此遗钗，适入子手，非天数耶!"王亦曾闻祖有狐妻，信其言，便邀临顾。妪从之。王呼妻出见，负败絮，菜色黯焉。妪叹曰："嘻! 王柬之孙子，乃一贫至此哉!"又顾败灶无烟，曰："家计若此，何以聊生?"妻因细述贫状，呜咽饮泣。妪以钗授妇，使姑质钱市米，三日外请复相见。王挽留之。妪曰："汝一妻不能自存活，我在，仰屋而居，复何裨益?"遂径去。王为妻言其故，妻大怖。王诵其义，使姑事之，妻诺。愈三日，果至，出数金，籴粟麦各石。夜与妇共短榻。妇初惧之，然察其意殊拳拳，遂不之疑。

翌日，谓王曰："孙勿惰，宜操小生业，坐食乌可长也!"王告以无赀。曰："汝祖在时，金帛凭所取，我以世外人无需是物，故未尝多取。积花粉之金四十两，至今犹存。久贮亦无所用，可将去，悉以市葛，刻日赴都，可得微息。"王从之，购五十余端以归。妪命趣装，计六七日可达燕都。嘱曰："宜勤勿懒，宜急勿缓，迟之一日，悔之已晚!"王敬诺，囊货就路。中途遇雨，衣履浸濡。王生平未历风霜，委顿不堪，因暂休旅舍。不意淙淙彻暮，檐雨如绳，过宿，泞益甚。见往来行人，践淖没胫，心畏苦之。待至亭午，始渐燥，而阴云复合，雨又大作。信宿乃行。将近京，传闻葛价翔贵，心窃喜。入都，解装客店，主人深惜其晚。先是，南道初通，葛至绝少。贝勒府购致甚急，价顿昂，较常可三倍。前一日方购足，后来者，并皆失望。主人以故告王。王郁郁不得志。越日，葛至愈多，价益下。王以无利不肯售。迟十余日，计食耗烦多，倍益忧闷。主人劝令贱鬻，改而他图。从之。亏赀十余两，悉脱去。早起，将作归计，启视囊中，则金亡矣。惊告主人，主人无所为计。或劝鸣官，责主人偿。王叹曰："此我数也，于主人何尤？"主人闻而德之，赠金五两，慰之使归。

　　自念无以见祖母，蹀躞内外，进退维谷。适见斗鹑者，一赌辄数千；每市一鹑，恒百钱不止。意忽动，计囊中赀，仅足贩鹑，以商主人，主人呕怂恿之。且约假寓饮食，不取其直。王喜，遂行。购鹑盈儋，复入都。主人喜，贺其速售。至夜，大雨彻曙；天明，衢水如河，淋零犹未休也。居以待晴，连绵数日，更无休止。起视笼中，鹑渐死。王大惧，不知计之所出。越日，死愈多，仅余数头，并一笼饲之。经宿往窥，则一鹑仅存。因告主人，不觉涕堕，主人亦为扼腕。王自度金尽罔归，但欲觅死，主人劝慰之。共往视鹑，审谛之曰："此似英物。诸鹑之死，未必非此之斗杀之也。君暇亦无所事，请把之；如其良也，赌亦可以谋生。"王如其教。既驯，主人令持向街头，赌酒食。鹑健甚，辄赢。主人喜，以金授王，使复与子弟决赌，三战三胜。半年许，积二十金。心益慰，视鹑如命。

　　先是，大亲王好鹑，每值上元，辄放民间把鹑者入邸相角。主人谓王曰："今大富宜可立致，所不可知者，在子之命矣。"因告以故，导与俱往。嘱曰："脱败，则丧气出耳。倘有万分一，鹑斗胜，王必欲市之，君勿应；如固强之，惟予首是瞻，待首肯而后应之。"王曰："诺。"至邸，则鹑人肩摩于墀下。顷之，王出御殿。左右宣言："有愿斗者上。"即有一人把鹑，趋而进。王命放鹑，客亦放，略一腾踔，客鹑已败，王大笑。俄顷，登而败者数人。主人曰："可矣。"相将俱登。王相之，曰："睛有怒脉，此健羽也，不可轻敌。"命取铁喙者当之。一再腾跃，而王鹑铩羽。更选其良，再易再败。王急命取宫中玉鹑。片时把出，素羽如鹭，神骏不凡。王成意馁，跪而求罢，曰："大王之鹑，神物也，恐伤吾禽，丧吾业矣。"王笑曰："纵之。脱斗而死，当厚尔偿。"成乃纵之，玉鹑直奔之。而玉鹑方来，则伏如怒鸡以待之。玉鹑健啄，则起如翔鹤以击之。进退颉颃，相持约一伏时。玉鹑渐懈，而其怒益烈，其斗益急。未几，雪毛摧落，垂翅而逃。观者千人，罔不叹羡。王乃索取而亲把之，自喙至爪，审周一过，问成曰："鹑可货否？"答曰："小人无恒产，与相依为命，不愿售也。"王曰："赐而重直，中人之产可致。颇愿之乎？"成俯思良久。曰："本不乐置；顾大王既爱好之，苟使小人得衣食业，又何求？"王请直，答以千金。王笑曰："痴男子！此何珍宝而千金直也？"成曰："大王不以为宝，臣以为连城之璧不过也。"王曰："如何？"曰："小人把向市廛，日得数金，易升斗粟，一家十余食指，无冻馁忧，是何宝如之？"王曰："予不相亏，便与二百金。"成摇首。又增百数。成目视主人，主人色不动，乃曰："承大王命，请减百价。"王曰："休矣！谁肯以九百易一鹑者！"成囊鹑欲行。王呼曰："鹑人来，鹑人来，实给六百，肯则售，否则已耳。"成又目主人，主人仍自若。成心愿盈溢，惟恐失时，曰："以此数售，心实怏怏。但交而不成，则获戾滋大。无已，即如王命。"王喜，即秤付之。成囊金，拜赐而出。主人怼曰："我言如何？子乃急自鬻也！再少靳之，八百金在掌中矣。"成归，掷金案上，请主人自取之，主人不受。又固让之，乃盘计饭直而受之。王治装归。至家，历述所为，出金相庆。妪命置良田三百亩，起屋作器，居然世家。妪早起，使成督耕，妇督织。稍惰，辄诃之。夫妇相安，不敢有怨词。过三年，家益富，妪辞欲去。夫妇共挽之，至泣下，妪亦遂止。旭旦候之，已杳矣。

异史氏曰："富皆得于勤，此独得于惰，亦创闻也。不知一贫彻骨，而至性不移，此天所以始弃之而终怜之也。懒中岂果有富贵乎哉！"

【译文】

平原县世家子弟王成，生性懒惰，生活日见贫困，只剩几间破屋，与妻子睡在用乱麻编的蓑衣中，俩人互相指责埋怨，艰难度日。时值盛夏炎热，村外有座废弃的周家花园，墙倒屋塌，只剩下一座亭子，很多村民都在此纳凉过夜，王成也在其中。天亮后，众人起身离去，只有王成直至日上三竿才起，磨磨叽叽想要回家时，忽然发现草丛中有一支金钗，他捡起来仔细察看，金钗上刻有"仪宾府造"一行小字。原来，王成的祖父原是衡王府的女婿，所以家里的东西都是这种款式。王成拿着金钗犹豫不决。忽然有位老婆婆前来寻钗，王成虽然贫穷，但秉性耿直，拿出金钗交给老婆婆。老婆婆大喜之余极力称赞王成的品性，并说道："金钗能值多少钱？但这是我已故丈夫的遗物。"王成问："您的夫君是谁啊？"老婆婆回答："是已故仪宾王柬之。"王成大吃一惊："那是我的祖父！你们是怎么遇见的？"老婆婆也惊讶道："你是王柬之的孙子吗？我本是狐仙，百年前与你祖父相知相遇，自从他离世后，我就隐居了，今天经过此处遗失了金钗，恰好被你捡到，难道不是天意吗？"

王成也曾听说祖父曾经有位狐妻，相信了她的话，便邀请她到家中一坐。老婆婆于是跟着他来到家里。王成喊妻子出来相见，王妻披着破旧的棉絮，面带菜色。老婆婆感叹道："唉！王柬之的孙子，怎会潦倒至如此地步！"又环顾灶台破旧冰凉，没有一丝烟火气息，便问道："家境如此，你们靠什么生活啊？"王妻因此细数贫穷的状况，哽咽哭泣。老婆婆将金钗交给王妻，让她暂且换钱买米，并约定三日后再来相见。王成极力挽留，老婆婆说："一个妻子你都无法养活，如果再加上我，空对房屋发愁，又有什么用呢？"说完径自去了。王成便对妻子讲述了老婆婆的来历，妻子非常害怕。王成称赞她的仁义，让妻子把她当作婆婆侍奉，妻子答应了。三日后，老婆婆果然来了。拿出银钱买米、面各一石，晚上就与王妻一起睡在小床上。王妻刚开始很害怕，但慢慢地觉察到她心意诚善，也就不再怀疑了。

　　第二天，老婆婆对王成说："孙儿别懒惰，应该做点小买卖，坐吃山空不会长久的。"王成告诉她没有本钱。老婆婆说："当日你祖父在世时，金银绸缎任我取用，因我本是世外之人，不需要这类东西，因此没有多取。积攒的买花和粉的四十两银子，至今还在，长期存着也没用，你拿去全部买成葛布，立即赶到京城卖掉，可以赚一点微薄利钱。"王成听从她的安排，买回五十多匹葛布。老婆婆叫他赶快打点行装，估计六七日可到京城。并嘱咐道："要勤劳，别懒惰，要急速，别迟缓，晚到一天，后悔也来不及。"王成恭敬地答应了，装好货物上路了。走到半路遇到大雨，王成的衣服鞋子全部湿透了，他平生从未经历过风霜之苦，疲惫不堪，就暂时在旅店歇息一下。想不到雨一直下到了天黑，屋檐的雨像绳子似的流下来。过了一夜，道路更加泥泞。王成见路上的积水一直没过了行人的小腿，他不愿吃苦。一直等到中午，路上才有点干燥了，却又阴云密布，下起了倾盆大雨，王成又住了一宿才走。快到京城时，王成听说葛布价格飞涨，心中暗自高兴。到了京城，住进客栈解下行装后，店主却非常惋惜地告诉他来晚了一步。原来，前些日子贯通南北的大道才开通，运至京城的葛布极少，当时贝勒府着急购买，致使价格大涨，比平日里要贵近三倍，前一天贝勒府已经购足了葛布，后面再来贩葛的人都大失所望。店主把缘故告诉王成后，他郁闷得不得了。又过了一天，运到京城的葛布更多，价格更便宜了。王成因为赚不到利润不肯出售，又过了十余天，眼看吃饭住宿花费很多，更加忧愁烦闷。店主劝他把葛布贱卖掉，再做其他的打算，王成听劝，亏了十几两银子，把葛布全部卖掉。第二天早早起来，打开钱包一看，银钱全都不见了。他惊慌地告诉店主，店主没有办法。有人劝王成去告官，责令店主偿还。王成叹气说："这是我的命不好，和店主有什么关系？"店主听说后非常感激，送给他五两银子，劝慰他回家。

王成自念没脸回家见祖母，在门里门外来往徘徊，进退两难，恰好看见有斗鹌鹑的，一赌就是几千钱。而买一只鹌鹑，只需花费百十文钱。王成心中一动，计算自己的钱，仅够贩卖鹌鹑的，便同店主商议。店主极力鼓动，并且约定免费在店中吃住。王成很高兴，立即起程。买回满满一担鹌鹑，再次来到京城。店主祝他早日卖完。等到天黑，大雨一直下到天明，天亮时，街上水流成河，雨淅淅沥沥，并未停歇，王成只好在店中等待天晴。阴雨连绵数日不停，笼中的鹌鹑，慢慢死了不少，王成害怕极了，不知怎么办才好。又过了一日，鹌鹑死得更多，只剩下几只，王成把它们合到一个笼子里饲养。过了一夜再去看时只剩一只鹌鹑还活着。王成告诉了店主，忍不住泪流满面。店主也为他扼腕叹息。王成自己忖度银钱亏尽，回不了家，一心寻死。店主安慰他，并同他一起去看那只活下来的鹌鹑。店主仔细审视一番后说："这只鹌鹑非同寻常。那些死了的鹌鹑，或许就是被它啄死的。你现在也无事可做，不如开始训练它，如非凡物，斗鹌鹑也能谋生。"王成听从店主的话，把鹌鹑驯好，店主教他去街市上斗鹌鹑。这只鹌鹑十分健硕，屡战屡胜。店主大喜，交给王成些银钱，让他去与富家子弟斗鹑，三战三胜。半年多，王成就积攒了二十两银子，心里渐感宽慰，把鹌鹑看作自己的命根子。

　　原来，有个大亲王好斗鹌鹑。每逢元宵节，就让民间养鹌鹑的人进王府与他的鹌鹑角斗。店主对王成说："现在发财的机会来了，就是不知道你的命运如何。"于是就把大亲王府斗鹌鹑的事告诉他，并带他一起去，嘱咐他："如果失败，就意气颓丧地出来；万一斗胜了，大亲王肯定要买你的鹌鹑，你不要轻易答应。如果他勉强要你卖，你看我的眼色行事，待我点头后再答应他。"王成说："好。"来到王府，前来斗鹌鹑的人已经拥挤在殿阶下。不一会儿，亲王走出御殿，随从宣告："有愿斗的上来。"随即便有一人手把鹌鹑，快步上前。亲王命令放出王府的鹌鹑，客人也放出自己的，两只鹌鹑刚一搏斗，客方已经败了，亲王大笑。不一会儿，前来斗鹑的已经有好几人败下阵来。店主说："可以上了。"于是和王成同上殿去。亲王端详王成的鹌鹑后说："此鹑眼睛里有怒脉，这是只凶猛善斗的鸟，不可轻敌！"便命取出一只叫铁嘴的鹌鹑来对阵。经过一番搏斗，王府的鹌鹑败下阵来。亲王又令选出更好的品种，全部都被斗败。亲王命令急速取来府中的玉鹑。片刻工夫，有人把着这只鹌鹑出来，全身雪白，像鹭鸶一样，体态雄健。王成胆怯，跪下请求罢休："大王的鹌鹑乃是神物，若我的鸟被斗伤，会砸了我的饭碗。"亲王笑着说："放出来吧！如果你的鹌鹑被斗死了，我会重重地赔偿你。"王成放出鹌鹑，亲王的玉鹑直扑过来，而王成的鹌鹑像怒鸡一样伏身严阵以待。玉鹑狠啄，王成的鹌鹑像仙鹤一样腾飞反击。两只鹌鹑斗得难分难解，斗了约一个时辰，玉鹑渐渐体力不支，而王成的鹌鹑却更加气盛勇猛，越战越勇，不一会儿，玉鹑身上雪白的羽毛纷纷被啄落，垂翅而逃。周围观看的人无不赞叹、羡慕王成的鹌鹑。亲王拿着王成的鹌鹑从嘴到爪仔细审视，问王成："你的鹌鹑卖吗？"王成回答说：

"小人没有固定的产业，只有这只鹌鹑与我相依为命，不愿卖。"亲王说："我多给你钱，中等人家的财产立马可得，你愿意吗？"王成低头思索了许久说："本不愿卖它，大王既然这么喜欢，如果大王真能让我此后衣食无忧，我还苛求什么呢？"亲王便问价钱，王成回答一千两银子。亲王笑着说："痴男子！这是什么珍宝，能值一千两银子？"王成说："大王不认为它是宝，小人却认为它比价值连城的玉璧还珍贵。"亲王问："为什么？"王成说："小人带它到街市上斗赌，每天可得几两银子，换些粮食，一家十几口指望它吃饭，没有挨饿受冻之忧，有什么宝物能比得上它呢？"亲王说："我不亏待你，给你二百两银子。"王成摇头。亲王又加百两，王成看了看店主，店主不动声色，于是便说："大王要小人卖，愿意减价一百两。"亲王说："算了吧，谁肯花九百两银子买一只鹌鹑！"王成装起鹌鹑就要走，亲王忙喊："你回来！我实实在在给你六百两银子，肯就卖，不肯就算了！"王成又看了看店主，店主仍然神态不变。王成心中已经非常满足，唯恐错失良机，便说："这个数卖给你，心中实在不情愿。但又担心因此得罪王爷，没有办法，只好遵命！"王爷非常高兴，立刻秤出银子交付与他。王成装好银子，拜赐而归。店主埋怨他道："我是怎么和你说的？你着急卖掉啊。再稍微吝惜一下，八百两银子就到手了。"回到客栈后，王成把银子扔到桌上，请店主自己拿，店主不要，王成再三相让，店主才仅仅收下了他的饭费。王成整理行装回家，详细述说了自己的经历，拿出银子一起庆贺。老婆婆让他买了三百亩良田，修房屋置家具，居然又恢复了祖上的世家景象。老婆婆每日早起，令王成督促耕田种地，令王妻督促纺织，夫妇俩稍微一懒惰，老婆婆就斥责他们，两人安守本分，不敢有怨言。这样三年后，家中更加殷实富有，老婆婆要辞别离开，夫妻二人难过地流泪挽留，老婆婆才答应不走，可第二天早晨起来，发现老婆婆已经杳无踪影了。

异史氏说："富足源自勤劳，这里独独源自懒惰，是从前没有过的事。不知道虽然贫穷深透入骨，但耿直清廉的本色不变，这就是上天起初抛弃他、最终对他好的道理啊！懒惰里面怎么可能真有富贵呢！"

【延伸阅读】

货葛以雨失，贩鹑即以雨得，莫非数也？设非雨，则诸鹑不死，伧侗售去，而英物无以自见矣。六百金曷至哉！观成"此吾数"之言，及完钗、亡金不讼诸事，殆委心任运，狷洁自好者欤？乌得以"懒"字抹杀之！

——清·方舒岩

寓中失金，责主人偿，未尝不是。然谓金之失果由主人，又未必然。鸣官而主人果偿金，则冤主人；鸣官而主人不偿金，则累主人。我得金而冤主人，不可也；我不得金而累主人，则尤不可也。归之于数，不尤乎人，何等识见，何等器量！若而人者，岂果贫困以终哉？

——清·但明伦

（谭　莹）

戏　缢

编者按：《尚书》有云："不矜细行，终累大德。"一个人如果不注重小节方面的修养，将来必定会有损大德。习近平总书记指出："道德之于个人、之于社会，都具有基础性意义，做人做事第一位的是崇德修身。"中华传统美德素来教育人们要注重品行修养，行之有礼，时刻保持自重自省。《戏缢》篇描写邑人某言行佻达无状，为博少妇一笑而抽取高粱秸挂带其上作引颈自缢状，最终导致气绝魂断，令人唏嘘！蒲松龄借此深切表达了做人应长持慎言慎行的自警思想，并提倡为人当不断正心修德，长怀修德之心。

【原文】

邑人某，佻挞无赖。偶游村外，见少妇乘马来，谓同游者："我能令其一笑。"众未深信，约赌作筵。某遽奔去，出马前，连声哗曰："我要死！"因于墙头抽粱藿一本，横尺许，解带挂其上，引颈作缢状。妇果过而哂之，众亦粲然。妇去既远，某犹不动，众益笑之。近视，则舌出目瞑，而气真绝矣。粱本自经，岂不亦奇哉？是可以为儇薄之戒。

【译文】

县里某人，轻佻无赖。一次，他偶然到村外游玩，见一少妇骑马而来，便对他的同伴说道："我能让她一笑！"众人不信，便约定输者请客。只见某人突然跑到少妇马前，连声大喊："我要死！我要死！"并从墙头上把一根高粱秸横抽出一尺多，解下腰带挂在上面，把脖子伸进去做出上吊的样子。少妇经过他身边果然被逗笑了，大家也都哈哈大笑起来。过了一会儿，少妇已经走远了，某人依然站在那里纹丝不动，大家更加大笑起来。近前一看，却见他舌头伸出，眼睛紧闭着，真的断气了！用高粱秸上吊自杀，难道不是很奇怪吗？希望这件事情可以让那些轻佻的人引以为戒。

【延伸阅读】

人之所欲，天必从之。彼妇笑矣，汝妇哭矣。

——清·但明伦

（谭 莹）

张氏妇

编者按：习近平总书记指出："中国人一直赞美贤妻良母、相夫教子、勤俭持家，这些是中华民族传统优秀文化的重要组成部分。……关系到家庭和睦，关系到社会和谐，关系到下一代健康成长。"《张氏妇》篇刻画了在兵荒马乱的时代背景下，一位胸有成竹，屡出奇计，以一介弱小女子多次巧妙地惩罚无耻大兵的巾帼女性形象。"克敌垂成不受勋，凛然巾帼是将军。"蒲松龄对此极为赞赏，称其"巧计六出，不失身于悍兵。贤哉妇乎，慧而能贞！"表达了作者对女性在弘扬中华民族家庭美德、树立良好家风方面所产生的积极意义的极大肯定。

【原文】

凡大兵所至，其害甚于盗贼。盗贼，人犹得而仇之；兵，则人所不敢仇也。其少异于盗者，唯不甚敢轻于杀人耳。

甲寅岁，三逆作乱，南征之士，养马兖郡，鸡犬庐舍一空，妇女皆被淫污。时遭霪霖，田中潴水为湖，民无所匿，遂乘桴入高粱丛中。兵知之，裸体乘马，入水冥搜，捞掠奸淫，鲜有遗脱。惟张氏妇独不伏，公然在家中。有厨舍一所，夜与夫掘坎深数尺，积茅焉；覆以薄，加席其上，若可寝处。自炊灶下。有兵至，则出门应给之。二蒙古兵强与淫，妇曰："此等事，岂对人可行者？"其一微笑，啁嘶而出。妇与入室，指席使先登。薄折，兵陷。妇又另取席及薄覆其上，故立坎边，以诱来者。少间，其一复入。闻坎中号，不知何处，妇以手笑招之曰："在此矣。"兵踏席，又陷。妇乃益投以薪，掷火其中。火大炽，屋焚。妇乃呼救。火既熄，燔尸焦臭。或问之，妇曰："两豕恐害于兵，故纳坎中耳。"

由此离村数里，于大道旁并无树木处，携女红往坐烈日中。村去郡远，兵来率乘马，顷刻数至。笑语啁啾，虽多不解，大约调弄之语。然去道不远，无一物可以蔽身，辄去，数日无患。一日，一兵至，殊无少耻，欲就妇烈日中。妇含笑，不甚拒，而隐以针刺其马，马辄喷嘶，兵遂絷马股际，然后拥妇。妇出巨锥，猛刺马项，马负痛骇奔。缰系股，不得脱，曳驰数十里，同伍始代捉之。首躯不知何处，缰上一股，俨然在焉。

异史氏曰："巧计六出，不失身于悍兵。贤哉妇乎，慧而能贞！"

【译文】

凡是士兵经过的地方，老百姓所受的灾害比盗贼还要厉害。人们可以惩治盗贼，却不敢得罪士兵。他们与盗贼稍稍不同的一点，只是他们不敢随便杀人罢了。

甲寅年，三藩作乱。前往征讨的士兵，在兖州府养马，当地百姓家中的鸡犬房舍被抢掠一空，妇女都被奸淫糟蹋。当时正赶上阴雨连绵，田里积水成湖，老百姓没有地方可以躲藏，便乘着小木筏躲到高粱地里。士兵知道了，光着身子骑马入水搜找妇女，找到就鞭打奸污，很少有逃脱的。当地只有一位张氏的媳妇不躲藏，公然在家。她的家里有间厨房，夜里妇人同丈夫挖了一个数尺深的大坑，坑底铺上茅草，用苇箔盖在上面，苇箔上再铺上席，像是可以睡觉的地方。张氏妇从容地在灶房做饭，有士兵来了，就出门应付他们。有两个蒙古兵要强行侵犯她，她说："这种事怎么能当着人的面进行？"其中一个微笑咕哝着走出去了，张氏妇便和另一个士兵走进了那间房屋。妇人指着席子叫他先上去，结果箔被压断，士兵陷入了坑里。她又另外找出箔和席盖在上面，故意站在坑边引诱再来的人。不一会儿，又一个兵也进来了，听见有人嚎叫，不知在哪里，妇人笑着向他招手说："在这里！"士兵踏上席子也掉进去了。妇人立刻往坑里扔进许多柴火，扔了把火进去，火势很旺，把房子都烧着了，妇人大声呼救，待大火熄灭后，尸体的焦臭味弥漫开来，人们问是什么味儿，她说："我恐怕家里的两头猪被士兵抢了去，于是把它们藏在地窖里。"

此后，张氏妇便到了离村数里没有树的大路旁，坐在烈日下做针线活儿。村子离城郡很远，来的士兵都骑着马，不一会儿就来了好几个。士兵们不停地笑着，虽然听不懂他们在说什么，但妇人知道大约是调戏自己的话。但因为紧靠着大道，又没有可以遮身的东西，因此士兵们只好乖乖离开。这样过了几天，都没遇到麻烦。这一天，来了一个极其无耻的士兵，光天化日之下就要强行侵犯她。妇人含笑没有太拒绝，只是偷偷地用针刺他的马。马喷气嘶鸣，于是士兵就把马缰系在自己的腿上。士兵抱住她后，妇人猛然用纳鞋的锥子狠刺马颈，马痛得狂奔起来。缰绳系在士兵腿上，兵一时解不开，被拖着跑了数十里，才被别的士兵捉住，发现士兵的头和身子早已不知哪里去了，缰绳上俨然还系着一条腿。

异史氏说："多次施以巧妙的计策，终能不失身于强悍野蛮的士兵。这个媳妇真是贤能啊，聪慧过人而保住了贞操！"

【延伸阅读】

《张氏妇》是《聊斋志异》中颇受关注的一篇小说，"慧而能贞"

的农妇形象令人感佩至深。

俗语所谓"贼来如梳，兵来如篦，官来如剃"，在封建专制社会的动乱时期，绝非偶然！

——赵伯陶

（谭　莹）

姊妹易嫁

编者按：习近平总书记指出："国无德不兴，人无德不立。"中华民族历来崇德尚德，强调美好的德行对个人修养的重要性。《姊妹易嫁》篇描写两位品行截然不同的女性形象：姐姐嫌贫爱富，德行有亏；妹妹则"贫而无怨难"，代姐出嫁。然造化弄人，两个人的命运最终有云泥之别，姐姐孤灯为尼，妹妹家庭美满。"修身齐家治国平天下"，一个人、一个民族乃至一个国家都应以德为先，以修身为根本，弘扬真善美，并将传承中华优秀传统文化进行到底，方能营造全社会崇德尚善的积极世态。

【原文】

掖县相国毛公，家素微，其父常为人牧牛。时邑世族张姓者，有新阡在东山之阳。或经其侧，闻墓中叱咤声曰："若等速避去，勿久溷贵人宅！"张闻，亦未深信。既又频得梦警曰："汝家墓地，本是毛公佳城，何得久假此？"由是家数不利。客劝："徙葬吉。"张听之，徙焉。

一日，相国父牧，出张家故墓，猝遇雨，匿身废圹中。已而雨益倾盆，潦水奔穴，崩湍灌注，遂溺以死。相国时尚孩童。母自诣张，愿丐咫尺地，掩儿父。张征知其姓氏，大异之。行视溺死所，俨然当置棺处，又益骇；乃使就故圹窆焉，且令携若儿来。葬已，母偕儿诣张谢。张一见，辄喜，即留其家，教之读，以齿子弟行。又请以长女妻儿，母不敢应。张妻云："既已有言，奈何中改？"卒许之。然此女甚薄毛家，怨惭之意，形于言色；有人或道及，辄掩其耳。每向人曰："我死不从牧牛儿！"及亲迎，新郎入宴，彩舆在门，而女掩袂向隅而哭。催之妆，不妆，劝之亦不解。俄而新郎告行，鼓乐大作，女犹眼零雨而首飞蓬也。父止婿，自入劝女，女涕若罔闻。怒而逼之，益哭失声。父无奈之。又有家人传白："新郎欲行。"父急出，言："衣妆未竟，乞郎少停待。"即又奔入视女。往来者无停履。迁延少时，事愈急，女终无回意。父无计，周张欲自死。其次女在侧，颇非其姊，苦逼劝之。姊怒曰："小妮子，亦学人喋聒！尔何不从他去？"妹曰："阿爷原不曾以妹子属毛郎；若以妹子属毛郎，更何须姊姊劝驾也？"父以其言慷爽，因与伊母窃议，以次易长。母即向女曰："忤逆婢不遵父母命，欲以儿代若姊，儿肯之否？"女慨然曰："父母教儿往也，即乞丐不敢辞，且何以见毛家郎便终饿莩死乎？"父母闻其言，大喜，即以姊妆妆女，仓猝登车而去。入门，夫妇雅敦逑好。然女素病赤瘄，稍稍介公意。久之，浸知易嫁之说，由是益以知己德女。

居无何，公补博士弟子。应秋闱试。道经王舍人店。店主人先一夕梦神曰："且日当有毛解元来，后且脱汝于厄。"以故晨起，专伺察东来客，及得公，甚喜。供具殊丰善，不索直，特以梦兆厚自托。公亦颇自负；私以细君发鬖鬖，虑为显者笑，富贵后，念当易之。已而晓榜既揭，竟落孙山，咨嗟蹇步，懊惋丧志。心赧旧主人，不敢复由王舍，以他道归。后三年，再赴试，店主人延候如初。公曰："尔言初不验，殊惭祗奉。"主人曰："秀才以阴欲易妻，故被冥司黜落，岂妖梦不足以践？"公愕而问故，盖别后复梦而云。公闻之，惕然悔惧，木立若偶。主人谓："秀才宜自爱，终当作解首。"未几，果举贤书第一人。夫人发亦寻长，云鬟委绿，转更增媚。

姊适里中富室儿，意气颇自高。夫荡惰，家渐陵夷，空舍无烟火。闻妹为孝廉妇，弥增惭怍，姊妹辄避路而行。又无何，良人卒，家落。顷之，公又擢进士。女闻，刻骨自恨，遂忿然废身为尼。及公以宰相归，强遣女行者诣府谒问，冀有所贻。比至，夫人馈以绮縠罗绢若干匹，以金纳其中，而行者不知也。携归见师，师失所望，恚曰："与我金钱，尚可作薪米费，此等仪物，我何须尔！"遂令将回。公及夫人疑之，及启视而金具在，方悟见却之意，发金笑曰："汝师百余金尚不能任，焉有福泽从我老尚书也？"遂以五十金付尼去，曰："将去作尔师用度，多，恐福薄人难承荷也。"行者归，具以告。师默然自叹，念平生所为，辄自颠倒，美恶避就，繄岂由人耶？后店主人以人命事逮系囹圄，公为力解释罪。

异史氏曰："张公故墓，毛氏佳城，斯已奇矣。余闻时人有'大姨夫作小姨夫，前解元为后解元'之戏，此岂慧黠者所能较计邪？呜呼！彼苍者天久不可问，何至毛公，其应如响？"

【译文】

掖县有个做过宰相的毛公，家里一向寒微，他的父亲常给人放牛。当时县里有户姓张的世家大族，在东山南面新开了一块坟地。有人从旁边经过，听到墓中有呵斥声："你们赶快离开，不要老在贵人的坟地里扰乱！"张某听说后，不太相信。后来他在梦中频频受到警告："你家的新坟地，原本是毛公的墓地，哪能长期借用？"从此，张家的事情时常不顺利，别人劝他把坟迁走为好，张某听从了劝告，把坟迁走了。

一天，毛公的父亲出去放牛，经过张家原来的坟地时，突然下起了大雨，于是就跑到废弃的墓穴里避雨。雨越来越大，雨水直流向墓穴，轰轰地往里灌，就把毛公的父亲淹死了。当时毛公还是个孩子，他的母亲便独自去拜见张某，希望给予咫尺之地来掩埋毛公的父亲。张某问明他们的姓氏，大感惊异，就到毛父淹死的地方察看，正是原来棺木所在的地方。张某更加惊骇，于是就让在旧坟中埋葬毛父，还嘱咐毛母把儿子带来。丧事办完，毛母带着儿子一起到张家致谢。张某一见孩子便非常喜欢，随即把他留在家中，教他读书，把他当作自家孩子看待。又提出要把大女儿许配给他，毛母不敢答应，张某的妻子说："话既然已说出口了，怎么能中途变卦呢？"毛母最终答应了。但是张家大女儿很看不起毛家，言辞神色间常常流露出怨恨、羞惭的情绪，每当别人提起这桩婚事，她就捂住耳朵，常对人说："我就是死也不会嫁给放牛人的儿子。"到了迎亲的那一天，新郎入府，花轿停在门外，大女儿用衣袖捂着脸面对着墙壁哭泣。家人催她梳妆，不梳妆；怎么劝说她也不听。不多时，新郎起身请行，鼓乐齐奏，大女儿依然泪落如雨，蓬头散发。父亲让女婿稍微一等，自己亲自去劝女儿，大女儿只管哭泣根本不听。父亲大怒，逼她上轿，大女儿更是痛哭失声，父亲无可奈何。这时仆人又来传话："新郎要起身了！"父亲急忙出来说："妆容还没有扮好，请新郎再稍微一等。"转身又跑进屋去劝女儿，就这样来来回回脚步都没停一停。又拖延了一段时间，事情更急迫了，大女儿还是没有回心转意。父亲没有办法，辗转张罗，急得要死。小女儿在旁边对姐姐的做法很不以为然，苦苦相劝。姐姐怒目以对，说："小妮子，你也学旁人多嘴多舌，那你为何不嫁给他？"妹妹说："咱爹本没有把我许配给毛郎，如果将我许配给他，何须劳烦姐姐相劝？"父亲觉得小女儿言语爽利，就与她母亲暗中商量，用小女儿代替大女儿出嫁。母亲就对小女儿说："你那忤逆不孝的姐姐不听话，如今想让你代替姐姐出嫁，你愿意吗？"小女儿爽快地说："父母让女儿去，就算嫁给乞丐也不敢推辞，况且怎么就见得毛郎会终身潦倒呢？"父母听后大喜，便用姐姐的嫁妆给妹妹梳妆打扮，匆匆忙忙送上轿去。婚后，夫妻二人和睦恩爱，只是小女儿头发有点稀疏，毛郎感到稍微有点遗憾。时间一长，毛郎渐渐听说了姐妹易嫁的事情，大为感动，视她为知己。

　　不久，毛郎被补为博士弟子，去参加乡试。路过王舍人庄。店主前一天夜里梦见神仙对他说："很快会有个毛解元来你店里，日后他或许会解救你于危难之中。"于是店主从早晨开始，就专门留心等待自东边来的客人。等见到毛公，店主大喜，食宿供应丰盛周到，不收钱，特地把梦中之事拜托他。毛公自以为了不起，暗自思量妻子那稀疏的头发恐怕会被显贵讥笑，富贵之后考虑把她换了。不久，张出榜来，却名落孙山，他唉声叹气，腿也走不动了，懊恼怅恨，垂头丧气，无颜面对店主，不敢再从王舍人庄经过，绕道回家了。过了三年，毛公又去参加乡试，那家店主仍像原来那样热情招待。毛公说："你当初的话没有应验，实在有愧于你的盛情款待。"店主说："秀才想要另娶妻子，所以才被冥间榜上除名，哪里是我的梦不灵验呢？"毛公惊愕地问其中的缘故，原来是上次分别后，店主又做了一个梦。毛公听后，又后悔又害怕，呆若木偶。店主说："秀才应当自爱，终究会做解元的。"不久，毛公果然考中了第一名举人，妻子的头发也丰茂起来，发髻乌黑油亮，更增妩媚。

张家大女儿嫁给了同乡的一个富家子弟，心气颇高。可是她的丈夫是个懒惰的浪荡公子，家境渐渐衰败，穷得揭不开锅。听闻妹妹做了孝廉夫人，心里越发感到惭愧。姐妹在路上偶然相遇，就赶紧绕道而行。又过了不久，她的丈夫死了，家中更加败落下来。不久，毛公又考中进士，大女儿听说后，刻骨般恨自己，愤然舍身当了尼姑。后来等到毛公做了宰相回到家乡时，她硬派一个女尼到毛府去拜见，希望能得到点什么。女尼来到毛府，毛夫人赠给她绫罗绸缎若干，并将银子放在里面，但女尼不知道，拿回来交给师父，师父大失所望，忿恨地说："给我点银钱，尚可买点柴米，给我这些东西，我哪里需要！"于是让女尼又送还回去。毛公和夫人非常不解，等到打开一看银子还在里面，才明白退回的原因。毛公拿出银子笑着说："你师父连一百两银子尚且承受不起，哪有福分嫁给我这个老尚书啊！"随即拿了五十两银子给女尼，嘱咐道："拿回去做你师父的生计开支，多了恐怕她福薄承受不起。"女尼回去，把毛相国的话原原本本告诉了师父，师父黯然自叹，想想自己生平所为，常常正反颠倒，避美就恶，哪里由自己做主啊？后来那店主因人命案子被捕入狱，毛公尽力为他开脱，最终被释放。

异史氏说："张家的旧墓，却是毛家的坟地。这事太奇怪了。我听说，时下有'大姨夫作小姨夫，前解元为后解元'的笑话，这难道是要小聪明的人能算计到的吗？唉！苍苍茫茫的上天，早就不值得一问了，为什么到毛公这里，却又非常灵验呢？"

【延伸阅读】

自己颠倒，自己避就，而乃谓不由人，终是至死不得明白。美恶自为颠倒，而诿之曰"不由人"，犹是强为解嘲耳。

——清·但明伦

从亲命，孝也；安贫贱，智也；不嫌贫，义也；而仁礼信即在其中。

——清·但明伦

（谭 莹）

张 诚

编者按：这是一则讲兄友弟恭的故事，写兄弟之间患难相扶、生死与共的友悌之情。《聊斋志异》中的家庭伦理观已经构成了较为完整的伦理观念体系。主张家庭和谐，提倡家庭成员之间的平等意识，并用惩恶扬善来表达自己的伦理标准，都有着非常积极的意义和正面的价值，是值得传承和弘扬的。特别是其中那些婚姻自由、父慈子孝、兄弟和睦、教子有方及勤俭持家等伦理观，对构建当代社会主义和谐社会的家庭伦理、推进社会主义精神文明建设等都具有一定的启示和借鉴意义。虽然蒲松龄的时代已经过去了三百多年，但是其通过《聊斋志异》所表达的富于儒家思想色彩的家庭伦理观对当代的社会主义道德建设仍然有着重要的意义。党的十八大以来，习近平总书记高度重视家庭建设问题，指出不论时代发生多大变化，不论生活格局发生多大变化，我们都要重视家庭建设、注重家庭、注重家风，并明确要求把家风建设摆在重要位置。良好家风和家庭美德正是社会主义核心价值观在现实生活中的直观体现。领导干部弘扬家庭美德，要善于从中华优秀传统文化中汲取丰富营养，从经典文学作品中体悟古代贤达的人生智慧，让中华优秀传统文化厚植于中国特色社会主义思想的沃土中，代代相传。

【原文】

豫人张氏者，其先齐人。明末齐大乱，妻为北兵掠去。张常客豫，遂家焉。娶于豫，生子讷。无何，妻卒，又娶继室，生子诚。继室牛氏悍，每嫉讷，奴畜之，啖以恶草。且使樵，日责柴一肩，无则挞楚诟诅，不可堪。隐畜甘脆饵诚，使从塾师读。

诚渐长，性孝友，不忍兄劬，阴劝母。母弗听。一日，讷入山樵，未终，值大风雨，避身岩下，雨止而日已暮。腹中大馁，遂负薪归。母验之少，怒不与食。饥火烧心，入室僵卧。诚自塾中来，见兄嗒然，问："病乎？"曰："饿耳。"问其故，以情告。诚愀然便去，移时，怀饼来饵兄。兄问其所自来。曰："余窃面倩邻妇为之，但食勿言也。"讷食之。嘱弟曰："后勿复然，事泄累弟。且日一啖，饥当不死。"诚曰："兄故弱，乌能多樵！"次日，食后，窃赴山，至兄樵处。兄见之，惊问："将何作？"曰："将助樵采。"问："谁之遣？"曰："我自来耳。"兄曰："无论弟不能樵，纵或能之，且犹不可。"于是速之归。诚不听，以手足断柴助兄。且云："明日当以斧来。"兄近止之。见其指已破，履已穿，悲曰："汝不速归，我即以斧自刭死！"诚乃归。兄送之半途，方复回樵。既归，诣塾，嘱其师曰："吾弟年幼，宜闭之。山中虎狼恶。"师曰："午前不知何往，业夏楚之。"归谓诚曰："不听吾言，遭笞责矣！"诚笑曰："无之。"明日，怀斧又去。兄骇曰："我固谓子勿来，何复尔？"诚不应，刘薪且急，汗交颐不少休。约足一束，不辞而返。师又责之，乃实告之。师叹其贤，遂不之禁。兄屡止之，终不听。

一日，与数人樵山中，欻有虎至，众惧而伏，虎竟衔诚去。

虎负人行缓，为讷追及。讷力斧之，中胯。虎痛狂奔，莫可寻逐，痛哭而返。众慰解之，哭益悲。曰："吾弟，非犹夫人之弟；况为我死，我何生焉！"遂以斧自刭其项。众急救之，入肉者已寸许，血溢如涌，眩瞀殒绝。众骇，裂之衣而约之，群扶而归。母哭骂曰："汝杀吾儿，欲劙颈以塞责耶！"讷呻云："母勿烦恼。弟死，我定不生！"置榻上，创痛不能眠，惟昼夜依壁坐哭。父恐其亦死，时就榻少哺之，牛辄诟责，讷遂不食，三日而毙。村中有巫走无常者，讷途遇之，缅诉曩苦。因询弟所，巫言不闻。遂反身导讷去。至一都会，见一皂衫人自城中出，巫要遮代问之。皂衫人于佩囊中捡牒审顾，男妇百余，并无犯而张者。巫疑在他牒。皂衫人曰："此路属我，何得差逮。"讷不信，强巫入内城。城中新鬼、故鬼，往来憧憧，亦有故识，就问，迄无知者。忽共哗言："菩萨至！"仰见云中有伟人，毫光彻上下，顿觉世界通明。巫贺曰："大郎有福哉！菩萨几十年一入冥司，拔诸苦恼，今适值之。"便掣讷跪。众鬼囚纷纷籍籍，合掌齐诵"慈悲救苦"之声哄腾震地。菩萨以杨柳枝遍洒甘露，其细如尘；俄而雾收光敛，遂失所在。讷觉颈上沾露，斧处不复作痛。巫仍导与俱归。望见里门，始别而去。讷死三日，豁然竟苏，悉述所遇，谓诚不死。母以为撰造之诬，反诟骂之。讷负屈无以自伸，而摸创痛良瘥。自力起，拜父曰："行将穿云入海往寻弟，如不可见，终此身勿望返也。愿父犹以儿为死。"翁引空处与泣，无敢留之。讷乃去。

每于冲衢访弟耗，途中资斧断绝，丐而行。逾年，达金陵，悬鹑百结，伛偻道上。偶见十余骑过，走避路侧。内一人如官长，年四十已来，健卒怒马，腾踔前后。一少年乘小驷，屡顾讷。讷以其贵公子，未敢仰视。少年停鞭少驻，忽下马，呼曰：
"非吾兄耶！"讷举首审视，诚也，握手大痛，失声，诚亦哭。
曰："兄何漂落以至于此？"讷言其情，诚益悲。骑者并下问故，
以白官长。官命脱骑载讷，连辔归诸其家，始详诘之。初，虎衔
诚去，不知何时置路侧，卧途中竟宿，适张别驾自都中来，过
之，见其貌文，怜而抚之，渐苏。言其里居，则相去已远。因载
与俱归。又药敷伤处，数日始痊。别驾无长君，子之。盖适从游
瞩也。诚具为兄告。言次，别驾入，讷拜谢不已。诚入内捧帛衣
出，进兄，乃置酒燕叙。别驾问："贵族在豫，几何丁壮？"讷
曰："无有。父少齐人，流寓于豫。"别驾曰："仆亦齐人。贵里
何属？"答曰："曾闻父言，属东昌辖。"惊曰："我同乡也！何
故迁豫？"讷曰："明季清兵入境，掠前母去。父遭兵燹，荡无
家室。先贾于西道，往来颇稔，故止焉。"又惊问："君家尊何
名？"讷告之。别驾瞠而视，俯首若疑，疾趋入内。无何，太夫
人出。共罗拜已，问讷曰："汝是张炳之之子耶？"曰："然。"
太夫人大哭，谓别驾曰："此汝弟也。"讷兄弟莫能解。太夫人
曰："我适汝父三年，流离北去，身属黑固山，半年，生汝兄；
又半年，固山死，汝兄补秩旗下迁此官。今解任矣。每刻刻念乡
井，遂出籍，复故谱。屡遣人至齐，殊无所觅耗，何知汝父西徙
哉！"乃谓别驾曰："汝以弟为子，折福死矣！"别驾曰："曩问
诚，诚未尝言齐人，想幼稚不忆耳。"乃以齿序：别驾四十有
一，为长；诚十六，最少；讷二十二，则伯而仲矣。别驾得两
弟，甚欢，与同卧处，尽悉离散端由，将作归计。太夫人恐不见
容。别驾曰："能容，则共之；否则析之。天下岂有无父之国？"
于是鬻宅办装，刻日西发。既抵里，讷及诚先驰报父。父自讷

去，妻亦寻卒；块然一老鳏，形影自吊。忽见讷入，暴喜，恍恍以惊；又睹诚，喜极，不复作言，潸潸以涕。又告以别驾母子至，翁辍涕愕然，不能喜，亦不能悲，蚩蚩以立。未几，别驾入，拜已，太夫人把翁相向哭。既见婢媪厮卒，内外盈塞，坐立不知所为。诚不见母，问之，方知已死，号嘶气绝，食顷始苏。别驾出资，建楼阁，延师教两弟。马腾于槽，人喧于室，居然大家矣。

异史氏曰："余听此事至终，涕凡数堕。十余岁童子，斧薪助兄，慨然曰：'王览固再见乎！'于是一堕。至虎衔诚去，不禁狂呼曰：'天道愦愦如此！'于是一堕。及兄弟猝遇，则喜而亦堕。转增一兄，又益一悲，则为别驾堕。一门团圞，惊出不意，喜出不意，无从之涕，则为翁堕也。不知后世亦有善涕如某者乎？"

【译文】

河南有个姓张的人，本来是山东人。明朝末年山东大乱，他的妻子被清兵抢走了。张某常年客居河南，后来就在河南安了家，娶了妻子，生了个儿子名叫张讷。不久，妻子死了，张某又续娶了妻子，生了个儿子名叫张诚。继室牛氏性情凶悍，常常嫉恨张讷，把他当作奴隶，给他粗劣的饭菜吃。让他砍柴，每天一大担，做不到就打骂，张讷几乎无法忍受。牛氏暗中存放糕点、糖果，只给张诚吃，还让他到学堂去读书。

张诚渐渐长大了，孝顺父母，友爱弟兄。不忍心哥哥劳累，暗中劝说母亲。牛氏不听。一天，张讷进山砍柴，还没砍完，遇上暴风雨，到岩石下躲避。雨停了，天也黑了，他肚子太饿，就背着柴回家了。牛氏看到砍的柴不够数，怒气冲冲，不给张讷饭吃。张讷饥饿难忍，只得进屋躺下。张诚从学堂回来，看见哥哥沮丧的样子，问道："病了吗?"张讷说："饿的。"张诚忧愁地出去了。过了一会儿，张诚怀里揣着饼来给哥哥吃。哥哥问他饼是哪来的，他说："我从家中偷了面，让邻居大娘做的。你只管吃，不要说出去。"张讷吃了饼，嘱咐弟弟说："以后不要这样了!事情泄露了会连累弟弟你的。况且一天吃一顿饭，虽然饿但饿不死。"张诚说："哥哥本来身体就弱，怎么能多打柴呢!"第二天，吃过饭后，张诚偷偷上山，来到哥哥砍柴的地方。哥哥见到他，吃惊地问："你来干什么?"张诚回答说："帮哥哥砍柴。"张讷又问："谁派你来的?"张诚说："我自己要来的。"张讷说："别说你不会砍柴，就算会，也不能来。"就催促他快回去。张诚不听，手脚并用帮哥哥扯断柴火，还说："明天要带斧头来。"哥哥张讷走近制止他，见他的手指出血了，鞋也磨破了，心痛地说："你不快回去，我就用斧头割脖子自杀!"张诚这才回去了。张讷送他到半路，才又回去。张讷砍完柴回家，又到学堂去，嘱咐弟弟的老师说："我弟弟年幼，请老师严加约束。山中的虎狼凶恶。"老师说："上午不知他到什么地方去了，我已经责打了他。"张讷回到家，对张诚说："不听我的话，挨打了吧。"张诚笑着说："没有。"第二天，张诚怀里揣着斧头又上山了。哥哥惊骇地说："我一再告诉你不要来，你怎么又来了?"张诚不说话，急忙砍起柴来，累得汗流满面，一刻不停。大约砍得够一捆了，也不向哥哥告辞，便回去了。老师又责打了他。张诚就把实情告诉老师，老师赞叹张诚的品行，也就不禁止他了。张讷屡次劝阻张诚，可张诚始终不听。

一天，张讷兄弟俩同其他一些人到山中砍柴，突然来了一只老虎，众人都害怕地伏在地上，老虎径直把弟弟张诚叼走了。老虎叼着人走得慢，被哥哥张讷追上。他使劲用斧头砍去，正中虎胯。老虎疼得狂奔起来，张讷追不上了，痛哭着回来。众人都安慰他，他哭得更悲痛了，说："我弟弟不同于别人家的弟弟，况且是为我死的，我还活着干什么！"就用斧头朝自己的脖子砍去。众人急忙救时，斧头已经砍入肉中一寸多，血如泉涌，昏死过去。众人害怕极了，撕了衣衫给张讷裹住伤口，一起扶他回家。后母牛氏哭着骂道："你杀了我儿子，想在脖子上浅浅割一下来搪塞吗？"张讷呻吟着说："母亲不要烦恼！弟弟死了，我绝不会独活！"众人把他放到床上，伤口疼得睡不着，只是白天黑夜靠着墙壁坐着哭泣。父亲害怕他也死了，时常到床前喂他点饭，牛氏见了总是大骂。张讷不再吃东西，三天之后就死了。村里有一个巫师在阴间当差，张讷的魂魄在路上遇见他，诉说自己的苦难，又询问弟弟张诚在什么地方。巫师说没有听说，转身领张讷走，来到一个都市，看见一个穿黑衣衫的人从城里出来。巫师截住他，替张讷打听张诚的消息。黑衣人从佩囊中拿出生死簿查看，男女囚犯一百多人，但没有姓张的。巫师怀疑在别的公文里。黑衣人说："这一路归我，怎么会被其他公差捉去呢？"张讷不信，硬拉着巫师进城。城中新鬼旧鬼来来往往，也有原来认识的，走近问起来，竟然没有知道张诚下落的。忽然众鬼一齐喧哗道："菩萨来了！"张讷抬头看去，见云中有一个高大的人，浑身上下散放着光芒，顿时世界一片光明。巫师向张讷贺喜说："大郎真有福气！菩萨几十年才来阴司一次，给众冤鬼拔苦救难，今天你正好碰上了。"于是拉着张讷一起跪倒。众鬼纷纷攘攘，合掌齐诵"大慈大悲，救苦救难"，欢腾之声震天动地。菩萨用杨柳枝遍洒甘露，水珠细如尘雾。不一会儿，云雾、光明都不见了，菩萨也不知哪里去了。张讷觉得脖子上沾有甘露，斧头砍的伤口竟然不痛了。巫师仍然领着张讷一同回去。望见家门，才告别而去。张讷死了两天，突然苏醒过来，把自己见到和遇到的事讲了一遍，说张诚没有死。后母认为他编造谎言，反而辱骂他。张讷满肚子委屈无法申辩。摸摸斧头砍的伤口已痊愈，便支撑着起来，叩拜父亲说："我将穿云入海去寻找弟弟。如果见不到弟弟，我一辈子也不会回来了。您就当儿子已经死了。张纳就离家走了。"张老汉领他到没人的地方，相对哭泣了一阵，也没敢留他。

张讷在交通大道上打听弟弟的消息。路上盘缠用光了，就要着饭走。过了一年，来到金陵。穿着打满补丁的破衣服，弯腰驼背地走着。偶然看见十几个骑马之人，他赶紧到路旁躲避。其中有一人像个官长，年纪有四十来岁，健壮的兵卒、高大的骏马，前呼后拥。随行的一个少年骑一匹小马，不住地看张讷。张讷因为他是富贵人家的公子，不敢抬头看。少年勒住马，忽然跳下来，大叫："不是我哥哥吗！"张讷抬头仔细一看，竟是张诚！他握着弟弟的手放声大哭。张诚也哭着说："哥哥怎么流落到这个地步？"张讷说了事情的缘由，张诚更伤心了。马上的人都下来了，问清缘由，禀报官长。官长命人腾出一匹马给张讷骑，两人并排骑马到家，张讷这才细问张诚。当初，老虎叼了张诚去，不知什么时候把他扔在了路旁，张诚在路旁躺了一宿。正好张别驾从京城来，路过这里。见张诚相貌文雅，心里怜惜，轻轻地拍拍他。他渐渐醒过来，说出自己的家乡，相距已经很远了。张别驾就用车将他带回家中，又用药给他敷伤口，过了几天才好了。张别驾没有儿子，就认他做儿子。刚才张诚是跟随张别驾去游玩回来。张诚把经过全部告诉哥哥，说话间，张别驾进来了，张讷一再谢他救弟之恩。张诚到内院，捧出新衣服，给哥哥换上；又置办了酒菜叙谈。张别驾问："你们家族在河南有多少人？"张讷说："没有多少。父亲小时候是山东人，流落到河南。"张别驾说："我也是山东人。你家乡归哪里管辖？"张讷回答说："曾听父亲说过，属东昌府管辖。"张别驾惊喜地说："我们是同乡！为什么流落到河南？"张讷说："明末清兵入境，抢走了我的前母。父亲遭遇战祸，一个人无家可归。先是在西边做生意，往来熟悉了，就在那儿定居了。"张别驾惊奇地问："你父亲叫什么名字？"张讷告诉他父亲的姓名，张别驾瞪着眼睛看张讷，又低头想着什么，急步走进内院。不一会儿，太夫人出来了，张讷兄弟两人一同叩拜。拜完，太夫人问张讷："你是张炳之的孙子吗？"张讷说："是。"太夫人大哭着对张别驾说："这是你弟弟啊！"张讷兄弟俩不知是怎么回事。太夫人说："我嫁给你父亲三年，流落到北边去，跟了八旗军的一个小头领半年，生了你哥哥。又过了半年，小头领死了，你哥哥补了小头领在旗下的缺，升任做了别驾。如今卸任了，常常思念家乡，就脱离了八旗籍，恢复了原来的宗族。多次派人到山东，一点消息也没打听到。怎么会知道你父亲西迁了呢！"又对别驾说："你把弟弟当儿子，太折损福气啦！"张别驾说："以前我问过张诚，他没有说是山东人。想必是年幼不记得了。"就按年龄排次序：别驾四十一岁，为兄长；张诚十六岁，最小；张讷二十二岁，由老大变为老二了。别驾得了两个弟弟，非常欢喜，睡卧起居都在一起，离散的缘由都了解清楚了，商量着回归故里的事情。太夫人怕牛氏不愿意容纳。别驾说："能容纳就在一起，不能就分开。天下难道有没有父亲的国度吗？"于是变卖房产，置办行装，定下日子向西进发。回到家乡，张讷和张诚先到家中给父亲报信。自从张讷走后，妻子牛氏很快也死了，父亲孤苦伶仃成了个老光棍，对影自叹。忽然见张讷进来，大喜；又看到张诚，高兴得说不出话来，只是流泪。兄弟俩又告诉他说别驾母子来了，张老汉惊得停止哭泣，不喜笑，也不悲伤，只呆呆地站着。不一会儿，别驾进来，拜完，太夫人拉着张老汉相对大哭。看见婢女仆人屋里屋外都站满了，张老汉忽而坐下，忽而站起来，不知如何是好。张诚没看到母亲，问父亲，才知道她已经死了，号啕痛哭，昏死过去，一顿饭工夫才苏醒。张别驾拿出钱来，建造楼阁。请了老师教两个弟弟读书。槽中马群欢腾，室内人声喧闹，居然成了大户人家。

异史氏说："我从头到尾听完这个故事，几次落泪。十多岁的孩子，拿着斧子帮着哥哥一起砍柴，看到这里我感慨地说：'王览又再现了吗！'于是落了第一次眼泪。直到老虎叼走了张诚，我不禁大叫：'苍天竟昏聩到这个地步！'于是又落了一次眼泪。等到兄弟相遇，则高兴地又落了眼泪。转而又得到了一个兄长，又多了一层激动感伤，便为这位张别驾流泪。一家团圆，真是意想不到的惊喜，说不清从何而来的泪水，就是为张老汉而流的了。不知道后世还有像我这样容易掉眼泪的人吗？"

【延伸阅读】

一本绝妙传奇，叙次文笔亦工。

——清·王渔洋

一篇孝友传，事奇文奇。三复之，可以感人性情；揣摩之，可以化人文笔。

——清·但明伦

一门孝友，出于惇诚。讷既攀祥，诚亦提览，如斯天性，虽欲不化屯塞为祥和庆洽而不得也。

——清·何守奇

一门团聚，孝友之报也。

——清·王芑孙

谚云：悍妇能绝嗣。岂不痛哉！牛氏始不过黑心符出，蹈芦花故技耳。卒因讷而死诚，死诚而复死讷，何其惨也！幸天鉴其兄弟之死而致生之，又增一母一兄，而牛氏亡矣。报施何如哉？

——清·方舒岩

（陈丽华）

钟 生

编者按："母亲临死不得相见，将来何以为人，即使贵为公卿将相，又有何意义？"钟生在选择仕途前程还是父母恩情上毫不犹豫地选择亲情。中国人的孝道是刻进基因里的，一切人际关系均是基于孝而产生的。孝作为家庭伦理规范，有维持家庭稳定的功能和作用。人们用孝来调节家庭关系，使之扎根于家庭、风行于社会，成为人们遵守的道德准则和行为规范。故事中的钟生因至孝而获得长寿，也因此因祸得福，避免了早亡的结局。习近平总书记在 2019 年春节团拜会上强调："在家尽孝、为国尽忠是中华民族的优良传统。……我们要在全社会大力弘扬家国情怀，培育和践行社会主义核心价值观，弘扬爱国主义、集体主义、社会主义精神，提倡爱家爱国相统一，让每个人、每个家庭都为中华民族大家庭作出贡献。"只有孝敬父母的人才可能成为爱人之人，才能爱国报国。心中有大爱，行为有担当。心系国家、心系人民，是世间最大的"孝道"，是大孝、大德。作为一名党员干部，不管权力有多大，职位有多高，都应该明白这样一个道理：打牢修身做人的底线，夯实为官从政的基础，让父母安心、宽心，为子女感到自豪和骄傲，这是最大的孝敬；反之，违法乱纪，锒铛入狱，沦为阶下囚，让父母心痛、担忧，这是最大的不孝。

【原文】

钟庆余，辽东名士也。应济南乡举。闻藩邸有道士，知人休咎，心向往之。二场后至趵突泉，适相值。年六十余，须长过胸，一皤然道人也。集问灾祥者如堵，道士悉以微词授之。于众中见生，忻与握手，曰："君心术德行，可敬也!"挽登阁上，屏人语，因问："莫欲知将来否?"曰："唯唯。"曰："子福命至薄，然今科乡举可望。但荣归后，恐不复见尊堂矣。"钟性至孝，闻之涕下，遂欲不试而归。道士曰："若过此已往，一榜亦不可得矣。"生云："母死不见，且不可复为人，贵为卿相，何加焉?"道士曰："某夙世与君有缘，今日必合尽力。"乃以一丸授之曰："可遣人夙夜将去，服之可延七日。场毕而行，母子犹及见也。"

生藏之，匆匆而出，神志丧失。因计终天有期，早归一日，则多得一日之奉养，携仆贳驴，即刻东迈。驱里许，驴忽返奔，鞭之不驯，控之则蹶。生无计，躁汗如雨。仆劝止之，生不听。又贳他驴，亦如之。日已衔山，莫知为计。仆又劝曰："明日即完场矣，何争此一朝夕乎?请即先主而行，计亦良得。"不得已，从之。次日，草草竣事，立时遂发，不遑啜息，星驰而归。则母病绵惙，下丹药，渐就痊可。入视之，就榻泫泣。母摇首止之，执手喜曰："适梦至阴司，见王者颜色和霁。谓'稽尔生平，无大罪恶；今念汝子纯孝，赐寿一纪'。"生亦喜。历数日，果平健如故。

未几，闻捷，辞母如济。因赂内监，致意道士。道士欣然出，生便伏谒。道士曰："君既高捷，太夫人又增寿数，此皆盛德所致，道人何力焉!"生又讶其预知，因而拜问终身。道士云："君无大贵，但得耄耋足矣。君前身与我为僧侣，以石投犬，误毙一蛙，今已投生为驴。论前定数，君当横折；今孝德感神，已有解星入命，固当无恙。但夫人前世为妇不贞，数应少寡。令君以德延寿，非其所耦，恐岁后瑶台倾也。"生恻然良久，问继室所在。曰："在中州，今十四岁矣。"临别嘱曰："倘遇危急，宜奔东南。"

后年余，妻病，果死。钟舅令于西江，母遣往省，即以便途过中州，将应继室之谶。偶适一村，值临河优戏，士女甚杂。方欲整辔趋过，有一失勒牡驴，随之而行，致骝蹄跌。生回首，以鞭击驴耳，驴惊，大奔。时有王世子方六七岁，乳媪抱坐堤上；驴冲过，扈从皆不及防，挤堕河中。众大哗，欲执之。生纵骝绝驰，顿忆道士言，极力趋东南。约三十余里，入一山村，有叟在门，下骑揖之。叟邀入，自言"方姓"，便诘所来。生叩伏在地，具以情告。叟言："不妨。请即寄居此间，当使微者去。"至晚得耗，始知为世子，叟大骇曰："他家可以为力，此真爱莫能助矣！"生哀不已。叟筹思曰："不可为也。请过宵听其缓急，倘可再谋。"生愁怖，终夜不枕。次日侦听，则已行牒讥察，收藏者弃市。叟有难色，无言而入。生疑惧无以自安。中夜，叟来叩扉入，少坐便问："夫人年几何矣？"生以鳏对。叟喜曰："吾谋济矣。"问之，答云："姊夫慕道，挂锡南山；姊又谢世。遗有孤女，从仆鞠养，亦颇慧。以奉箕帚如何？"生喜符道士之言，而又冀亲戚密迩，可以得其周谋，曰："小生诚幸矣。但远方罪人，深恐贻累丈人。"叟曰："此即为君谋也。姊夫道术颇神，但久不与人事矣。合卺后，自与甥女筹之，必合有计。"生益喜，赘焉。

女十六岁，艳绝无双。生每对之欷歔。女云："妾即聘，何遽遽见嫌恶？"生谢曰："娘子仙人，相耦为幸。但有祸患，恐致乖违。"因以实告。女怨曰："舅乃非人！此弥天之祸，不可为谋，乃不明言，而陷我于坎窞！"生长跪曰："是小生以死命哀舅，舅慈悲而穷于术，知卿能生死人而肉白骨也。某诚不足称好逑，然家门幸不辱寞。倘得再生，香花供养有日耳。"女叹曰："事已至此，复何辞？然父自削发招提，儿女之爱已绝。无已，同往哀之，恐担挫辱不浅也。"乃一夜不寐，以毡绵厚作蔽膝，各以隐着衣底；然后唤肩舆，入南山十余里。山径拗折绝险，不复可乘。下舆，女跬步甚艰，生挽臂曳扶，竭蹶始得上达。不远，即见山门，共坐少憩。女喘汗淫淫，粉黛交下。生见之，情不可忍，曰："为某事，遂使卿罹此苦！"女愀然曰："恐此尚未是苦！"困少苏，相将入兰若，礼佛而进。曲折入禅堂，见老僧跌坐，目若瞑，一僮执拂侍之。方丈中，扫除光洁；而坐前悉布沙砾，密如星宿。女不敢择，入跪其上；生亦从诸其后。僧开目一瞻，即复合去。女参曰："久不定省，今女已嫁，故偕婿来。"僧久之，启视曰："妮子大累人！"即不复言。夫妻跪良久，筋力俱殆，沙石将压入骨，痛不可支。又移时，乃言曰："将骡来未？"女答曰："未。"曰："夫妻即去，可速将来。"二人拜而起，狼狈而行。既归，谨如其命，不解其意，但伏听之。过数日，相传罪人已得，伏诛讫。夫妻相庆。无何，山中遣僮来，以断杖付生云："代死者，此君也。"便嘱瘗祭，以解竹木之冤。生视之，断处有血痕焉。乃祝而葬之。夫妻不敢久居，星夜归辽阳。

【译文】

钟庆余，是辽东名士。来到济南府参加乡试。听说藩王府邸有一位道士，能预知人的吉凶祸福，很想去看看。二场考完后，他来到趵突泉，正巧在这里遇到道士。六十多岁，胡须过胸，是一位头发斑白的道长。聚拢在道士四周询问凶吉的人，像堵墙一样围得水泄不通。道士都用隐语来回答他们。道士在众人中看见钟庆余，高兴地与他握手，并且说："你的心术品行，令人敬佩。"挽着钟生的手登上阁楼，避开别人，问他说："莫不是想知道你的将来如何？"钟庆余说："是的！"道士说："你的福命太薄，但这一科中举，是有希望的。但回家后，恐怕就不能再见到你的母亲了。"钟庆余是一位孝子，听到道士的话，流下泪来。便想不参加考试直接回家。道士说："你若错过这次考试，以后恐怕也不会有中举的机会了。"钟生说："母亲临死不得相见，何以为人，即使贵为公卿将相，又有什么意思？"道士说："我前世与你有缘，我定尽力帮你。"就取出一丸药送给钟生说："你可以先打发一个人连夜赶回去，将这丸药给你母亲服了，可延命七天。等你考完再赶回去，你们母子还来得及见一面。"

　　钟生将丸药藏好，就匆匆地离开道士，精神颓丧。心想母亲寿数已定，早回去一天，就可多奉养一天，就带着仆人赁了头驴子，马上东归。赶着驴子走了一里多路，驴子忽然转头向后跑。用鞭子打，它不驯服；牵着笼头，它就尥蹶子。钟生无计可施，急得挥汗如雨。仆人劝说先停下，钟生不听。又另赁一头驴，结果也是一样。看着太阳已落山，不知到底该怎么办。仆人又劝说："明天就考完了，何必去争这一天？请让我先回去，这个办法也可以。"钟生迫不得已，就听从了仆人的话。第二天，钟生潦潦草草地考完，即刻动身，顾不上吃饭睡觉，连夜赶回家。原来母亲已病势垂危，吃下道士送的丹药，渐渐地痊愈了。钟生进来探视，走到母亲的床边就流下泪来。母亲摇摇头，不让钟生哭，拉着他的手欢喜地说："刚才做梦，我到了阴间，见到阎王，神色很和气，说：'查看你的一生，没犯过大罪恶；现今念你的儿子很孝顺，再赐你阳寿十二年。'"钟生听了很高兴。过了几天，母亲果然和往常一样健康。

又过了几天，钟生听到自己考中的消息，便辞别了母亲，来到济南府。贿赂藩王府的宦官，向道士致谢。道士欣然出来，钟生便跪下给他磕头。道士说："你已考中举人，太夫人又增了寿数，这些都是你自己品德高尚得来的，贫道有什么功劳呢！"钟生又从话中惊讶其先知，于是就向道士拜问自己终身的祸福。道士说："你没有多大的富贵，只要能活到八九十岁也就满足了。你的前身与我同是和尚，因用石头打狗，误将一只青蛙致死，这只青蛙已投生为驴。按前生的定数，你应当意外地早死。今因你的孝德感动了神灵，已有解星进入你的命中，应当没有别的危险了。但是你的妻子前世做妇人时不贞洁，命里注定该年轻守寡。现今，你因为德行而延长了寿数，不是她能长期相配的了，恐怕一年之后，你妻子就要死了。"钟生悲伤很久，又问续娶的妻子在什么地方。道士说："在河南，现在已经十四岁了。"道士临分手时嘱咐说："倘若遇到危难，应逃向东南。"

一年多后，钟生妻子果然死了。钟生的舅父在西江做县令，母亲让钟生去探望舅父，顺便路过河南，验合当娶继室的预言。偶然到了一个村庄，正遇上在河边演戏，男男女女混杂在一起。钟生刚想驱骡快点赶过去，有一头没了缰绳的公驴，跟随着他而行，惹得钟生的骡子老尥蹶子。钟生回头，用鞭子击打驴耳，驴受惊狂奔。这时，正巧有一位王子，才六七岁，奶妈正抱着他坐在河堤上，驴冲过来，侍从都没来得及提防，把小王子挤到了河里。众人大喊大叫，想把钟生抓起来。钟生放开骡子，拼命地跑；突然想起道士的话，极力向东南奔去。大约跑了三十多里，到了一个山村，有一位老汉站在门旁，钟生下骡行礼。老汉把他请到屋里，自己介绍说："姓方。"就问钟生从哪里来。钟生跪在地上，将遭遇如实说了。老汉说："没关系。请暂且住在这里，我会派人去打听消息的。"到晚上，得到消息，才知被惊的是小王子。老汉惊骇地说："别的事我尚能帮忙，这件事我真是爱莫能助。"钟生不停地哀求。老汉出计谋说："没有别的办法。请你在这里住一晚，听听情况缓急，或许可以再做打算。"钟生忧愁害怕，一夜没有入睡。第二天，探听到官府已行文追查逃犯。谁若藏匿逃犯，杀头示众。老汉很为难，默默地进了屋里。钟生又疑虑又恐惧，惶惶不安。

半夜，老汉来敲门，进来坐了一会儿，问："家中夫人多大了？"钟生告诉说自己鳏居。老汉高兴地说："我的想法能成了。"钟生问他，老汉回答说："我的姐夫仰慕佛道，在南山出家，姐姐去世。留下个女儿，跟着我过活，这孩子也颇聪慧，将她嫁给你为妻怎样？"钟生欢喜与道士的预言正相符，又希望成了亲戚，关系更近，可以得到他的周密谋划，便说："我实在荣幸。但是，我这远方的罪人，恐怕连累岳丈。"老汉说："这就是给你想的办法。我姐夫道术颇深，但他很久不过问人世间的事了。结婚后，你自己与我外甥女筹划一下，必定有好办法。"钟生更高兴了，就入赘做了老汉的外甥女婿。

女子才十六岁，容貌艳丽，无人可比。钟生常对之慨叹。女郎说："我即便长得不漂亮，也不至于这么快就被你嫌恶呀？"钟生道歉说："娘子长得如同仙人，我能与你结为夫妻，实是万幸。但我有祸患，恐怕会导致分离。"就将实情告诉了女子。女子埋怨说："舅舅行事，不通人情！这等弥天大祸，是没法子的，事前也不跟我说明白，这不等于把我推到陷阱里嘛！"钟生长跪说："是我死命地哀求舅舅，舅舅虽然慈悲，但他自己也没办法，知道你能起死回生。我确实称不上是一位好丈夫，然而我家的门第，倒也不辱没你。倘若我有再生之日，诚心诚意地供养你，是指日可待的。"女子叹气说："事情已到这个地步，我有什么可推辞的？可是，父亲自从削发出家，儿女之情已经断绝。没有别的法子，与你一同去哀求他，恐怕要受些挫折和凌辱。"于是，两人一夜没睡，用绵毡做了厚厚的护膝，藏在衣服里面；

然后叫来轿子，走进南山十多里。山路曲折险峻，再也无法坐轿子了。下轿后，女郎走路很艰难。钟生挽着手臂搀扶着她，行步颠仆，终于爬上山来。不多远，就见到寺院的山门，他二人坐下，稍微休息一会儿。女子气喘吁吁，汗水淋漓，脸上的粉一道道流下来。钟生见了，心有不忍，说："为了我的事，使你受这样的苦。"女子面色惨然地说："恐怕这还算不得苦呢。"疲乏稍解，二人就相互搀扶着进了寺庙，给佛施过礼，就向里走。转弯抹角地进了禅房，见一位老僧在那里盘腿打坐，双目似闭，一位童子在一边持拂侍候他。方丈室中，打扫得光洁明亮；在老僧的座位前，布满了沙砾，密如繁星。女子不敢有什么选择，进来就跪在上面；钟生也跟着跪在后头。老僧开眼一看，又闭上了。女子参拜说："好久没来探望父亲了，现在女儿已经嫁人，所以带女婿来拜见您。"待了好久，老僧才睁开眼说："你这妮子，太连累人了。"就不再说话了。夫妻二人跪了好久，筋疲力尽，沙石快要压到骨头里了，痛得再也支持不下去。又过了一会，老僧说："把骡子牵来了没有？"女郎说："没有。"老僧说："你夫妻马上回去，可快快地把骡子送来。"夫妻二人叩拜而起，狼狈地走出寺庙。回到家里，严格遵照父亲的话去办，不明白是什么意思，只是暗中探听消息。过了几天，听传闻说罪犯捉到了，已经被处死了。夫妻得知，相互庆贺。没多久，山中派了一个童子来，把一根砍断的拐杖交给钟生，说："代替你被砍的，就是它。"便嘱咐钟生，将拐杖埋葬，还要礼拜祭奠，以解除竹木代死的冤恨。钟生细看，那被砍断的地方，还有血痕。钟生祈祷后，将拐杖埋葬了。夫妻二人不敢在此久居，连夜回辽阳去了。

【延伸阅读】

心术德行，感通仙人，示之以未来，授之以灵药，可谓两全矣。

然而终天有期，爱日难已，即过此以往，一榜亦不可得，奚足计哉！驴忽反奔，以此捷高科，即以此增母寿。盛德所致，道人何力焉？王者又何力焉？蛙化牡驴，弥天祸降；而鸾胶之续，已在中州。以亡命而得好逑，固舅之慈悲而穷于术；而生死人、肉白骨，安知非有大慈悲诱其衷耶？竹木代死，易横折而毟鬃之，犹是盛德所致耳。舅何力焉？丈人又何力焉？

——清·但明伦

授药延生，断杖代死，并是孝德所感致耳。此父女不见姓名。

——清·何守奇

钟生至孝，至孝可以感神，所以母寿得增，得以奉养，以尽其孝思也。

——清·王芑孙

（陈丽华）

聂小倩

编者按：宁采臣身上寄托着蒲松龄对于封建文人的道德理想，他的一言一行，无不符合儒家的道德规范。他"廉隅自重"、正直守信、洁身自好、光明磊落得近乎完美的君子。宁采臣"卿防物议，我畏人言"八个字掷地有声，也正因他在"美色""金钱"面前凛然不可侵犯的人生价值取向和私德修养，方免于兰溪生及其仆人那样的遭遇。《论语》有言："为政以德，譬如北辰，居其所而众星共之。"党员干部的角色与使命恰如古时儒家学者眼中的君子，对整个中华民族的道德建设具有模范引领作用。对党员干部而言，德是首要的、第一位的，是人民群众最为看重的品行。从中国共产党的性质来看，党员干部带头立德修身，是保持党员先进性和纯洁性的必然要求。保持先进性和纯洁性，是我们党能够始终保持强大的创造力、凝聚力、战斗力的重要保障。

【原文】

　　宁采臣，浙人。性慷爽，廉隅自重。每对人言："生平无二色。"适赴金华，至北郭，解装兰若。寺中殿塔壮丽，然蓬蒿没人，似绝行踪。东西僧舍，双扉虚掩，惟南一小舍，扃键如新。又顾殿东隅：修竹拱把，阶下有巨池，野藕已花。意甚乐其幽杳。会学使案临，城舍价昂，思便留止，遂散步以待僧归。日暮，有士人来，启南扉。宁趋为礼，且告以意。士人曰："此间无房主，仆亦侨居。能甘荒落，旦晚惠教，幸甚！"宁喜，藉藁代床，支板作几，为久客计。是夜，月明高洁，清光似水，二人促膝殿廊，各展姓字。士人自言："燕姓，字赤霞。"宁疑为赴试诸生，而听其音声，殊不类浙。诘之，自言："秦人。"语甚朴诚。既而相对词竭，遂拱别归寝。

　　宁以新居，久不成寐。闻舍北喁喁，如有家口。起，伏北壁石窗下微窥之。见短墙外一小院落，有妇可四十余；又一媪衣翡绯，插蓬沓，鲐背龙钟，偶语月下。妇曰："小倩何久不来？"媪曰："殆好至矣。"妇曰："将无向姥姥有怨言否？"曰："不闻；但意似蹙蹙。"妇曰："婢子不宜好相识。"言未已，有一十七八女子来，仿佛艳绝。媪笑曰："背地不言人，我两个正谈道，小妖婢悄来无迹响。幸不訾着短处。"又曰："小娘子端好是画中人，遮莫老身是男子，也被摄魂去。"女曰："姥姥不相誉，更阿谁道好？"妇人、女子又不知何言。宁意其邻人聒口，寝不复听。又许时，始寂无声。方将睡去，觉有人至寝所。急起审顾，则北院女子也。惊问之，女笑曰："月夜不寐，愿修燕好。"宁正容曰："卿防物议，我畏人言。略一失足，廉耻道丧。"女云："夜无知者。"宁又咄之。女逡巡若复有词。宁叱："速去！不然，当呼南舍生知。"女惧，乃退。至户外复返，以黄金一铤置褥上。宁掇掷庭墀，曰："非义之物，污吾囊橐！"女惭，出，拾金自言曰："此汉当是铁石。"

诘旦，有兰溪生携一仆来候试，寓于东厢，至夜暴亡。足心有小孔，如锥刺者，细细有血出，俱莫知故。经宿，仆一死，症亦如之。向晚，燕生归，宁质之，燕以为魅。宁素抗直，颇不在意。宵分，女子复至，谓宁曰："妾阅人多矣，未有刚肠如君者。君诚圣贤，妾不敢欺。小倩，姓聂氏，十八夭殂，葬寺侧，辄被妖物威胁，历役贱务，觍颜向人，实非所乐。今寺中无可杀者，恐当以夜叉来。"宁骇，求计。女曰："与燕生同室可免。"问："何不惑燕生？"曰："彼奇人也，不敢近。"问："迷人若何？"曰："狎昵我者，隐以锥刺其足，彼即茫若迷，因摄血以供妖饮。又或以金，非金也，乃罗刹鬼骨，留之能截取人心肝。二者凡以投时好耳。"宁感谢，问戒备之期，答以明宵。临别泣曰："妾堕玄海，求岸不得。郎君义气干云，必能拔生救苦。倘肯囊妾朽骨，归葬安宅，不啻再造。"宁毅然诺之。因问葬处，曰："但记取白杨之上，有乌巢者是也。"言已出门，纷然而灭。

明日恐燕他出，早诣邀致。辰后具酒馔，留意察燕。既约同宿，辞以性癖耽寂。宁不听，强携卧具来。燕不得已，移榻从之，嘱曰："仆知足下丈夫，倾风良切。要有微衷，难以遽白。

幸勿翻窥箧襆，违之，两俱不利。"宁谨受教。既而各寝，燕以箱箧置窗上，就枕移时，齁如雷吼。宁不能寐。近一更许，窗外隐隐有人影。俄而近窗来窥，目光睒闪。宁惧，方欲呼燕，忽有物裂箧而出，耀若匹练，触折窗上石棂，飙然一射，即遽敛入，宛如电灭。燕觉而起，宁伪睡以觇之。燕捧箧检徵，取一物，对月嗅视，白光晶莹，长可二寸，径韭叶许。已而数重包固，仍置破箧中。自语曰："何物老魅，直尔大胆，致坏箧子。"遂复卧。宁大奇之，因起问之，且以所见告。燕曰："既相知爱，何敢深隐。我，剑客也。若非石棂，妖当立毙；虽然，亦伤。"问："所缄何物？"曰："剑也。适嗅之，有妖气。"宁欲观之。慨出相示，荧荧然一小剑也。于是益厚重燕。

明日，视窗外有血迹。遂出寺北，见荒坟累累，果有白杨，乌巢其颠。迨营谋既就，趣装欲归。燕生设祖帐，情义殷渥。以破革囊赠宁，曰："此剑袋也，宝藏可远魑魅。"宁欲从授其术。曰："如君信义刚直，可以为此。然君犹富贵中人，非此道中人也。"宁乃托有妹葬此，发掘女骨，敛以衣衾，赁舟而归。宁斋临野，因营坟葬诸斋外。祭而祝曰："怜卿孤魂，葬近蜗居，歌哭相闻，庶不见陵于雄鬼。一瓯浆水饮，殊不清旨，幸不为嫌！"祝毕而返，后有人呼曰："缓待同行！"回顾，则小倩也，欢喜谢曰："君信义，十死不足以报。请从归，拜识姑嫜，媵御无悔。"审谛之，肌映流霞，足翘细笋，白昼端相，娇艳尤绝。遂与俱至斋中。嘱坐少待，先入白母。母愕然。时宁妻久病，母戒勿言，恐所骇惊。言次，女已翩然入，拜伏地下。宁曰："此小倩也。"母惊顾不遑。女谓母曰："儿飘然一身，远父母兄弟。蒙公子露覆，泽被发肤，愿执箕帚，以报高义。"母见其绰约可爱，始敢与言，曰："小娘子惠顾吾儿，老身喜不可已。但生平止此儿，用承祧绪，不敢令有鬼偶。"女曰："儿实无二心。泉下人既不见信于老母，请以兄事，依高堂，奉晨昏，如何？"母怜其诚，允之。即欲拜嫂。母辞以疾，乃止。女即入厨下，代母尸饔。入房穿榻，似熟居者。日暮，母畏惧之，辞使归寝，不为设床褥。女窥知母意，即竟去。过斋欲入，却退，徘徊户外，似有所惧。生呼之，女曰："室有剑气畏人。向道途中不奉见者，良以此故。"宁悟为革囊，取悬他室。女乃入，就烛下坐。移时，殊不一语。久之，问："夜读否？妾少诵《楞严经》，今强半遗忘。浼求一卷，夜暇，就兄正之。"宁诺。又坐，默然，二更向尽，不言去。宁促之，愀然曰："异域孤魂，殊怯荒墓。"宁曰："斋中别无床寝，且兄妹亦宜远嫌。"女起，眉颦蹙而欲啼，足俇儴而懒步，从容出门，涉阶而没。宁窃怜之，欲留宿别榻，又惧母嗔。女朝旦朝母，捧匜沃盥，下堂操作，无不曲承母志。黄昏告退，辄过斋头，就烛诵经。觉宁将寝，始惨然去。

先是，宁妻病废，母劬不可堪；自得女，逸甚，心德之。日渐稔，亲爱如己出，竟忘其为鬼；不忍晚令去，留与同卧起。女初来未尝食饮，半年渐啜稀饣它。母子皆溺爱之，讳言其鬼，人亦不之辨也。无何，宁妻亡。母阴有纳女意，然恐于子不利。女微窥之，乘间告母曰："居年余，当知儿肝鬲。为不欲祸行人，故从郎君来。区区无他意，止以公子光明磊落，为天人所钦瞩，实欲依赞三数年，借博封诰，以光泉壤。"母亦知无恶，但惧不能延宗嗣。女曰："子女惟天所授，郎君注福籍，有亢宗子三，不以鬼妻而遂夺也。"母信之，与子议。宁喜，因列筵告戚党。或请觌新妇，女慨然华妆出，一堂尽眙，反不疑其鬼，疑为仙。由是五党诸内眷，咸执贽以贺，争拜识之。女善画兰、梅，辄以尺幅酬答，得者藏什袭以为荣。

一日俯颈窗前，怊怅若失。忽问："革囊何在？"曰："以卿畏之，故缄置他所。"曰："妾受生气已久，当不复畏，宜取挂床头。"宁诘其意，曰："三日来，心怔忡无停息，意金华妖物恨妾远遁，恐旦晚寻及也。"宁果携革囊来。女反复审视，曰："此剑仙将盛人头者也。敝败至此，不知杀人几何许！妾今日视之，肌犹粟慄。"乃悬之。次日，又命移悬户上。夜对烛坐，约宁勿寝。欻有一物，如飞鸟堕。女惊匿夹幕间。宁视之，物如夜叉状，电目血舌，睒闪攫拿而前，至门，却步，逡巡久之，渐近革囊，以爪摘取，似将抓裂。囊忽格然一响，大可合簀，恍惚有鬼物，突出半身，揪夜叉入，声遂寂然，囊亦顿缩如故。宁骇诧，女亦出，大喜曰："无恙矣！"共视囊中，清水数斗而已。

后数年，宁果登进士，女举一男。纳妾后，又各生一男，皆仕进有声。

【译文】

宁采臣，浙江人，性情慷慨豪爽，品行端正。常对人说："平生除了妻子，没有爱过别的女子。"有一次，他去金华，来到北郊的一座荒庙中，解下行装休息。寺中殿塔壮丽，但是蓬蒿长得比人还高，好像很长时间没有人来过。东西两边的僧舍，门都虚掩着，只有南面一间小房子，门锁像是新的。再看看殿堂的东墙角，长着一丛一丛满把粗的竹子，台阶下一个大水池，池中开满了野荷花。宁生很喜欢这里的清幽寂静。当时正赶上学使举行考试，城里房价昂贵，宁生就想暂时住在这里，于是就散步等僧人回来。太阳落山的时候，来了一个书生，开了南边房子的门。宁采臣快步上前行礼，并说明来意。那书生说："这些屋子没有房主，我也是暂住这里的。如果你愿意住在这么荒凉的地方，我也可早晚请教，那可太好了。"宁采臣很高兴，弄来些草秸铺在地上当床，支上木板当桌子，打算长期住在这里。这天夜里，月明高洁，清光似水。宁生和那书生在殿廊下促膝交谈，各自通报姓名。书生说："我姓燕，字赤霞。"宁生以为他也是赶考的书生，但听他的声音不像浙江人，就问他是哪里人。书生说："陕西人。"语气诚恳朴实。过了一会儿，两人无话可谈了，就拱手告别，回房睡觉。

宁生因为才到一个新地方，好久都睡不着。他听见屋子北面有人低声说话，好像有家眷。宁生起来伏在北墙的石头窗下，偷偷察看。只见短墙外面有个小院落，有位四十多岁的妇人，还有一个老妈妈，穿着暗红色衣服，头上插着银质的梳形首饰，驼背弯腰，老态龙钟，两人正在月光下说话。只听妇人说："小倩怎么这么久还不来？"老妈妈说："差不多快来了！"妇人说："是不是对姥姥有怨言？"老妈妈说："没听说。但看样子有点不舒畅。"妇人说："那丫头不能给她好气。"话没说完，来了一个十七八岁的女子，好像很漂亮。老妈妈笑着说："背地里不说人。我们两个正说着，小妖精就不声不响悄悄地来了，幸亏没说你的短处。"又说："小娘子真是漂亮得像画上的人，老身若是男子，也被你把魂勾去了。"女子说："姥姥不夸奖我，还有谁说我好呢？"妇人同女子不知又说些什么。宁生以为她们是邻人的家眷，就躺下睡觉不再听了。又过了一会儿，院外才没有声音了。宁生刚要睡着，觉得有人进了屋子，急忙起身查看，原来是北院那个女子。宁生惊奇地问她干什么，女子说："月夜睡不着，愿与你共享夫妇之乐。"宁生严肃地说："你应提防别人议论，我也怕人说闲话。一步走错，就会丢尽脸面。"女子说："夜里没人知道。"宁生又斥责她。

女子走来走去，像还有话说，宁生大声呵斥："快走！不然，我就喊南屋的书生！"女子害怕，才走了。走出门又返回来，把一锭黄金放在褥子上。宁生拿起来扔到庭外的台阶上，说："不义之财，脏了我的口袋！"女子羞惭地退了出去，拾起金子，自言自语说："这个汉子真是铁石心肠！"

第二天早晨，有一个兰溪的书生带着仆人来准备考试，住在庙中东厢房里，夜里突然死了。尸体的脚心有一小孔，像锥子刺的，血细细地流出来。众人都不知道是什么缘故。又过了一夜，仆人也死了，症状同那书生一样。到了晚上，燕生回来，宁生问他这事，燕生认为是鬼干的。宁生平素刚直不阿，没有放在心上。到了半夜，那女子又来了，对宁生说："我见的人多了，没见过像你这样刚直心肠的。你实在是圣贤，我不敢骗你。我叫小倩，姓聂，十八岁就死了，葬在寺庙旁边，常被妖物胁迫干些下贱的事，厚着脸皮伺候人家，实在不是我乐意干的。如今寺中没有可杀的人，恐怕夜叉要来害你了！"宁生害怕，求她给想个办法。女子说："你与燕生住在一起，就可以免祸。"宁生问："你为什么不迷惑燕生呢？"小倩说："他是一个奇人，我不敢靠近。"宁生问："你用什么办法迷惑人？"小倩说："和我亲热的人，我就偷偷用锥子刺他的脚。等他昏迷过去，我就取他的血，供妖物饮用；或者用黄金引诱他，但那不是金子，是罗刹鬼的骨头，如果留下了，夜里就会被挖出心肝。这两种办法，都是投人所好。"宁生感谢她，问她需要戒备的时间，小倩回答说就在明天晚上。临分别时，她流着泪说："我陷进苦海，找不着岸边。郎君义气冲天，一定能救苦救难。你如果肯把我的朽骨装殓起来，回去葬在可以安居的墓地，如同再给我一次生命。"宁生毅然答应，问她葬在什么地方。小倩说："你只要记住，白杨树上有乌鸦巢的地方就是。"说完走出门去，一下子消失了。

　　第二天宁生怕燕生外出，早早就把他请来，备下酒菜，留心观察燕生。并约他在一个屋里睡觉，燕生推辞说自己性情孤僻，爱清静。宁生不听，硬把他的行李搬过来。燕生没办法，只得搬来睡，嘱咐宁生说：“我知道你是个大丈夫，很仰慕你。但我有些隐衷，很难一下子说清楚。希望你不要翻看我的箱子包袱，否则，对我们两人都不利！”宁生恭敬地答应。夜里两人都躺下，燕生把箱子放在窗台上，往枕头上一躺，不多时就鼾声如雷。宁生睡不着，将近一更的时候，窗子外边隐隐约约有人影。一会儿，那影子靠近窗子向里偷看，目光闪闪。宁生害怕，正想呼喊燕生，忽然有个东西冲破箱子，直飞出去，像一匹耀眼的白练，撞断了窗上的石棂，倏然一射又马上返回箱中，像闪电似的熄灭了。燕生警觉地起来，宁生装睡偷偷地看着。燕生搬过箱子查看了一遍，拿出一件东西，对着月光又闻又看。宁生见那东西晶莹洁白，有二寸来长，如一韭菜叶宽。燕生看完，又结结实实地包了好几层，仍然放进箱子里，自言自语说：“什么老妖魔，竟有这么大的胆子，敢弄坏我的箱子！”接着又躺下了。宁生大为惊奇，起来问燕生，并把刚才见到的情景告诉他。燕生说：“既然我们交情已深，我怎么好再隐瞒呢？我其实是个剑客。刚才要不是窗户上的石棂，那妖魔立刻就死。不过虽然没死，也受了伤。”宁生问：“你藏的是什么东西？”燕生说：“是剑。刚才闻了闻，上面有妖魔的气味。”宁生想看一看，燕生慷慨地拿出来给他看，原来是把莹莹闪光的小剑，宁生更加敬佩燕生。

　　天亮后，宁生发现窗户外边有血迹。他出寺往北，见一座座荒坟中，果然有棵白杨树，树上有个乌鸦巢。等事情办理妥当，宁生收拾行装准备回去。燕生为他饯行，情谊深厚。又把一个破皮囊赠送给宁生，说：“这是剑袋，好好珍藏，可以避邪驱鬼。”宁生想跟他学剑术，燕生说：“像你这样有信义又刚直的人，可以做剑客；但你是富贵中人，不是这条道上的人。"宁生托词有个妹妹葬在这里，挖掘出小倩的尸骨，用衣服被子包好，租船回家了。宁生的书房靠着荒野，他就在那儿营造坟墓，把小倩葬在了书房外面。祭奠的时候，他祈祷说："怜惜你是个孤魂，把你葬在我的书房边，相互听得见歌声和哭声，不再受雄鬼的欺凌。请你饮一杯浆水，算不得清洁甘美，愿你不要嫌弃。"祷告完了就要回去。后边有人喊他："请你慢点，等我一起走!"宁生回头一看，原来是小倩。小倩欢喜地谢他说："你这样讲信义，我就是死十次，也不能报答你!请让我跟你回去，拜见公婆，就算给你做婢妾也不后悔。"宁生细细地看她，白里透红的肌肤，像映衬着天上流动的彩霞，一双小脚如同微微翘起的细笋，白天一看，更加艳丽娇嫩。于是，宁生就同她一块来到书房，宁生嘱咐她稍等一会儿，自己先进去禀告母亲。母亲听了很惊愕。这时宁生的妻子已病了很久，母亲告诫他不要走漏风声，怕吓坏他的妻子。刚说完，小倩已经轻盈地走进来，跪拜在地。宁生说："这就是小倩。"母亲惊恐地看着她，不知如何是好。小倩对母亲说："女儿飘然一身，远离父母兄弟，承蒙公子照顾，恩泽深厚。愿意做婢妾，来报答公子的恩情。"母亲见她温柔秀美，十分可爱，才敢同她讲话，说："小娘子看得起我儿，老身十分喜欢。但我这一生就这一个儿子，还指望他传宗接代，不敢让他娶个鬼媳妇。"小倩说："女儿确实没有二心，我是九泉下的人，既然不能得到母亲的信任，请让我把公子当兄长。跟着老母亲，早晚伺候您，可以吗?"母亲怜惜她的诚意，就答应了。小倩便想拜见嫂子，母亲托词她身体不好，小倩便没有去;又立即去厨房，替母亲料理饮食，出来进去，像早就住熟了似的。天黑了，宁母害怕她，让她回去睡觉，没给她安排床褥。小倩看出母亲的心思，就马上走了。路过宁生的书房，想进去，又退了回来，在门外徘徊，好像害怕什么。宁生叫她，小倩说："这屋里剑气太吓人，以前在路上没有出来见你，就是因为这个缘故。"宁生明白是那个皮囊，就取来挂到别的房里。小倩这才进去，靠近烛光坐下，坐了一会儿，没说一句话。过了好长时间，小倩才问："你夜里读书吗？我小时候读过《楞严经》，如今大半都忘了。求你给我一卷，夜里没事，请兄长指正。"宁生答应了。小倩又坐了一会儿，沉默不语；二更快过去了，也不说走。宁生催促她，小倩凄惨地说："我一个外地来的孤魂，在荒墓里特别害怕。"宁生说："书房中没有别的床可睡，况且我们是兄妹，也应避嫌。"小倩起身，愁眉苦脸的像要哭出来，脚步迟疑，慢慢走出房门，踏过台阶不见。宁生暗暗可怜她，想留她在别的床上住下，又怕母亲责备，只好作罢。小倩之后每天清晨就来给母亲请安，捧着脸盆侍奉洗漱。操劳家务，没有不合母亲心意的。到了黄昏就告退辞去，常到书房，就着烛光读经书。发觉宁生想睡了，才凄凄惨惨地离去。

先前，宁生的妻子病了，母亲操持所有家务，累得疲惫不堪。自从小倩来了，母亲生活非常安逸，心中也十分感激小倩。一天天熟悉了，待她就像自己的女儿，竟忘记她是鬼了，晚上不忍心再赶她走，就留她同睡同起。小倩刚来时，从不吃东西也不喝水，半年后，渐渐地能喝点稀饭。宁生和母亲都很宠爱她，避讳说她是鬼，别人也就不知道。没多久，宁生的妻子死了。母亲私下有娶小倩做媳妇的意思，又怕对儿子不利。小倩知道了母亲的心思，就乘机告诉母亲说："在这里住了一年多，母亲应当知道儿的心肠了。我为了不祸害人，才跟郎君来到这里。我没有别的意思，只因公子光明磊落，为天下人所敬重，实在是想依靠帮助他几年，借以博得皇帝封诰，那我在九泉之下也觉光彩。"母亲也知道她没有恶意，只是怕她不能生儿育女。小倩说："子女是天给的，郎君命中注定有福，会有三个光宗耀祖的儿子，不会因为是鬼妻就丧失的。"母亲相信了她，便同儿子商议。宁生很高兴，就摆下酒宴，告诉了亲戚朋友。有人要求见见新媳妇，小倩穿着漂亮衣服，坦然大方地出来拜客。满屋的人都惊诧地看着她，不仅不疑心她是鬼，反而怀疑她是仙女。于是宁生五服之内的亲属，都带着礼物向小倩祝贺，争着与她交往。小倩善于画兰花和梅花，总是以画酬答。凡得到她的画的人都把画好好珍藏着，并以此为荣。

一天，小倩在窗前低着头，心情惆怅，像掉了魂。她忽然问："那个皮囊你放在什么地方了？"宁生说："因为你害怕它，所以我把它收起来放到别的房里了。"小倩说："我接受活人的气息已很长时间了，应该不再害怕了。把它拿出来挂在床头吧！"宁生问她怎么了，小倩说："这三天来，我心中总感觉恐惧不安。想来是金华的妖物，恨我远远地逃走，我怕它早晚会找到这里。"宁生就把皮囊拿来，小倩反复看着，说："这是剑仙装人头用的。破旧到这种程度，不知道杀了多少人！我今天见了它，身上还起鸡皮疙瘩。"说完便把剑袋挂在床头。第二天，小倩又让宁生把皮囊挂在门外。夜晚对着蜡烛坐着，叫宁生也不要睡。忽然，有一个东西像飞鸟一样落下来，小倩惊慌地藏进帷幕中。宁生一看，这东西形状像夜叉，两眼闪电，舌头血红，两只爪子闪闪发光，抓挠着伸过来。到了门口又停住，徘徊了很久，渐渐靠近皮囊，用爪子摘取，好像要把它抓裂。皮囊内忽然格的一响，变得有两个竹筐那么大，恍惚间有个怪物探出半个身子，把夜叉一把揪进去，接着就寂静无声了，皮囊也顿时缩回原来的大小。宁生既害怕又惊诧。小倩出来，非常高兴地说："没事了！"他们往皮囊里一看，只有几斗清水罢了。

几年以后，宁生果然考取了进士，小倩生了个男孩。宁生又纳了个妾，她们又各自生了一个男孩。三个孩子后来都做了官，而且官声很好。

【延伸阅读】

能破此（财、色）两关，非圣贤不能。

——清·冯镇峦

德义，天下之大防也。

不知其色为鬼，而金为罗刹骨也。惟以德义自防而已，而卒受其效。乃世有语以祸则惧，及见财色旋忘之，是自败其防。

——清·方舒岩

（朱　峰）

乔　女

编者按："士为知己者死，女为悦己者容"，本篇却恰恰是一个没有"容"的丑女为"知己者"鞠躬尽瘁的故事。乔女貌"黑丑"心却甚美，虽拒绝孟生的求婚，却把孟生引为知己，更在孟生死后，面对威逼利诱毫不动摇，在孟生的朋友受到恶人恐吓退缩、官府不愿受理案件的情况下，独自一人想尽各种办法对抗想要强夺孟生家产的恶人，并不顾流言蜚语为他守护家产，抚养遗孤。乔女虽是一个弱女子，却做到了许多男子都做不到的事情。故事中的县令竟然因嫌乔女告状时言语不敬而不受理她的案件，这给我们的党员干部以警醒，要引以为戒，不能把个人情绪带到工作中。党员干部在工作中要带头立德修身，不断提高自身党性修养和思想境界，保证自身思想不变质、行为不失范，才能确保党始终成为时代先锋、民族脊梁、全国人民的主心骨。只有党员干部发挥先锋模范作用，才能更好发动和带领群众，在共同奋斗中保持与群众的鱼水深情。

【原文】

平原乔生，有女黑丑，壑一鼻，跛一足。年二十五六，无问名者。邑有穆生，年四十余，妻死，贫不能续，因聘焉。三年，生一子。未几，穆生卒，家益索，大困，则乞怜其母。母颇不耐之。女亦愤不复返，惟以纺织自给。

有孟生丧偶，遗一子乌头，裁周岁，以乳哺乏人，急于求配，然媒数言，辄不当意。忽见女，大悦之，阴使人风示女。女辞焉，曰："饥冻若此，从官人得温饱，夫宁不愿？然残丑不如人，所可自信者，德耳。又事二夫，官人何取焉！"孟益贤之，向慕尤殷，使媒者函金加币而说其母。母悦，自诣女所，固要之，女志终不夺。母惭，愿以少女字孟，家人皆喜，而孟殊不愿。居无何，孟暴疾卒，女往临哭尽哀。孟故无戚党，死后，村中无赖悉凭陵之，家具携取一空，方谋私分其田产，家人亦各草窃以去，惟一妪抱儿哭帷中。女问得故，大不平。闻林生与孟善，乃踵门而告曰："夫妇、朋友，人之大伦也。妾以奇丑，为世不齿，独孟生能知我。前虽固拒之，然固已心许之矣。今身死子幼，自当有以报知己。然存孤易，御侮难，若无兄弟父母，遂坐视其子死家灭而不一救，则五伦中可以无朋友矣。妾无所多须于君，但以片纸告邑宰；抚孤，则妾不敢辞。"林曰："诺。"女别而归。林将如其所教，无赖辈怒，咸欲以白刃相仇。林大惧，闭户不敢复行。女听之，数日寂无音；及问之，则孟氏田产已尽矣。女忿甚，锐身自诣官。官诘女属孟何人，女曰："公宰一邑，所凭者理耳。如其言妄，即至戚无所逃罪；如非妄，即道路之人可听也。"官怒其言戆，诃逐而出。女冤愤无以自伸，哭诉于搢绅之门。某先生闻而义之，代剖于宰。宰按之，果真，穷治诸无赖，尽返所取。

或议留女居孟第，抚其孤，女不肯。扃其户，使妪抱乌头，从与俱归，另舍之。凡乌头日用所需，辄同妪启户出粟，为之营办；己锱铢无所沾染，抱子食贫，一如曩日。积数年，乌头渐长，为延师教读；己子则使学操作。妪劝使并读，女曰："乌头之费，其所自有；我耗人之财以教己子，此心何以自明？"又数年，为乌头积粟数百石，乃聘于名族，治其第宅，析令归。乌头泣要同居，女乃从之；然纺绩如故。乌头夫妇夺其具，女曰："我母子坐食，心何安矣？"遂早暮为之纪理，使其子巡行阡陌，若为佣然。乌头夫妻有小过，辄斥谴不少贷；稍不悛，则怫然欲去。夫妻跪道悔词，始止。未几，乌头入泮，又辞欲归。乌头不可，捐聘币，为穆子完婚。女乃析子令归。乌头留之不得，阴使人于近村为市恒产百亩而后遗之。

后女疾，求归，乌头不听。病益笃，嘱曰："必以我归葬！"乌头诺。既卒，阴以金啖穆子，俾合葬于孟。及期，棺重，三十人不能举。穆子忽仆，七窍血出，自言曰："不肖儿，何得遂卖汝母！"乌头惧，拜祝之，始愈。乃复停数日，修治穆墓已，始合厝之。

异史氏曰："知己之感，许之以身，此烈男子之所为也。彼女子何知，而奇伟如是？若遇九方皋，直牡视之矣。"

【译文】

平原县有个姓乔的读书人，有个女儿又黑又丑，还豁着鼻子，瘸了一条腿，二十五六岁了也没人来聘娶。城里有个姓穆的书生，四十多岁，妻子死了，家里贫穷无力续娶，就娶了乔家女儿。乔女过门三年，生了一个儿子。不久，穆生便故去了，家里就更加贫穷，生活十分困难，乔女向自己母亲求助。母亲很不耐烦，乔女也气愤得不再回娘家，就靠纺线、织布来养活自己和孩子。

有个姓孟的书生，死了妻子，留下一个儿子叫乌头，才满周岁，因为孩子没有奶吃，急着要续娶，但媒人给他说了几个，他都不满意。有次偶然见到乔女，非常高兴，暗中让人向乔女示意。乔女拒绝了，说："我现在穷困到这个地步，嫁给官人可以得到温饱，哪能不愿意呢？但我又残又丑，比不上别人，所能自信的只有品德了；又要去侍奉第二个丈夫，连德行也有亏了，对官人来说，我有什么可取的呢！"孟生愈发认为她贤惠，思慕之情更深，便让媒人在盒子里放上礼物和金钱去说服乔女的母亲。她母亲很高兴，亲自到女儿家，坚决要求女儿答应下来，乔女的意志终究不可改变。母亲很羞愧，表示愿意把小女儿嫁给孟生。孟家人都很高兴，而孟生却不同意。过了不久，孟生突然得急病死了，乔女到孟家去吊丧，极尽哀思。孟生本来没有什么亲戚、族人，他死后，村中无赖都乘机欺负孟家，把家具抢掠一空，还商量着要瓜分孟家的田产。孟家的仆人也趁乱偷了东西跑了，只有一个老妈子抱着乌头在帷帐里哭。乔女问明了原委，非常生气。她听说林生与孟生生前交好，就登门对林生说："夫妇、朋友，是伦常之大端。我因为长相丑陋，被世人瞧不起，只有孟生能看重我，我从前虽然坚决拒绝了他，然而心已经许给他了。如今，孟生死了，他的孩子还那么小，我自觉应当报答孟生的知己之情。可是，收养孤儿容易，防止外人欺负更难，如果没有兄弟父母，就等着看他子死家亡而不去救，那么五伦之中可以没有朋友这一项了。我也不多麻烦您，只是请您写一张状子告到县里，抚养孤儿的事，我则义不容辞。"林生说："好！"乔女就告别回家了。林生准备按乔女所教的去办，村中的无赖们生气了，都威胁他要白刀子进红刀子出。林生害怕了，关了门不敢出去。乔女等了几天，毫无音信；再一打听，孟家的田产已经被分光了。乔女非常气愤，挺身而出到衙门去告状。县令问乔女是孟生的什么人。乔女说："您管理一个县，所凭的只是公理罢了。如果说的话是假的，就是至亲也逃脱不了罪名；如果不假，就是路边人的话也该听。"县令嫌她说话太直，就呵斥一顿，把她赶了出去。乔女气愤得无处申冤，就到当地做过官的人家去哭诉。有一位先生听到这件事，被她的义气感动，代她向县令说明原委。县令一查，乔女说的果然是真的，于是极力惩治了那些无赖，把他们夺去的产业都追了回来。

有人提议让乔女留在孟家，抚养孟生留下的孤儿，乔女不肯。她锁了孟家的门，让老妈子抱着乌头和她一起回家，另找房子安排他们住下。凡是乌头日常需要的东西，就和老妈子打开孟家的门拿出粮食换钱，为他置办；自己则分文不取，带着自己的孩子过穷日子，和从前一样。过了几年，乌头渐渐长大，乔女便为他请老师教他读书，自己的儿子则叫他学干农活。老妈子劝她让两个孩子一起读，乔女说："乌头的费用，是他自己的；我花费别人的钱财来教育自己的儿子，我的心意怎么能表明呢？"又过了几年，乔女替乌头积累了几百石粮食，为他聘娶了名门大族的姑娘，修葺了宅院，要和他分开，让他自己回孟家生活。乌头哭着要乔女过去一起住，乔女才答应了，但是，依然像往常一样纺线、织布。乌头夫妇夺走了她的工具，乔女说："我们母子坐着白吃，心里怎么能安稳呢？"于是整天替乌头经营家业，让她的儿子去田里监工，好像雇工一样。乌头夫妇有小过失，就责备他们，不肯放宽，稍不悔改，乔女就生气地要离开，直到夫妻俩跪着道歉才行。不久，乌头考上了秀才，乔女又要辞别回家。乌头不同意，拿出钱，给穆生的儿子娶了妻子。乔女便让儿子回家过活，乌头留不住，便暗中让人在附近村子为穆子买了百亩地，才让他回去。

后来乔女得了病要回家去，乌头不同意。后来乔女的病加重了，嘱咐乌头说："一定要把我归葬穆家！"乌头同意了。可乔女死后，乌头暗中送些钱给穆生的儿子，想要将乔女与自己的父亲孟生合葬。可到了出殡那天，棺材重得三十个人也抬不起来。乔女的儿子忽然摔倒在地上，七窍流血，自言自语道："不肖子，怎么能卖你母亲呢！"乌头害怕了，连忙拜倒祝告，穆子才好了。于是，棺材又停放了几天，把穆生的墓地修整妥当，才把乔女与穆生合葬了。

异史氏说："士为知己者死！甘愿为赏识自己、了解自己的人献身，这是刚烈男子的作为。乔女有什么知识，却也能这样奇异不凡？如果遇到善于辨别良马的九方皋，肯定会把她当作男人一样敬重。"

【延伸阅读】

堂堂正正，斩钉截铁之言，须眉男子闻之能不生愧？

所求朋友者不过如此，本非强以难能者。

抚其孤而不居其第，不染其财，界限分明，诸无赖亦应折服。

美哉乔女！

——清·但明伦

伟哉乔女！

——清·某甲

（朱　峰）

孙必振

编者按：人性的恶在这篇故事中得到淋漓尽致的表现。在危难面前，人人只求自保，丝毫不顾及他人。而讽刺的是，他们避之唯恐不及的"危险"恰恰是最安全的；在把所谓的危险推出去之后，自己转瞬就遭遇不测。党员干部只有把立德修身、廉洁自律作为一种崇高的价值准则确立在心里，要站稳人民立场，始终同人民风雨同舟、生死与共，勇于担当、积极作为，才能在面对各种选择时始终将其放在最前，真正做到内化于心、外化于行。

【原文】

孙必振渡江，值大风雷，舟船荡摇，同舟大恐。忽见金甲神立云中，手持金字牌，下示诸人。共仰视之，上书"孙必振"三字，甚真。众谓孙："必汝有犯天谴，请自为一舟，勿相累。"孙尚无言，众不待其肯可，视旁有小舟，共推置其上。孙既登舟，回首，则前舟覆矣。

【译文】

孙必振坐船过江，船到江心的时候，遇上了狂风暴雷，船身颠簸得很厉害，他同船上的人都非常害怕。这时，忽然看到一尊金甲神站在云中，手拿金字大牌朝着下面。大家一齐抬头看去，上面写着'孙必振'三个大字，大家都看得很清楚。所有人都对孙必振说："一定是你受到了上天的责罚。你赶紧到别的船上，不要连累了我们！"孙必振还没来得及说话，大家也不管他同意不同意，见旁边有一只小船，就一齐将他推了上去。孙必振刚登上小船，回头一看，先前坐的那只大船已沉到江中看不见了。

【延伸阅读】

金字牌下示诸人，是明使诸人推置小舟也。然即此推置之心，舟中人皆当全覆矣。

——清·但明伦

（朱　峰）

镜　听

编者按：家庭是社会的细胞，是人生的第一所学校。成家立业后的家庭更是个人发展道路上的重要动力源泉，夫妻之间的相互扶持是至关重要的，和谐美满的家庭环境对个人乃至整个社会都有着积极的影响。作为新时代的领导干部，在工作中尽职尽责、为人民服务的同时，也要严私德，树立良好家风。只有让工作与家庭相辅相成，才能工作顺心、生活美满。《镜听》主要讲述了郑氏的两个儿媳因郑氏兄弟科举成绩的高低而被差别对待的故事，以此反映了科举时代的世事人情，以及个人努力对良好家风树立的重要作用。

【原文】

益都郑氏兄弟，皆文学士。大郑早知名，父母尝过爱之，又因子并及其妇。二郑落拓，不甚为父母所欢，遂恶次妇，至不齿礼。冷暖相形，颇存芥蒂。次妇每谓二郑："等男子耳，何遂不能为妻子争气？"遂摈弗与同宿。于是二郑感愤，勤心锐思，亦遂知名。父母稍稍优顾之，然终杀于兄。次妇望夫綦切，是岁大比，窃于除夜以镜听卜。有二人初起，相推为戏，云："汝也凉凉去！"妇归，凶吉不可解，亦置之。

闱后，兄弟皆归。时暑气犹盛，两妇在厨下炊饭饷耕，其热正苦。忽有报骑登门，报大郑捷。母入厨唤大妇曰："大男中式矣！汝可凉凉去。"次妇忿恻，泣且炊。俄又有报二郑捷者，次妇力掷饼杖而起，曰："侬也凉凉去！"此时中情所激，不觉出之于口；既而思之，始知镜听之验也。

异史氏曰："贫穷则父母不子，有以也哉！庭帏之中，固非愤激之地；然二郑妇激发男儿，亦与怨望无赖者殊不同科。投杖而起，真千古之快事也！"

【译文】

山东益都县的郑氏兄弟，都是读书人。大郑早就出了名，父母偏爱他，因此对大儿媳也好；二郑科场失意，父母不太喜欢他，也就厌恶二儿媳，以至于耻于把她当作儿媳，这样相比之下一冷一暖，兄弟二人心里就有了隔阂。二郑媳妇对丈夫说："都是同样的男子汉，为啥你就不能为老婆争口气？"拒绝和丈夫同宿。从此二郑发愤努力，专心致志地勤学苦钻，也终于有了名气。父母对他的看法稍好了点，但终究不如对哥哥好。二郑媳妇盼望丈夫显贵的心情非常急切，这一年正好是乡试之年，在除夕晚上她偷偷用镜听的方法为丈夫考试占卜吉凶。出了门，听见有两人才起来，互相推搡着闹着玩，说："你也凉快凉快去！"二郑媳妇回到家里，弄不明白这句话是啥意思，也就放下这事不再提了。

乡试考完以后，兄弟二人都回家了。当时天还很热，两个媳妇在厨房里为忙秋的人做饭，热得难受。忽然有骑马的人登门来报喜讯，说大郑考中了举人。郑母赶紧跑进厨房对大儿媳说："老大考中了，你可以凉快凉快去了。"二郑媳妇又气又难过，一边掉泪一边做饭。不一会儿，又有人来报喜说二郑也考中了举人。二郑媳妇听说，用力一扔擀面杖站起来，说道："我也凉快凉快去！"这句话是她为心中气忿之情所激，不知不觉顺口说出来的；可过后再一想，才知道正好应验了镜听占卜的结果。

异史氏说："贫穷之人，父母都不把你当儿子看待，是有原因的！家庭之中，本不是感情用事的地方。但二郑媳妇激发丈夫，和那些无才之人心怀怨恨大不相同。扔下擀面杖站起来，真是千古以来大快人心的事啊！"

【延伸阅读】

贫穷则父母不子，固矣。今有人下一转语曰："富贵则父母不子。"噫！人之得有其子亦难矣。

——清·王金范

《镜听》虽是小小说，却能以小见大，把科举时代的世事人情刻画得淋漓尽致。

——于天池

（景晓璇）